倾梦迷长白山

董文林 ◎ 著

文化藝術出版社

Culture and Art Publishing House

图书在版编目（CIP）数据

魂倾梦迷长白山 / 董文林著. -- 北京 ： 文化艺术
出版社，2024.6
ISBN 978-7-5039-7624-7

Ⅰ. ①魂… Ⅱ. ①董… Ⅲ. ①散文集－中国－当代
Ⅳ. ① I 267

中国国家版本馆 CIP 数据核字（2024）第 103543 号

魂倾梦迷长白山

著　　者	董文林	
插　　图	任　清	
责任编辑	柏　英　邓丽君	
责任校对	邓　运	
版式设计	姚雪媛	
出版发行	文化艺术出版社	
地　　址	北京市东城区东四八条52号（100700）	
网　　址	www.caaph.com	
电子邮箱	s@caaph.com	
电　　话	（010）84057666（总编室）　84057667（办公室）	
	84057696—84057699（发行部）	
传　　真	（010）84057660（总编室）　84057670（办公室）	
	84057690（发行部）	
经　　销	新华书店	
印　　刷	国英印务有限公司	
版　　次	2024年12月第1版	
印　　次	2024 年 12 月第 1 次印刷	
开　　本	880毫米 × 1230毫米　1/32	
印　　张	12.375	
字　　数	355千字	
书　　号	ISBN 978-7-5039-7624-7	
定　　价	78.00 元	

长白山高雾蒙蒙
鸭绿水碧草青青

——书前心语

　　这本散文集，我把 1986 年 5 月在《散文》杂志上以笔名草千里发表后又被百花文艺出版社出版的《思辩散文选》收入的《雪之思》，作为头篇。因为此篇的思想精魂，与其后的这二百多篇散文，在很多方面是一致的。文学的魂是义，开卷明义，故用之。其他文章，都是 2017—2023 年的新作。

　　我的童年、少年都是在吉林省长白朝鲜族自治县的十八道沟、梨树沟、长白镇度过的。那时是 20 世纪上半叶。

　　由于生活曲折，我经历的那段少儿之欢之乐之痛之苦之恨之爱之无助之无奈，彻骨铭心。尝偌多生之艰难，也吞咽了诸多孤独屈辱和酸辛，也偶尔爆闪出瞬间的光彩，同时也阅识了社会上形形色色人物美丑善恶的嘴脸，底层人疾苦挣扎、艰难竭蹶之情状，更有亲属师长学友的关怀与欢乐，还有当地朴厚的民俗屯风、传说故事，温暖我，令人难忘。

　　这些浮生初涉人世的愉悦、带泪沾血的片段，构成了本书的全部。我能活着，真是一个奇迹。

　　这些短小文章中，除了几篇传说、故事外，没有虚构的小说。小说就得虚化、增减、褒贬、激化、高潮，就失去生活的本真。社会的粗豪与柔明，世态的炎凉，人心的凶善，比什么都重要，都有价值，也更亲切而彰露人性魂魄。

　　生活永在。未来太遥远，人们多注重明天会怎样。小说只能当故事看，它是"演义"，而有些小说之所以引起人们关注，是因它能触及昨天和今天生活的本真。

好文章是有血有肉、有温度和重量的。它们是那个时代的"真金白银"，掉到地面上砸一个坑，怒愤填胸，触泪伤悲。本书，即那过往梦忆的枝叶。这些长白山的枝枝叶叶，闪金烁银，有色彩。

我这本以点滴生命之液汇积的短章片意，取名"魂倾梦迷长白山"，是想往沉重斑斓的真生活靠近些。

大家都为生计苦苦奔忙。我不敢浪费读者诸君的生命时间，在生之喘息间，或夜里躺卧睡前，翻阅几页，或能会心一笑，或掩卷沉思，或悟识人生关节的一点谛奥，或暗暗给一声叹息，这就够了。

我不敢说这本散文集魂灵闪烁。但我确实敞开了心扉，倾诉心迹，有所唐突，读者会体谅的。

文学该是生命的欢歌或悲唱。

童年如昨入心深，
记往述来字实真。
恶狠屈辱尽尝过，
泪煮魂魄胆成金。
古来文心多悲怆，
斑驳人生好苦辛。
多谢欺世造恶者，
助我终成毅坚人。

目 录

雪之思

一场大雪过后，被践踏的雪花，在马路上凝结成一层冰。

载重车轮打滑了，公共汽车放慢了速度，少数勇敢者小心翼翼蹬着自行车赶路，多数人改换步行。

"哎哟！""哎呀！""啊……"

"哈哈哈！""哈哈……"

摔倒的伏地挣扎，观景的前俯后仰。

爬起来，看看脚下清凉凉的冰路，谁心中不产生一种畏怯之感！连欢笑者也睁大了眼睛！

雪，初飘时是多么柔弱啊！薄薄的，轻轻的，没有金的辉煌，没有银的光泽。风，可以肆虐地四处抛撒它，甚至人的一口气，就可以把它化为水沫！雪，飘在道上，由人踏，似乎无力抗争，只发出微弱的"哎哎"的呻吟声。就是一只鸡，一只鸭，都会在它洁白的躯体上，高视阔步，蹚来迈去！狗和狼的践踏更任随其意了！

然而，一夜之间，被践踏的雪花，在马路上凝成一层冰！清凉凉的，似透明的泪水结成的，还闪着凄苦寂寞的青光。

载重车轮打滑了，公共汽车放慢了速度，少数勇敢者小心翼翼蹬着自行车赶路，多数人改换步行。

"哎呀！""哎哟！""啊！……"

一个连着一个。它，冷冷地无动于衷！这是弱者的反抗吗？这是被践踏者的震怒吗？冰，雪泪凝成的冰道，静静的，无言无语。

弱者，单柔；强者，峥嵘。人们多么崇慕强者啊！

可那雪，柔弱的雪，可以封门，可以填壑。它不嫌弃宫楼殿阁，也拥抱竹林茅舍！高山，巨大巍峨，雪，可以足立其顶，封其面额，使青山变成冰峰雪岭，使其永不见阳光和皎月！

　　雪，多么柔弱啊！

　　一场大雪之后，被践踏的雪花，在马路上凝成一层冰……

冰凌花 —— 万紫千红皆后香

　　在长白山酷寒严冬，穿越漫天风雪时，你会偶尔发现，在脚边身旁，一丛星星小花迎风摇曳，欢悦绽放着。

　　初看似谁把采摘的一束鲜花嫩蕊，丢在雪地里。细看，就像长在厚厚白雪中。白雪是她肥沃的土壤，细细的根须，深扎雪底。这就是长白山的冰凌花。

　　她那么娇小稚嫩，根须茎梗，像农家泡发的黄豆芽那般细弱粉嫩，浅绿色枝叶，淡黄色的小花，几寸高，按身量来看，又那么丰满、充盈神采而有活力。

　　这滴水成冰的苦寒中，许多高大挺拔的白桦、松柏和杂木，都叶落花谢，护卫自己的主干，以待明年再发。而她，却在强大到无法抵御的冰寒中绽放，那点点汁水，还在绿绿薄薄的枝脉中，欢欢流动着，以供花叶生长之需。

　　她那簇簇娇美的黄花嫩朵，亭亭玉立，似透明的光影，似婴儿的微笑。那白白的玉腿嫩脚，刚刚立稳地上，就接受这酷寒风雪的沐浴与击打。

　　我似听到浸淫着母亲奶味的童儿的"哈哈哈"笑声，在呼啸的北风中，播撒着春温希望和快要到来的春天欢乐的气息。

　　这是长白山的神祇精魂，生得俏丽，活得轻盈，大自然的奇迹。

　　这簇簇仙芝灵草，是生命不可扼制的张力蓬勃。

　　她比报春的红梅还早，有雪就有她。

　　千紫万红皆后香。

又似风雪迷蒙中的一弯新月，昭示着春根儿俊美永在。她就在你身边眼前。

这酷寒中，万物都酣眠于梦中，而她却叶绿花黄灿丽独放。自古有多少人追问，春花秋月何时了？飞雪冰凌中都开花，何时能了？生命力强大由此可知。

她不恋群，这里那里，都有她的俊容在凝视着你，给你微笑，给你惊喜，给你温暖、未来和希望。

她确实太弱小娇嫩了。你一掐，就会掐出她的汁液。用脚一踩，整个茎秆花叶心蕊就会成一摊粉泥。但她又那么顽强坚韧，敢与风雪争高低。

即使厚厚的猛雪，把她幼小的身躯淹没，不几天，她又拱出雪面，把冰雪踩在温嫩的脚丫之下，迎着寒风，扬起头来，放一缕馨香和微笑及希望给这世界。

日冷月寒三九早，
地天一白雪飘飘。
冰凌花笑北风烈，
冬霸岁尾何啸啸。
众香随后即涌来，
江融河开泛春潮。
雏凤清于老凤声，
百媚千娇万紫娆。

啊，长白山，我母亲的坟园

红霞，飞鸟，碧树，鸣蛙，翠谷，青崖，还有守护的虎豹豺熊，还有蹦跳的鹿狍野猪和小松鼠，这些都是母亲深眠中的美妙梦影。

母亲，你安眠于长白山的深怀中，同她一道呼吸，一道经历岁岁风雨霜雪。长白山的气息中，有妈妈的体味与温暖。

如今，你的坟边，长满了鲜美芬芳的花草，还有一丛挂满硬壳供你品尝榛果的榛棵，给你笑脸，给你慰藉。四周是茂密的青松翠柏，日夜在凝视着，守护着，遮风挡雨。背后漫山遍野艳红的山里红花和杂棵俊树簇拥着你。面前山根下，流淌着鸭绿江白白亮亮的支脉，浮花漂蕊、碧清溪流在美吟低唱，它的歌儿为你消解深深的寂寞和孤独。

啊，母亲，你不满二十八周岁就睡下了。你酣眠这儿已太久了！你那深睡中细微的鼾声，像蜿蜒的长白山一样起伏，你身边松涛涌动，像大海般辽阔深沉。你枕着这粗豪的歌，听着温婉的河谣，看着你的儿女，喝着鸭绿江水乳，慢慢长高长大。

啊，鸭绿江，我母亲的江河，碧水长流！啊，长白山，像父亲一样伟岸挺拔，你茂盛繁密！

母亲，你酣眠于此已太久了！我已分辨不出，哪是你温柔的臂膀骸骨，哪是长白山的岭脊峦背，你完全与长白山脉融为一体了。你与偌多山区平民百姓的先人们，安息在长白山的一抔土中。不张扬，又那么僻静，那么安详。比那些劳民伤财筑起又被后人焚毁盗掘，如今已岌岌可危或瓦砾一片的帝宫王陵，永固又安宁。

啊，长白山，那么辽阔深远，又那么巍峨庄严。你享受她的长远、丰

茂、安宁与不朽，伴随着岁月，苍茫恒久。

啊，长白山，啊，鸭绿江畔，我母亲的坟园。

长白一抔土，
慈恩深涵中。
山在地远长，
子孙念无穷。

爬上树睡觉的姑娘

讲古老人讲说的一个凄美传说，在我心中一直存留到现在。

在很久远的年代，梨树沟一带还未开发，却住着一户人家。老两口和他们的儿子，过着半耕半猎的生活。

儿子长到十八岁了，勤劳诚实又英俊。

这年初秋，一天清晨，山鸟欢啼，红日泼彩。小伙子起来，排垢净面，洒扫庭院，开始了一天的生活。

他拾掇好内院，开开院门。山路曲曲弯弯，晨雾刚刚散去。远山近岭一片苍翠鲜绿。

"咯咯咯咯……"是个少女的笑声，似还沾着露水和清早的寒气。

小伙子四下里看看，没见一个人。正奇怪间，"咯咯咯咯……把头抬起来呀"，还是那女孩的笑声和话语。

小伙子仰头一望，门右边那棵挂满梨果的粗壮老梨树杈上，趴着一个俊美的姑娘，在笑呢。

她圆圆的脸儿，粉脖雪白，秋水般双眸亮亮的，面皮白中透着湿红。只是一夜冻冷，她身子有些紧缩哆嗦。

小伙儿惊讶地喊道："你怎么爬到树上啦？快下来，快下来，入秋的空气多凉啊。"

"我下不来啦，在树上睡了一夜，全身有些麻木了。"姑娘说。

"你不能敲一下门呀？就睡在树上！"

"我怕惊醒你们呀！"

听见院外有人说话，老两口也出门来。见树上趴着一个俊美的姑娘，二老似见了天仙样，喜在心头，笑在脸上。老母亲又疼又爱地说："孩子，到家门口了，快进屋暖和暖和。咋睡在树上呢？你爹妈也放心呀。"

"我没有父母了，他们早些年病去了。"姑娘又低头望着自己的腿说，"这双腿小时候就摔坏了，站不住。"

小伙子一听，忙说："你别动。我上去抱你下来，别动！"小伙子把姑娘抱住，往地下一放，姑娘"哎呀"一下疼叫，蹲坐在地上。小伙子一惊，又抱起姑娘，来到屋内，把姑娘放到炕里边。

姑娘靠在炕里根墙处坐下，撸开了裤腿。

两位老人一看，这哪是腿呀？真真就是两根细细的木棍子，干巴巴没一点血色，皮包着骨头，一点肉也没。

老人家惊骇地相互望了一眼，心凉了半截。

小伙子不管这些，忙抻开被子，给姑娘盖上。姑娘在树上待了一宿，这时屋里暖煦煦地一熏，浑身松弛。乏累困顿一齐袭来，她好想再睡去，便张开眼皮喃喃说："谢谢二位老人家，谢谢这位小哥哥。我实在困得要死，想睡一会儿，别的醒来再说。"说完，眼一合，竟呼呼睡着了。她太困了。

望着姑娘酣眠的睡相——像走失的娃子找到家样，安详、恬静，老人家心想：若不是这双腿，那该多好啊。

老母亲看了一眼儿子，问他："儿啊，你说咋办？"

儿子憨直爽快地说："她没爹没妈，也没家了。既到咱门上来，咱就留下她吧。我侍候她一辈子！"

母亲凄哀地望望老头。

老爹听了，眼中流下热泪一串："好！好！好！好儿子！长白山老母保佑你！就按你说的办吧。"

姑娘睡了三天三夜才醒。老太太像对儿媳样疼她，可怜她，给她端水做饭，洗脸换装，又问她："孩子，你是哪个屯哪个村的？离这多远？你爹妈姓啥？"

姑娘含泪说："家，就在这长白山里。爹妈死得早，那时我才三岁。姓啥，啥名，我都不知道。我腿又摔坏了，就这样爬着一户一户、一屯一屯地要着吃。人家看我身体这样子，没有一家要我的。长了这么大。晚上爬到不着屯没人家的地处，就爬到树上眯一宿，怕被野牲口啃了。大娘，我不会给你家添麻烦，再待一两天，我身子歇过来，就离开！我还爬着，去自己也不知道往什么地方去的路……"

老母亲一听，泪水哗哗，忙一把攥住姑娘的手说："孩子呀，可怜的孩子！进了咱家门，就是咱家人！咱不再往各处爬了！由我家小哥和我俩老人养着你。我俩老了，你小哥会照顾你的……"

姑娘听了，一头扑进老人的怀中，号啕大哭，像雨中梨花任由大雨飘洒。

姑娘住下后，还道出了一个秘密：某夜梦见一位白发苍苍的老母对她说："长白山中，有一道沟里，有一泓热泉。你的腿浸泡此泉后，就可洗骨生筋长出鲜肉来，你的腿就好了。你去寻吧。"

为了寻这个热泉，姑娘爬过多少沟壑，寻觅了多少年，磨烂了衣衫，但还没找见。

讲者一说，听者心动。

就在姑娘进他家家门的头天晚上，小伙子梦到一处，那儿山清水秀，鸟语花香。特别是河中的水，那么清澈无尘。有一段，潭水碧流如镜，几块硕大岩石上的青苔，鲜绿如洗，水草摆动，倒映水中如画般艳丽，水流平缓，泛着春色。潭底沙粒颗颗可数。伸手入水，温煦亲面。

听了姑娘的话，小伙子决心找到这梦中的仙泉。

翻过了千座山万条水，沟沟河，道道泉，久寻未果。

满怀疲惫的年轻人，在返回的路上，来到十八道沟地面。他累了，想回家歇一阵再去寻找。

小伙在一棵树下歇息睡着了。

睡梦中，又梦到那碧流清波，那鲜绿的苔藓，那水草的摆动，那温热泉水，似一伸手就能抓到一捧清流。

他醒来，看看眼前无水，望望天，蓝天广阔，云鸟翔飞。离家近了，没找到热泉，心中有些失落。想起那切盼的姑娘，心随云鸟向家中飞去，近乡情更怯。

他站起身来，往梨树沟方向走，刚迈了几步，无意间朝河边一望，猛然立住了。他再三仔细地看了又看，望了又望，又再看看，又再望；瞬间，像天眼大开，世界净明彻亮，一湾碧波仙潭，闪着和煦的阳光，灿丽面前！——这不就是久寻未见的热泉仙池吗……

突现梦幻之境。舍近求远。

这是长白山老母对痴儿的一种考验磨炼吧，对他的挚爱，对他的忠良。追远求索，美愿却在眼前。

事非曲折不久长。

小伙子忘了疲惫，飞奔到梨树沟家，背起姑娘，又飞奔到十八道沟。

姑娘一见这碧水清流，似那么熟悉亲切，她一双俊美的亮眼那么惊喜，欢声叫道："我梦中见过这个地方呀！这就是白发老母说的那个地方呀。"

姑娘的腿泡进温热水流中，像伸进了母亲的怀中，又像进了天堂般踏实舒服欢畅。煦煦暖暖的热汤温水流灌她的全身。渐渐，身上的骨骼养活起来。节节骨棒舒展了，强壮了，生肌长肉了。骨与肉间又长出鲜活的筋络来了，萎缩的双腿眼看着丰满起来，圆润起来。

姑娘美目更亮了，皮肤更雪白了，身段更窈窕了，声调更欢甜了！

老天，还原了一位长白山女儿的娇美艳丽容颜。

老两口见了，欣喜，念佛。

善念多多，海阔天空。

后来，这个半夜为躲避野兽抓咬袭击而爬到树杈上睡觉的姑娘，与小伙子结了婚。

婚后，他们生了好多儿女，代代安居在长白山中。说不定，你路上碰到的人中，就有他们子孙的身影呢。

好人好报此说真，
又得美眷好儿孙。
善是人间最珍宝，
慈路开阔福泽深。

迷山恋水忘归程

　　小时候，我们家在长白十八道沟生活了一段。那时村里没有幼儿园，妈妈便送我去上了小学。

　　我坐在教室里，阳光临窗，室内十分明亮。老师讲的什么，我全忘了。

　　下了第一节课，听到铃声，我拿起书包就往家走，懵懵懂懂。

　　走到家门口，回头望望，街上空荡荡的，不见其他同学回来。我怔愣了一会儿，便又往学校去。

　　走到村边日本旧炮楼时，我好奇地倒过来进去看看，里边空空的，日光透过小窗射进来，地上挺干净。我把书包塞进炮楼的一块砖缝中，便玩了起来。这里摸摸，那里瞅瞅，往顶上望望，在地下转转。炮楼内没有风，敞亮又温暖。

　　中午，听见放学的孩子说笑着往家走，我便也回家去。吃了中饭，饭后又回到炮楼里玩。

　　玩了一会儿，来了个同我年龄相仿的名叫小花的姑娘，她长了个小白脸儿，小小嘴，一笑，腮上现出两个小酒窝。

　　玩了不多会儿，小花说："这里有啥玩头儿，咱上村头采野花玩吧。"

　　我们俩蹦蹦跳跳，先来到河边，河水泛着浪花朝鸭绿江奔流。温泉处已无昔日清亮繁华，只有半截铁管子往外冒着水流。小花蹲下身子，捧了一捧水，"哎呀"一声喊道："水还挺热乎呢。"我俩又折回朝北坡走去。

　　这是夏季一个明朗的下午。天空像洗过一样净蓝。白云像轻纱散布在蓝空。它们都露出喜盈盈的笑脸，俯瞰着碧绿大地，空气清新。小花紧攥着我的手，在树丛花草间徘徊徜徉。

从山上流下的透着凉意的清清泉水，在青草碧树间闪银烁亮，发出汩汩的欢吟。这里那里，盛开着绚丽野花，有手指盖大小的黄花、白花，有如喇叭形抽出长长脖颈的蓝色花，山里红花更是红透了半个山顶。

小花掐了几朵插在发间。她欢叫声声，我也乐得又蹦又跳。山野中弥漫着花草香气。

不知不觉，我们来到半山腰。在高大浓密的树荫下，一丛饱满圆圆、比拳头还大的野芍药花，在肥绿泛紫的枝茎撑持下，开得奔放烂漫。她似深藏闺中、高贵得没受污染的绝尘少女般娇羞，紫红着脸庞，闪亮着青春温煦光彩。在我们娃娃面前，她又坦然大胆绽露出她全部妙美面颜。她遍体发出浓烈药香，直扑人面。那浓郁紧紧裹着我们的心，似醉似幻，酣畅通泰。

小花先陶醉地抽抽鼻子，欢叫道："好香！好美！仙女花！"仙女花，这称谓正对她的艳丽、静美和热情。小花的手伸向芍药花。我忙喊："不要动她！"

我们坐在她面前。青草地肥腴得比沙发还柔软舒坦。面对一朵像自己亲姐妹般的艳丽芍药花，幸福，愉悦。我俩怀着喜爱、敬畏又崇拜的稚嫩心情，一遍又一遍欣赏她。

时间，在曼妙美物面前，总是显得过于短暂又匆忙。

抬头间，忽见太阳已落山那边去了，只剩山头崖上一抹微红。蓝空已暗淡下来。远处几只归鸟匆匆往山高林密处飞去，它翅膀扇起风流，拂着我们的面颊。

我俩惶惶站起，踉跄着往山下走。小花攥着我的手，深一脚浅一脚地在树丛中穿行。

不一会儿，淅淅沥沥的雨滴散漫开来。

天黑了，俺俩转了转，又回到野芍药处。那野芍药被雨打湿了头，侧着脸儿不理我们。小花哭了起来。我紧紧拉着她的手，不停乱闯乱踩往前走。

山下灯火亮起来。我们转了又转，总是找不到下山的路。

"小花!""小花!""小花! 小花!""林儿!""林儿!"有人喊唤了。

这突然的喊叫,使俺俩都哭了。我俩忙又高声叫道:"我们在这儿呢!""我们在这儿呢!"

"我们在这儿呢!"带着哭腔的喊声在夜雨中传播。

实际上,我们已到山根下了。

大人们一拥过来,一把抱起小花和我,一边喊道:"孩子找到了!""孩子找到了!""孩子找到了……"

到了家,满屋灯火。室内挤满了人,见了我就问:"上哪儿玩去啦?""上山玩回不了家了吧?""你看你妈急的!""迷路了吧?""以后再不敢爬山了吧?""回来了就好!""回来就好……"

七嘴八舌,是乡邻婶娘们的声音。

那天,爹爹去梨树沟我姥姥家,带回些朝鲜族人结婚做的瓜吉利等。我饿了,也不回答大人们问话,抓起瓜吉利,就大吃猛嚼起来。

邻家一位大娘,恨恨地笑着说:"你看,你这个孩子!光知道吃吃吃!你看你妈丢了你,吓得还后怕,她还在流泪呢!你就知道吃吃吃……"

我闪了妈妈一眼,妈妈眼里又涌出一股滚滚的热泪来。

见我住了嘴,忙抹一把眼里的泪水,搂抱着我,又抓了些瓜吉利,说:"吃吧,吃吧!可饿着我的儿啦!可饿坏了我的儿啦,可饿坏了我的儿呀……"说着,她的泪水又涌洒而出……

原来,我妈以为我一直在学校上课。等放学,见我没回来,便到学校问老师,老师说:"你孩子上了第一节,就拿起书包回家了。下午也没来。"

妈妈听了吓得脸发白,慌急地挨门问:"见了我儿子没?""见了我儿子没?"学校老师和家长们都摇头。妈妈只在旧炮楼里找到了我的书包。同时,小花家也找不到人了。两家都急得呼朋唤友去找。

天黑了,又飘起了雨,村人们就找到了山上。

贪玩恋景,往往会迷失路径。三四岁的娃娃,不要贸然攀山登岭。此次历险，童儿还不知母爱之苦之深。

因我太小，妈妈后来没再送我去上学。不久，就送我去梨树沟姥娘家住了。妈妈和爹爹去了朝鲜惠山镇我爹爹干店员的绸布店住了。

从此，常常，母子分两地，念想如夜深。

溪水引路入深山，
夏花迎人舞翩跹。
迷山恋水忘归程，
暮云四合倦鸟还。
呼儿唤女爷娘急，
乡邻举火迷娃暖。
夜雨飘洒慈母泪，
滴滴湿洗痴儿面。

妈妈来看你啦

我六岁时，妈妈就病逝了。有几点印象一直深刻心中。

春夏之际，我和几个四五岁的玩伴，在长满碧净鲜绿、清新芬芳的杂花异草的坡野玩耍。有时跌倒了，滚一身潮湿微温的肥腴泥土的香味，也不觉得甚疼，而是傻傻惬意地哈哈大乐。玩累了，顺腿躺倒在一人多高的树荫下，更感享受。那童稚的欢乐，单纯而美妙。

"孩子们，孩子们，孩子们……"正玩得欢畅，山下传来喊唤声。声音是那么亲切、慈爱而温暖。

玩伴们一怔，唰唰地闪出树丛，立定，像几只小兔竖起耳朵，睁大亮亮眼睛，望向声音传来的方向。

"啊，那不是咱儿子林儿吗？是咱的儿子！我的儿子，我的林儿，我的林儿！林儿，妈妈来看你啦，妈妈来看你啦！妈妈来看你啦呀……"那么急切兴奋。

几个玩伴也都惊喜地转脸朝我喊："嘿，你妈妈来看你啦！你妈妈来看你啦！你妈妈来看你啦……"

我拨开牵拉我的枝条，蹿出几步远。

公路上，妈妈在喊，爸爸在招手。妈妈眼尖心亮，她能在偌多蹦跳喧闹的娃娃中，识辨自己孩子的身影，甚至远隔百里、千里、万里之外，也能感到亲儿的安危。这是母亲的牵挂。

"慢点！慢点！慢点跑！别跌倒了，别跌倒了，别跌倒了呀……"妈妈既希望一把就抱住儿子，又怕乖儿跑急了跌倒，声音欢快急切。

我已奔飞到山下。这儿离公路间，有一条两三丈宽的小河。河水亮亮地打着漩儿，溅着银白的浪花，欢欢地由西向东南奔鸭绿江而去。河中有条用几块大石头叠垒成的简易小石桥，一半淹在水中，一半露出水面。

我刚迈过一块石板，爸爸已踏水过来，一把抱起我，转身便过了河。

妈妈的脸开了朵大花似的，贴在我的小脸上，那灼热甜美的气息浓浓地包裹着我。她身上每个细胞，都似张开了一双手，紧紧拥着我。我见妈妈眼里闪着晶莹的喜泪花花，口里还说"可想死妈妈啦……"

那时，妈妈随爸爸在鸭绿江对岸朝鲜国惠山镇一家姓宋的山东人开办的德升东绸布店当店员，把我放在长白梨树沟姥娘家。这种母子分隔的处境，增添了我们母子的依恋深情。

这是我四五岁时，慈母留给我的瞬间印记。

这儿时的印象，永驻我心。慈母真是夜夜挂肚牵肠！

　　母子分住异国他乡，
　　娘念娇儿苦思夜长。
　　魂随明月窗前守护，
　　夜夜伴娃星熄天亮……

长白高山

长白山最高峰海拔二千七百多米。只在长白县内，海拔二千多米的山峰，就有望天鹅山、四栋房山、红头山；一千多米高的山峰，有二道岗北山、小白山、龙岗山、长松岭等。

山势陡峭，险坡藏幽。许多岗岭，巅连其中。山连着山，峰牵着峰，山上有峰，峰下有山。

这些山有个特点，巅峰矗立天外，其余山体皆披林挂木，绿厚碧深，郁郁葱葱，俊美又神秘，掩遮着偌多令人向往而又敬畏的谜藏。更有万千溪流，闪烁明灭，淙淙汩汩汇成多条沟河，河又通江，江流直奔浩瀚无际的大海。由这些水系组成的血脉般的清流，浇灌着长白山的山山沟沟，滋养得山青水绿，使整座大山巨岭活了起来，肥沃起来。

大山深处，是野生动物的家乡，更是仙草奇花和各种榛果美珍的生长地。

这里无霜期，一年只有百余天，这就使农作物生长期很短，只生长荞麦、大麦，也有些小麦、土豆、苞米、水稻及各种短季瓜果。

冬季到来，风寒紧裹着山里人，还是大山里的木柴或高山挡住这漫天风雪给人世温暖，使家家户户围炉相聚，笑语欢歌融化严冬苦寒。

啊，长白山，你峰峦奇伟，地貌丰美。你是偌多山民和万物的慈父厚母，养育他们，呵护他们，直到永远。

长白山高雾蒙蒙，
鸭绿水碧草青青。

我的舌头，被车轮吞吃了一层皮

冬日冰寒，一辆牛车停在大门边。

车轱辘外轮包着的一层半指厚铁皮上，落满厚厚的积雪，灿烂阳光下，晶莹得像白白的砂糖。

我好奇地张开嘴，想去舔一舔，尝一尝甜不甜。

当舌头接近车轮，还没触到外包的铁皮，它却猛地似伸出爪子般地把我的舌头紧紧拽到铁皮上了！我急忙想抽回舌头，但舌头却似牢牢被铁皮狠狠咬住，而且越吸吞面越大，整个舌头几乎全被吸贴上了！

我吓得想哭，哭不出声；想挣，挣不脱。

这时，过路的邻家爷爷见了，跑过来，脱掉棉大衣，捂住车轮的铁皮。一边伸头呵气，一边喊旁边的孩子："快家去拿一壶热水来！快快！"

爷爷把热水倒在车轮铁皮上，暖温它。整壶热水全倒净，铁皮还是凉凉的。

我猛地一挣，舌头一下子挣脱开了，一层舌皮挂在了铁皮车轮上。

我满眼泪水，满嘴鲜血，疼得浑身乱颤。

"冬雪天，可不能吸外面铁的东西！可要记住了，这是要命的！要命的！快回家去吧！"那个爷爷高声大嗓地说。

好歹这次掉皮淌血的事发生时，妈妈没在跟前，她要是见儿子满嘴淌血的惨景，那还不心疼死呀！

年幼无知，自闯祸，自受罪！若没有那老爷爷发现我舌头受的那份罪，结局还不知怎样！

我这才知道冬天的厉害！

这个血的教训，使我终生难忘！每想起此事，我就感到舌头被揭去一层皮的疼。

　　有些"物"，虽没长嘴，更没牙齿，但它会借助季节的变化，生出许多自身以外的本领，残伤你，吞食你，使你掉泪，疼心！

　　出人意料，血洒天真。

　　对不识之物，万勿动手或伸嘴。

　　一嘴鲜血泪满胸，
　　小儿无识惹祸凶。
　　人人都随苦痛长，
　　无血无泪无人生。

坐花轿

弓缠红布，摆在屋檐上方，下面贴吉祥喜庆的红纸门联，门口被红幔遮蔽着。一顶花轿停在门前。

主人家请来帮忙的人，挂灯贴彩，厨师们头上冒着油汗，火苗喷红，铁勺闪舞，香气沁人。

穿红着绿的乡亲们嘻笑拥来，等看新媳妇进门。娃娃们在人群中蹿跳欢闹。

临近喜时，一阵锣鼓唢呐齐鸣。五十来岁的主人——新郎的父亲穿着新衣、新裤、新袜、新鞋从屋内笑吟吟地出来，命迎亲的队伍准备出发。

这时，他睁大喜盈盈的眼睛四下张望，突然，隔着许多欢腾的人，朝小小的我大幅度地招手，嘴里朗声喊道："孩子，过来，过来，过来呀！"

一个玩伴拽我衣襟："喊你哩，喊你哩！"我忙停住跳蹿的脚步，怔怔愣愣，望着喊我的人。

那主人三步两步赶到我面前，一把抱起我，说："孩子，咱坐上花轿，迎新媳妇去。"说话间，他把我抱进轿内，口里说："把紧轿内把手，坐稳了！不要怕，这是大喜事。坐稳，把着扶手就稳啦！"我诚惶诚恐，又兴奋又有些惊慌，便紧把着扶手不撒手。

我刚坐好，便听领轿人大喊一声："起轿！"接着便响起鞭炮声。四个轿夫身子一挺，轿便摇晃起来。

轿前是穿新戴花骑着高头大马的二十来岁的新郎，新郎前头是锣鼓喧天的吹打队伍，花轿后边跟着一大群看热闹的人。

队伍浩浩荡荡开拔了，我坐在轿内，颤悠悠，又惊又喜。听见玩伴们

跟着又笑又乐又跑又蹦，我又紧张又兴奋。

当时，我不懂为什么叫一个孩子坐花轿去迎亲。后来大了，才明白，我这是"压轿"。叫一个孩子去迎新媳妇，就是为了祝一对新人早生贵子。

"咚咚咚呛，咚咚呛，咚咚咚呛，咚咚呛，咚咚咚呛，咚咚呛，咚咚咚呛，咚咚呛……"从南到北，整个大街和村边两边山，都被震颤欢动起来。村子不大，一会儿就到了新娘家。

一阵鞭炮炸响，唢呐锣鼓吹得更欢更响了。我听见领轿人一声高亢欢叫："落轿——"大花轿便稳稳地落在地上了。

领轿人掀开轿帘，把我抱出轿，塞给我一个大红包，说："好啦，孩子！你的任务完成啦！拿着这个买糖吃吧！"

我傻笑着接过红包，紧紧攥在手里。

在热烈欢腾的锣鼓唢呐声中，新郎下马跪拜岳父岳母。在又一阵鞭炮声中，披红戴银的新娘由娘家人搀扶着出屋了。

这新娘满面红光，走了几步，突然转身扑在母亲怀里，依依不舍。母亲含着喜泪微笑着，又在姑娘耳根叮嘱几句，一拍她的柔肩，推开女儿，让她快上轿，新郎那边已等急了。新娘这才一步一回头地步入轿内。

领轿人双手抱拳，向新娘亲属致意后，又一声高喊"起轿——！"于是，在又一阵欢天喜地的锣鼓声中，在村庄四下山应林呼的喜悦中，队伍又吹吹打打地沿原路返回了。

这是我今生唯一一次坐轿。我跑回家，手举着红包，扑进了妈妈的怀里。

妈妈紧紧抱着我，又是亲又是抚摸我的头，她的脸儿乐成了一朵大红花。

谁家的娃子被请去做压轿人，是极其光彩的事。这也给压轿人家带来偌大的喜气和祝福。

山村婚礼，热闹质朴。终身大事，唯此为本。笙歌沸腾，唢呐欢鸣。百年路上，人生的营帐中又添一对好姻缘。他们将生出许多儿女，雄壮勇士和贤淑妇道，使山村百业兴旺，寿福绵长。

洞房花烛夜，
人生真欢畅。
新婚带瑞气，
困苦闪两旁。
夫妻奔富裕，
儿女学业强。
代代出俊杰，
大国有栋梁。

那双又亮又惊喜清澈的眼睛

爹爹来梨树沟姥娘家时，曾领我到当地一朋友家玩。那友人比爹大一点。

进了他的家门，那友人眉开眼笑，又同爹握手又搬椅子让他坐，又望着我说："这小子长这么大啦呀？"

我立在那儿，愣愣地望望这儿，看看那儿。

这时我听到里间屋里传来一声呼唤："爹，叫小弟弟来我这里坐坐。"那友人朝我笑笑，望望我爹。

爹说："和姐姐玩去吧。"

进到里间，望望屋内没有人。低头再看，炕上躺着一个十五六岁的姑娘。

她抬手拍拍炕沿，笑着说："来姐姐这边坐吧，来，来这坐吧。"

这位姐姐很好看。瓜子脸儿，白白净净的皮肤，那双又大又亮的眼睛，很像咱长白山间秋野中的一泓泓泉水，那么清澈无尘，雅静净美。

我惊喜地望着她明亮的大眼。

她见我那么兴奋，更显亲切，笑意满面。抬头朝外间喊："爹，把那天朝鲜族人结婚送给咱的瓜吉利，拿来给弟弟尝尝。"

她怎么知道我喜欢吃瓜吉利呢？我小脸儿热涨，觉得和她更亲近了。

她爹立即端来一盘瓜吉利，放到炕上，又一摸我的头说："吃罢，吃净了还有。"说完出了里间。

"吃吧，很好吃的呢。"姐姐把盘子往我眼前一推，我便大嚼吞吃起来。

姐姐问我："你几岁啦？还没上学？都上哪儿玩过？……"她的声音那么清亮，又充满暖意和关爱，好听，又很亲切。

听她讲话，仿佛给我打开了另一个快乐天地。鲜花盛开，蛙鸣鸟啼，鹿蹦狍跳，愉悦喜欢得我不敢眨眼，听迷了。

她给我讲了一些新奇的神话故事，还嘱咐我："不要自个儿上山，碰见狼什么的，还有熊，会伤人的。千万千万，上山一定要跟大人一块去，记住姐姐的话……"

我点头，答应着。由于吃了瓜吉利，听了姐姐讲的故事，我也话多了。我给她讲了些半路听来的有头没尾的故事。姐姐听得咯咯咯地大笑，几次都乐出泪来。我知道我学讲的故事并不生动，可姐姐鼓励我，听不到半句话，就高兴得什么似的。

大人们在外间海阔天空谈兴浓，我和姐姐说话拉扯十分欢洽。

临走时，姐姐攥着我的手，说："有空来家玩呀，别忘了我……"说着她眼圈儿红了。

走出她家门，我问爹爹："那个姐姐怎么光躺着不起来呀？"

爹说，那个姐姐得了一种病，起不来了。

噢，姐姐这么成天躺在炕上，连门也出不去，多寂寞呀。我盼望姐姐能站起来。

第二次到她家时，她还是躺在炕上。见了我极为兴奋，似猛然扫光了她多日的苦闷和寂寞。她那张令人见而忘俗的俊美的脸面，欢喜明亮的眼睛更显光彩。若是个健康的姑娘，求婚的人会挤破门的，可现在却无人问津。

姐姐似长高了些，面容有些憔悴。她问我："这么长时间都上哪里去玩了？"还给我吃盘子里的瓜果。

我见她身旁放着一本书。她想在书本中寻找一个广阔世界，在这人间找出一块属于自己的天地，驰骋于缤纷变幻中。不枉她来红尘走这一遭。

临走前，姐姐紧抓住我的手不放，我感觉她的魂灵在跳。她的希望，她的挚爱，她的温暖，都那么灼人。

我出了门了，姐姐的声音又追了出来："别忘了姐姐呀……"

再次去她家时，炕上已空荡荡了，一屋清冷。

姐姐已离开这个又叫人依恋又令人痛苦的世界了。

多善良美好的姐姐呀！现在想来，她的病，到城市的一些医院，不一定治不好。可一般农村人家哪有那个能力啊。若是赶上现在，医学那么发达，就更好治了。她就可以同一般人一样站起来，能走路，寻找她自己的幸福了！

啊，我的邻家姐姐！

我至今还清晰地记得她白白的脸儿上，那双又大又亮、清澈无尘的俊目。还有她对未来的渴望、向往，对人生的依恋。还有那亲切涵满温度的声音"别忘了姐姐呀……"

这已成了一个永久的凄唤。

惜姐生时早，

医深不见人。

抒笔留倩影，

笑语哀我心。

"别忘了姐姐呀"，

此唤恋生悲念深……

人见人爱的小姨

　　姑姥娘家住在大山里一个有七八户人家的小屯子里。屯子里汉朝杂居。那时三姨已与我姑姥娘家的二舅结婚了。

　　三姨还有个小妹，和我差不多大，也就五六岁，常住那里。

　　我有时也去山里姑姥娘家住个十天半月。那里有我小舅小姨，还有几个四五岁的娃子，七长八短，玩在一起。

　　三姨的小妹，长得挺俊，也很文静。大家都喜欢她。

　　三姨那间房子，就成了我们的乐园。孩子们一块儿，也不分长幼大小，啥话也说，啥事也做，尿尿放屁也不避人。闹恼了，吵在一起，哭在一块儿。

　　那时没有电视，没有戏院。在大山中，除了钻山过溪逮蚂蚱，抓青蛙，摘山花野果，就在自身上找乐趣。

　　有的孩子看了大人们相互拥抱亲吻的样子，也学了起来。互相轮流亲着玩，别的不懂。有时你一口，他一嘴，唾沫鼻涕涂得嘴巴腮上像抹了油花。大家见了，都乐得哈哈笑个不止。

　　有一次，一个孩子拦着三姨的小妹的脖子亲她腮帮子，涂得她满脸唾沫。三姨突然闯进，她一看，吓了一跳，一跺脚，含怒又含羞地大吼一声："这是干什么！"孩子们见三姨那愤怒的样子，惊得四散而逃。

　　我再去姑姥娘家时，三姨的小妹还在那里。我们玩在一起，很是快乐。特别是她的笑声，是那么嫩脆鲜亮，满脸的笑容，比山花碧叶还娇艳。她是个美人坯。

　　我又一次去姑姥娘家时，三姨的小妹病了。三姨背着她，这里看医

生，那里吃药。她趴在三姨背上，头无力地靠在三姨身上，面色苍白，见了我，只微微点了下头，眼里闪着泪花花。

往日充满欢乐的大院子，被焦虑寂寞沉静夺了去。

不久，我得了消息，三姨的小妹病逝了。

至死，我还不知她叫什么名字。

黄泉路上无老小。那时天真无邪的欢闹，已成过往。

我三姨的小妹，我的小姨。小小年纪，像一枝"花骨朵"，还未绽开一丝缝隙，窥望一下天上人间一缕真况实情就枯萎了，使见过她的人，心疼不已。

啊，小姨，我永远忘不了，你笑时，满面绯红，清声如山溪从崖上泻落那样纯美明亮，不染半点红尘的浊浪洪波，使人怀念，向往，痛惜。

朝日自羞满天霞，
美娃靓颜赛晓花。
丽容初露匆匆去，
不惹红尘浊浪打。

泥猴

　　梨树沟村，有一户人家，父子二人，以种烟为生。

　　夏季，烟梗长得又粗又壮又高，烟叶又肥又大。打眼一看，厚绿一片，见不到一点泥土。

　　其子十一二岁，圆脸儿，个儿矮矮的。他从不跟人打招呼，走个对面，连看人一眼都不看，成天价低着头，也不言语。最有特点的是，他浑身泥黑，脸上也是一层泥垢，似生下来没洗过脸，也没洗过澡，完全是一个小泥猴。

　　他常戴一顶破了檐的大草帽，这帽子遮住了他大半个身子。从远处看，像这大草帽自己长出了两条又短又细的腿，一步一步向你走来。

　　除了冬天，他从不穿上衣，下身只穿一件像抹布一样脏分分的裤衩，成年叫日头晒得身子黑黑。他还光着脚，脚似黑铁一块，不怕石碴刺扎。

　　他娘生下他就病逝了，他爹拉扯他。稍大点，他就跟他爹屁股后头，上烟地干活。

　　一天，我和几个四五岁小玩伴上山逮蚂蚱，经过他家的烟地时，见他独自在地里拔草。

　　他听到嘻笑欢闹声，抬头看了看我们，突然小脸笑成了一朵花，向我们招手。

　　我们从来未见过他的笑脸儿，一时感到很新鲜，便向他走去。走到他跟前，他却板起黑黑的铁脸，半笑不笑地说："你们就这么成天光知道玩吗？光知道玩儿，还要吃好的，穿好的，这怎么行？"他接着又问我们："你们是人不？"我们点点头。"是狗就得汪汪叫，是狼就得大声嚎，是人

就得干活！这是俺爹说的。我跟你们这么大时，早就干地里活啦！今天，都不要玩了，跟我一块拔草。拔草，知道吧？"

见他那凶巴巴的狠样子，我们几个相互看看，没有一个敢说不拔的，怕他揍我们。一个个怯生生地蹲下，乖乖地拔起了草。

他见我们动开了小手，又突然高声大嗓地命令说："站起来，都脱光了衣裳！"

我们又怔住了。

"脱掉衣裳，懂吧？穿着衣裤，把烟梗烟叶刮落了，少卖多少钱哪！都脱了！"他又说了一遍。

这时，我才见他早脱掉那件宝贵的脏裤衩，瘦屁股那一截也是黑黑的，只显出一圈黑黄色。

我们立住，愣在那里。

"快脱呀！"说着，他过来，扯一孩子的衣裤，那孩子很老实，眼中含着泪，浑身哆嗦着，自己褪下裤子，脱掉上衣。

我们都脱光了，准备拔草。他又说："现在咱们先赛一赛，看谁尿得远！来，预备——起！"说着他先尿起来，那抛物线的尿水，又粗又黄又急又远又高，滋得泥土冒烟儿。

我们几个怕他再吆喝，也尿了。有个孩子，尿了自己一腿一脚，哭了起来。

他走过去，说："看，就这点本事！还淌眼抹泪的！将来怎么骑大马去呀？"

钻进一人来高烟地，烟地密不透风。

泥猴当起了小监工，一会儿进这个孩子的烟垄，收拾他拔不干净的草。一会儿又钻进另一个孩子的烟垄，把碰歪的烟梗扶直。这比他自己忙还累。

地垄较长，拔个来回，天快晌午了。

我们钻出烟地，也成了泥猴。头上，脸上，鼻尖上，身上，这里一摊泥，那里一抹土。

泥猴见我们这模样，一挥手说："回家吧！我保证你们歇过乏后，一身爽快，能睡个好觉！这就是干活的好处！懂吗？这是你们认识我，我给你们的奖励。走吧，走吧。"

像囚徒们听到了释放的命令，可怜的小玩伴们，也顾不得苦累酸疼，抱起自己的衣裤，急急慌慌往家中趔趄着奔跑。

过晌醒来，据了解，我们几个小玩伴都睡过了头，比往日多睡了好多时候，正像小泥猴说的那样，睡得很香，很酣畅。

从此，小玩伴们见了他就远远躲开他，连头也不敢抬，更不敢去他烟地那面坡上玩了。泥猴那"做大官骑大马"的诱惑，还进不了孩子心。娃娃们还是玩乐第一。

　　失娘疼怜光腚娃，
　　爹爹身后小脚丫。
　　爹去哪，他跟哪，
　　爹间苗，草他拔。
　　日晒雨淋成泥猴，
　　生活艰辛喂养他。
　　少儿苦早知人事，
　　外出做事少痴傻。

我与蛇同在河中歇凉

夏日，站在河岸边一丈多高的岩石上，跳进河中游泳，是我童年生活的一件美事。

一天中午，骄阳如火，晒得人头昏脑涨。我独自下河洗澡，以解酷暑。身子落到水中，虽夏日河水也有一定温度，但顿时身心大爽，舒畅极了。

我在河中扑腾欢游了一阵，便游向高耸石壁阴凉的水边，抹去脸上流淌的水滴，停止动作，安歇一会儿。

这时，我看到石壁阴凉下，落满水面的红花绿叶，漂荡着，溶溶漾漾。我抬手推拥了一层薄薄的水流过去，想冲开这被花叶遮蔽的水面。

当花叶冲开时，我见一条一米长的花蛇，静静露出水面，它的身子一动不动在壁阴下乘凉。水花溅过去，它只睁开一只眼看了看我。

我以为看花了眼，揉了揉眼睛，再看时，真是一条蛇！它潜伏在鲜美斑驳的花叶下。

我惊魂飞空，急慌慌从水中跳上岸，抱起衣裤往家中蹿去。

在这样宁静阴凉的河中，我却与一条蛇同处一起，相隔仅几尺远！

它并没有攻击我。我却从此不敢在这段河中洗澡了。而且，走到一处花香叶美的地方，我都会观察再观察，有没有蛇蝎深藏其中。越是曼妙无比的舒畅之地，越要警惕此类猛禽恶虫是否藏匿。

大地是凉快又温暖的，泥土是肥沃湿润的，她是万物的母体。各种温驯的动物，甚至凶兽，她都养育。

花下潭影柔梦香，
蛇伏虫匿祸凶藏。
危机都从美处来，
蜜语亲胜一奶娘。

女人也能顶片天

    梨树沟东南角，住着一户人家，只有母子二人。家境虽不大富，也是个殷实之家。

    老太太近五十岁，圆脸儿，高个儿，穿一身蓝布衣褂，收拾得干干净净。儿子十二三岁。为了早日添丁增口，娶了个二十二三岁的媳妇。

    婚礼相当隆重。那天傍晚，村里青年男女拥进他家，看新媳妇。我们小孩子也跑去凑热闹。

    那新媳妇，瓜子脸儿，红扑扑的，一双眼睛笑眯眯，似有些闭月羞花的姿态。这引起了青年小伙们极大的兴趣。

    老太太喜容满面，端出一大簸箩糖果，招待客人。

    那新郎一身新衣裳，也是蓝色的，头戴一顶小礼帽，坐在桌边椅子上，红红的小脸儿，傻乐，似看人家的新媳妇。

    新娘很开通，姑娘小伙子们哄闹，叫她唱戏、唱二人转，她笑着说："戏俺不会唱，俺唱支歌吧。"大伙一阵掌声。

    "吃菜要吃白菜心，白菜心，打仗专打新六军，新六军……"这歌的内容使听者都很诧异，但歌调很好听。至今我还记得那清新明亮、委婉绵长的嗓音。

    大人们嘁嘁喳喳说，这女人当过兵，不知是哪路部队，这新六军又是谁家军队。

    这引起了许多好奇与猜想。大伙齐呼啦地问她：是何处人士？家里有什么人？和新郎家是怎么认识的？

    新娘光笑不回话。只东扯西拉地说些别的事。看她那应对八方的从容劲，这是个有着非一般经历的女人。

看那新郎，这时已趴在旁边桌角上打起了呼噜。他睡着了，嘴巴还淌出一串哈喇子，这多人吵闹，竟挡不住他的困意。人们不管他，只管闹媳妇。

新媳妇很会应酬，问东答西，逗得姑娘婆娘小伙子们前仰后合。

几个见过世面的人，对此很是纳罕。这么个有经历的人，咋还做这个孩子的新娘？是避祸灾还是……

再看看乐得一直合不上嘴的老太太，那得意的神态，人们说：这老女人很有心机，怎么就哄来这么个好媳妇？

"大妹子，我也当过兵。听说你也当过兵，是哪个队伍？当了几年兵？"一个三十多岁的汉子终于忍不住大胆地问开了。众人都竖起耳朵。老太太急惶惶出来挡驾了。她满脸笑容又不自然地说："大兄弟、大姐姐、大妹妹们，忙了一天啦，现在天都快半夜了。太累了，回吧，回去歇歇吧，歇歇吧，歇歇吧。"一边说，一边往外推送客人。

显然，老太太怕新媳妇说出不该说的话。一边又推儿子："起来，起来，这么大个人啦，你媳妇还没睡，你就先睡，多慢待人家！"

她媳妇忙过来，抱起半醒不醒的新郎往里屋去。乡亲们见这样子，又哄然大笑起来。新媳妇满面绯红。

众人见她婆婆这样，虽有好多疑怪没弄清楚，也只好拔腿走人。

喜事过后，不到半年，这家人就悄没声地搬走了。众人再也没见过新媳妇和老太太及她儿。

留下一大堆纳罕，费人猜想。

现在想来，那时凡是在长白山区站得住脚或过得好的人，都是些能人。别小看这个寡妇，那也是极有故事的人，只是我一个孩子，不知这苦寒之地的雄壮秘奥罢了。

后来听人说，这女人年轻时，经过许多苦累悲酸，又当娘又当爹。

不可小觑山里人。家家都有部奋斗血泪史。

有泪不落外人前，
有苦只往肚里咽。
春当婆娘秋做汉，
背上奶娃成少年。
千户百屯美声高，
女人也能顶片天。

狗奶子和地枣

长白山区，有一种山果，在枝枝杈杈上结满一串串碧绿色的颗粒状的野果，这就是狗奶子。

它似野葡萄，但味道完全不一样。它不像葡萄那么圆那么大，而是稍长些的椭圆形的绿果，它成熟时就变成紫色，状如狗的奶子，故名。

这狗奶子，味道甜酸又有点苦味，吃在肚子里舒服鲜美。

小时我常摘来吃。长大后回长白，我都会去县城集市上转转，看看有卖的没。第一次去时转了几转没人卖。第二次去时买到了，吃了个肚儿圆，把剩下的装在塑料袋中，挂在二姨家的厨房里。

这类山果似不能登大雅之堂，卖的少，买的也不多。

还有一种山果——地枣。地枣，是当地人的称呼。现在人们都叫它草莓了。全国各地都大养，栽培草莓。

实际上，草莓与地枣，虽是同种地珍，形状同样，色泽一样，有粉色的，有黄色的，有红色的……真是五彩缤纷，但吃起来，味道相去甚远。吃一口家栽的草莓，再吃一口山野的地枣，就会觉出其肉汁滋味相差极大。地枣一口下去，甜美鲜新，既爽口，又沁人肺腑，虽然它长得不如家栽的那样肥大胖圆。有些家栽草莓，吃到口里，就像喝一口白开水一样少滋缺味，更淡了许多韵致与甜美。

万物自有万物美，
不用求全硬栽培。
失去原汁原韵味，
果实还能醉倒谁。

欢乐的冬天

冬日，大雪封门，可挡不住孩子们串门走户，寻欢作乐。

小时，我穿棉衣棉裤，再穿一双暖至小腿的长筒棉袜子，脚蹬一双可脚的草鞋，戴一狗皮帽子，白日经常不着家。

我同小玩伴们爬雪坡，嬉闹，打雪仗。从高山顶上，坐着小爬犁，顺着雪道，冲风冒雪，似箭一般滑到山底。

有时爬犁打滑，又出雪道，冲进沟底雪中，呛了一嘴雪，一脸雪沫，半天喘不过气来。周围同伴哈哈哈哈乐个不止。

有时，几个玩伴到山里人家的场园玩，我们把预先做好的苞米粒放在草垛边。给那苞米粒剜出个小眼，摁上一点药野鸡的药，再粘好。冬天大雪漫山，野鸡就飞到场园里觅食。它吃了这种苞米粒，就可被药死。

长白山的野鸡很俊，一身黑羽毛上缀满了紫、红、绿、蓝、黄、灰等五彩斑斓的花纹，像孔雀一样，有的比孔雀还美。

雪后，野鸡从这山头"嘎嘎嘎"叫着飞往另一山头。你不注意，它一飞就会撒你一头一脸雪沫子。有时，野鸡飞着飞着，就会一头栽下来，"扑"地滚落在雪地里。那它一定吃了那种苞米粒。有的吃多了，飞不了几步就掉落死掉了。有时当天没来，隔几日来看，就有几只倒在那苞米粒旁边。

回到家中，把玩乐所得的收获扔给家人。家人欢笑着。把野鸡的肠胃扒开扔掉，清掉毛羽，或煮或炖，这就是全家一顿美餐。

白日欢闹野作，深夜也难安息。

在微弱的星光下，半大小子与青年，一起玩骑马。队伍站去了半条街。长长的队伍，最前面人再走到后边来。尽力往人多的队伍前面蹦跳。能跳过几个人就是几个人。越过的人愈多愈好。这样轮回跳着玩，有的人太沉，一跳跳到那些弯腰扶着前边人的人身上，因挺不住，轰隆一下压趴了，倒掉一大片。旁边看的男女娃子，也有老人，哈哈哈笑乐了半夜。有人从梦中惊醒，竖耳听听，在自己被窝里也乐了。

玩完回家时，大棉袜子都湿透了。脱下放在灶台或火盆边烘烤着。第二天一早，穿上半干半湿的鞋袜，又是一天。

啊，长白山，我永久的故乡。你的苦寒，无意中锻炼了你的儿女，坚毅顽强，不惧风霜雨雪，应对人生的种种侵扰、艰难突变。

> 冰天雪地娃声啸，
> 蹚冷迎寒胆气豪。
> 笑踏千尺平常雪，
> 林海苍茫心志高。
> 英雄多从酷寒出，
> 俊杰生就白山苗。

朝鲜族的娃子

村里有个男孩儿，比我大点。他是我的好朋友。

他是朝鲜族的娃子，被汉族大娘收养了。

他什么时候被收养的，我不知道。只知道他母亲是很端庄又很严肃善良的老人。平素里她很少出门，对孩子要求很严，见人不笑不说话。说起话来，不急不躁，慢悠悠地。

他不扎堆合群，平常日子里，总是在院子里收拾这个，整理那个。

你若是有事要他帮忙，他答应一声，告诉母亲，就跟你走。忙别人的活似干自己的活一样认真出汗。干完了，水也不喝一口，饭更不吃，拿起汗衫，甩在肩上，就回家去。常常如此。

他说话有点结巴，大圆脸上常挂着笑。我从未见过他同人打过架。小时有人欺负他，他母亲就闻声出来训斥断喝，孩子们就吓得四散逃去。有时他母亲不在家，他就躲开。逼急了，他就会叫喊几声，声音似从牛肚子里爆出来的，很有些震慑力。那些调皮蛋吓得怯怯愣愣地惊住在那里，乖乖地走了。他有股闷力气。

他似乎还是左撇子。有一次我和他掰手腕，他伸出左手，我忙说："不行，咱用右手！"他看看我，笑了，说："那好。"

我费了好大力气，手腕子都疼了，还是他胜了。他笑着说："你以为我右手就掰不过你呀，我有的是力气呢。"我更喜欢他了。

那时候，村里的大人们喝醉了酒，常常抡起铁锹就往对方的头上砍，劈得人血流满面，捂着头又跳又蹿又骂。

这些对孩子们都有影响。有时汉族娃子与朝鲜族娃子，玩着玩着，恼了。学着成人骂得难听，大打出手。他就从中调解。

有时汉族娃子吃了亏，就说他偏向朝鲜族，有时朝鲜族娃吃了亏，就骂他忘本。他就红涨着脸一笑说："那，你们不听劝，就打吧！打到谁谁疼！你能保管光打着别人，不能打着自己吗？打吧，打吧，打破头才好呢……"

两派娃娃听了，相互看看，蔫了。就住了手，改成文斗，光动口不动手了。

有的娃子觉得光用自己语言不过瘾，就用半生不熟的对方语言骂。

可是骂着骂着，一下子骂反了，成了骂自己了。

对方一听，都哈哈哈哈大乐起来，他自己也红着脸笑了。

这一笑，化干戈为玉帛，双方在他的调解下又成了朋友。

我这位朋友，竟成了汉族娃和朝鲜族娃之间的黏合剂。

村里的成人们，也对他刮目相看。

都曾抱养邻族孤，
联姻通谊更千古。
中华根深日月长，
伯仲谁分亲与疏。

吃擂弄面

朝鲜族的擂弄面（方言口语），那时一角钱一碗。

叫它擂弄面，起因是：把面条下好后，放上些料汤、泡菜和牛肉片。一擂弄，连汤带面往嘴里扒灌，又酸又甜又鲜，爽口又舒心。

那时梨树沟有家朝鲜族人，开了一家擂弄面馆。那时做面不像现在，早已把面条压好了，不知干了多少天。客人来吃，撕巴下一些，下到锅里，熟了捞出，拌上料，就能吃了。

那时的餐馆，是用一种极简易的压面机。压面机安置在半截锅盖上。和好面，烧开锅，趁锅水翻滚间，压面机上放好面，人工压下。一个个圆圆的机器小孔眼中，就出来一条条鲜嫩柔软的面条。这现压的面条落到滚水中，就煮开了。看看煮熟了，掀开锅盖，移开压面机，捞出。用一些凉开水一浸，然后倒进碗里，再把预先凉好的汤料等舀进盛面的碗里，再加上点泡菜、牛肉片，就可以吃了。

这样现和面现压出的面条，煮熟后，格外筋道。再加各种调料，一擂弄，像众神给王母娘娘庆寿，喝的那细面仙汤，鲜美之极。一口下肚，浑身每个细胞都急急张开小口，吸吮它丝丝缕缕的滋味，舒畅若仙。

梨树沟的擂弄面，就属于这一类。

我问那位帅气年轻的男主人："多少钱一碗？"那男人笑笑说："一角钱一碗，你先尝尝，这是刚做的，只剩下这一小碗了。你尝尝，不要钱。"

说着，他拉我坐在他身边，把那小碗面推到我面前。

"我不吃！"我馋得要淌下口水来，但嘴上却这么说。他再三笑着对我说："真的，不要你的钱！你尝尝，给我在村里到处说说它的好；鲜美可口，就有了！"于是我放胆地几口就吃了个碗底朝天。当时，没工夫咂摸是啥滋味，可过后愈咂摸，愈觉其美味似天宫来。

这擂弄面滋味，深潜心底，长久不忘。

后来，我去县城方家馆子住了一段。人家养我。我也干点劈柴、扫地等杂活。城里的餐馆好几处，但都是汉族人开的，没有一家朝鲜族饭店，所以没有卖擂弄面的。

在离开长白回山东多年后，我编辑《童年》杂志，去北京组稿。一天，我采访郎平和她介绍的老师，写了篇《郎平和她的老师们》，发表在《童年》的创刊号上。在回旅社时，路过延边餐馆，我突然想到，这里可能吃到擂弄面，进去一问，真有，我要了一大碗。后来，一次去出版社修改书稿，在出版社旁边就有卖擂弄面的，我几乎每天都去。

一九八〇年，我回长白体验生活，在创作期间我回我二姨家。那天，吃中午饭时，我突然想吃擂弄面，便随口说了句："这里有卖擂弄面的没有？""有。"二姨父说："现在叫冷面了。"说着便叫表弟去买。我都吃了半饱了，可二姨父、二姨都说："你想吃擂弄面，何必等隔顿再吃。"表弟一买，就是一大盆。我好一顿大吃。

童年的一种奢望，成了我一生的嗜好。

如今我已八十多岁了，隔些日子，还会去街上东北人开的冷面餐馆，买碗冷面，满足我这点食欲。

否则，生活似缺了点什么。嗜好成癖呀。

平生贪恋冷面食，
地北天南必寻觅。
一碗冷面美在腹，
胜他十日满汉席。

捡来的军马

抗日战争胜利那年，我住姥娘家。

一日爹爹来看我。他从朝鲜的惠山镇过鸭绿江，经过长白县城，奔梨树沟来的路上，见一匹高头大马迎面跑来。

那是一匹枣红大马，膘肥体壮，高挺健硕。说也奇怪，它见了来人，竟然停在了路上，眼望着爹爹，似渴望找个主人。

我爹拍拍它的肩膀，又抚慰下它的头脸，它点了点头，刨刨地。我爹心里一乐，跃身跳上马背，奔梨树沟而来。

爹那时不到三十岁，年轻帅气，个子高高，骑在马上显得英武潇洒。

到了姥娘家门口。人们见我爹骑着骏马来了，都新奇地拥来，笑着问这问那。

爹跳下马，把它牵到院内，拴在马棚的一根柱子上。

屋外的喧哗声，惊动了正房的老姥爷。他已七十多岁了，高大个子，长脸白皙，一绺长髯白白地飘在胸前，威严而又慈祥。他声音洪亮，声出丹田，震得窗户纸嗡嗡作响。他瞟了一眼那匹马，问："哪来的马？"

"在路上捡的。"爹爹回答。

老姥爷那双深邃的眼睛盯着我爹看了一会儿，见无欺瞒神色，便说："不是咱自己的东西，不用说匹马，就是一匹龙驹咱也不能留！"

爹说："看来，还不知是哪个部队打散了，跑掉的一匹日本马。它自己在路上，没主了。"

老姥爷截住他的话："就算这样，也不能留。贪别人丢失的东西，不是咱这样的人家该做的事！"然后他坚决地加了一句："送出去！"说完，他就进正房去了。

众人你看看我，我看看你。

在这个家，老姥爷是最高权威，他的话就是圣旨。

"送，送哪里去？"爹爹犯了难。

众人都觉得很可惜。

有人最后提议，送村东的旧房舍去。所谓旧房舍，就是日本鬼子强迫百姓并村前的房屋。现在只剩半壁墙了。拴在那里来往路人都能看见。

我爹接受了众人的提议，先弄些草料喂饱枣红马，然后提一麻袋草料，以备它饿了吃。

我跟着爹把这马牵到了那旧房舍的半壁墙边，找了块大石头拴上，绳子松松的，一碰就开。爹爹坐在那儿惋惜又欣赏地待了一会儿，最后站起拍了拍那马的头脸肩膀，抱起我回了姥娘家。走不了多远，还听到那马咴咴叫了几声……

第二天早起，我和几个小玩伴跑去看时，那匹高头大马已无影了。

人说，马无夜草不肥，人无外财不富。可我老姥爷，面对跑进门来的"外财"，却心静如水。可见老人家的品格。

我老姥爷常对家人说："一个家庭，安详、健康、和睦才是根本。不要为意外的进出所带来的欢喜与懊丧所左右。有得必有失。凡事看长远，求得一个心静，才是福。"

钱财是福亦是害，
意外之财莫理睬。
贪占此物心莫喜，
灾患相跟祸事来。

棒槌鸟

我小时，长白山凶险莫测又神秘的深林中，有一种鸟，称棒槌鸟，贫苦善良无助的人家，上山采参，有时会碰到这种鸟。

据传，这种鸟能分辨出好人和坏人。碰到好人，它就在前头飞，引导你前行。遇到有人参的地方，它就停下来，叫道："棒槌，这一棵！棒槌，这一棵，棒槌，这一棵！"在那时，人们称人参为棒槌。

听说，这种鸟，是一个贫苦娃娃化成的。他家里穷，为了给老母治病，进山挖参。千辛万苦挖了几棵好人参，却被歹人害死，夺走了人参。他死后，就变成了棒槌鸟。

魂灵化鸟，这是在苦难挣扎中，坚毅顽强生活下去的人们的一种希望和向往。其背后有甚多怨苦凄怆。

那时人参，注入了偌多天光云影、日月精华，又吸纳了沃土中各种营养流汁的精髓。岁月愈长，其养分愈丰富、愈纯美。一般山参都是几十年、几百年甚至上千年的。

而今，人参大都在人参棚下培栽。生长不到十年，个别的几十年，就挖出卖钱，实际上吸纳的营养有限，但模样却特别丰满好看。

据住深山老林中的人们说，现在很少有人碰见棒槌鸟，碰见了也很少听见它鸣叫。有时偶鸣几声，也是很轻很低，似有些羞口难开的样子。

魂灵化鸟，只剩下凄美的传说，其希冀和深味，没有人体会了。

真真假假宝贵珍，
世间争吵乱纷纷。
人问谁真谁是假，
都言我我是真真。

R.Q
2024.

故乡一瞥

回到长白县，当然要去梨树沟看看。

村子里静悄悄的，街面上不见一个人。几只鸡大摇大摆地在街上逛，一条狗趴在谁家的门口，懒懒地在阴凉里看了我一眼，既不喊也不叫。

街还是前后两条，房屋还是那些茅草屋。我姥娘家那座宽绰院落和高敞的屋宇已荡然无存。后来住的那两间窄窄朝鲜屋子也辨别不清了。

再看，村南边那石碴子和山还在。村西南头那座石碉堡没了。村北边那河，水还照常流，但河床已与村子的街道，几乎一般平了。那么深的河床咋就平了呢！这若发大水，那村庄还能保住吗？

这就是我童年的故乡，熟悉又陌生了。

我在村中转了一圈儿，走到村中间，有座屋子里传出说话声。

我敲门进去，见一个青年同一个和我年龄相仿的人在拉锯，锯木头。这是间木匠房。

两人停住了活。那小青年问我："你找谁？"我还没来得及回答，那中年人突然问我："你是董文林吧？"

我也认出了他，忙答道："是啊，你是左……"他笑着点点头。他很困难地站起身来，说："听说你回了山东。什么时候回来的？""才两天，这不就回来看看老家嘛！现在村里谁负责？"老左说了名字，我已不知这是谁了。

那青年这时出门去了。我问了问老左的情况。老左说："当初我考上了中专，学了一年，因身体不好站不住了，就退学了。"现在村里挺照顾他，让他坐着干木匠活。

说着，他吃力地挺直身子，一走一拐，步态歪斜。我忙伸手扶住他，让他坐好。他叹了口气说："这身子当初是会治好的。可没在意，挨摸着看看，耽误了，就成了这样子了。"年轻时，什么也不在意，把自己的身子当成别人的身子，头疼脑热，躺躺就过去了。待到小病转成大病，肢残人废了，想治也来不及了。山里人，大都这样。从根上讲，还是缺钱哪！

这时，那青年回来，说："村长上坡干活了，不在家。"

我说："不必找他，我随便回来看看。"

我在同这个玩伴闲谈中发现，他对他目前的生活还是满意的，心情很好，笑得还灿烂。他结没结婚，有没有孩子，我没敢问。

离开梨树沟已二十六年了，故乡的面貌没大变化。但人都老了，有人还残废了。

老了还得过，残了还得活。这就是红尘中的你我。

鸭绿江水弯曲长，
长白山村是家乡。
玩伴惊喜我归来，
亲语欢情话过往。
苦乐病老笑着说，
人生谁能无残伤。

雨中的疤痕

麻秆似的大雨唰唰直戳地面，密集的水柱根根戳起亮亮白白的水波儿。风拥雷鸣，暴雨如注。

我一头钻进雨林，撞破片片水帘，朝家奔窜。

风迎雨绊，趔趔趄趄硬跑了几步，又被风雨强阻回几步。如此进进退退，好容易快到家了，突然脚下一飘，一跤跌在水流如河的街面上，我手中的墨水瓶也摔得粉碎。

我顾不得这些，爬起再跑。

撞进家门，雨浇得我像只水猴，书包里课本、作业本全浇透了，我淋得鼻白脸木，浑身战栗。

姥娘吓了一跳，她看了看我，惊叫道："你胳膊咋淌出这么多血水！"

我低头一看，也吓呆了，哗哗的血水冒着热气把左臂衣袖都染红了。

姥娘急忙给我扯掉上衣。仔细一瞧，因摔倒时，墨水瓶正在左臂下垫着，碎瓶碴碴进胳膊肉内，流出血来。

为把那些碎瓶碴挑出，姥娘又十分仔细地把我左臂清洗干净，把粒粒玻璃碴子都挑出来，又敷上一些灶灰止住血，找块干净布把左臂包扎好，才说："就不能等雨停了再回家呀！"我疼得流着泪，咧着嘴说："我饿了，想快点来家吃点东西。""唉！……"姥娘叹了口气，给我换上干净衣服，叫我在炕上躺着，给我盖上被子，忙又给我弄吃的。

这是我才上小学时，在风雨中留下的一次刻骨铭心的血痕。

如今我已是八十来岁的人了，这深入骨肉的烙印，还隐约地在我左臂上。

这块疤痕已成为我躯体的一部分。那深入生命血液中的墨汁，浸淫着我的命运，成就我的人生。

别嫌印记在尔身，
痣纹异相都有根。
他日成败与悲乐，
细思纹痕早有印。
别叹自己命运苦，
别羡他人仕路顺。
三分有命七分做，
未来还靠自己拼。

R.Q 2024.

骑狍子，被它甩在青草边

　　夏日的一天，我到村外坡岭上采摘地枣。那日，天气晴朗，夏荫清爽。我爬上半山腰，很快便找到一片红艳艳的地枣。

　　阳光下，绿叶爬满植株，露珠晶莹灿亮，颗颗红果亮丽硕大。像家中培植的那样肉肥汁厚，又像鲜红的玛瑙珠子，坠落在绿草丛中。

　　我馋涎欲滴，蹲下身子便摘吃起来。

　　那时，我七岁，孤独惯了，所以做什么都自个来。

　　凉飕飕的，甜蜜蜜带着露水的鲜地枣，我直往嘴里塞，大嚼猛吞，直到吃得肠满肚饱后，才摘些装进小筐中。

　　玩吃了半天，我有些累了，想躺在草地上歇一会儿。

　　抬头间，与一头小狍子几乎撞着了脸。

　　这狍子不知何时来到我身旁，它低头香甜地嚼吃着树芽嫩草，那咀嚼声是那么从容清脆，像刚才我吃地枣一般，全神贯注。

　　过去，见的狍子都是成群结队的。每到夕阳衔山，它们便来到梨树沟南面的山顶上，嘶吼鸣叫。村人称这是"狍子卖肉"。

　　今天，这只年幼狍子，独自出营找食吃，碰到我了。

　　它以为，咱们都是大自然的生灵，你吃你的地枣，我吃我的树芽嫩草，各得其食，互不相犯，更无食争，就这么大胆松弛地吃它所爱了。

　　可这时，我却想：逮住它，养在家中多好玩啊。想到这，我十分亢奋。

　　那小狍子离我只一两步远。

　　我悄悄站起，猛然扑到它温煦的脊背上，又一下子搂住它的脖颈。

这狍子没想到，一个同它差不多大小的孩子，竟敢这么放肆地侵犯它，便本能地往高处一跳，把我甩在树木和杂草上。惊慌失措的狍子，眨眼间，便穿林过崖，逃得没影了。

我倒在草丛中，脸被划得生疼，但我却大乐了半天。这只金黄色小狍子，小鹿一样温驯，估计也就两三岁，年纪比我还小些。

我歪在地上歇坐了一会儿，看看摘满小筐的地枣，又摘了几个填到嘴里，就提起筐回家了。

到家后，姥娘见我脸上有几道浅浅的血痕，吃惊地问："这脸是怎么弄的？"我说："一只小狍子把我摔在地上，叫树枝子划的。"我说了事情的经过。姥娘说："你还小，不要动那些野牲口，兔子急了还会咬人呢。再说万一它们身上有病菌什么的，就更难说了。"

我这才知道，大自然的生灵，不管大小善恶，也都不好惹。生物都会自卫呀。

地球是万物温暖家，
你生我长树开花。
鸟兽鸣跃山野绿，
红蕊艳丽日吐霞。
人勤和美无夺争，
桃源不再是世外家。

不分你我的童年

孩提时的天真无邪，相助相恋，非常人能比的。我们几个玩伴一起玩时，有个瘦小的男孩拿来几块糖，分给大家吃，一人一块。含在嘴里，那个甜绵那个香啊。吃完了，每个人的口水还顺着嘴巴往下淌。

于是大伙儿讨论怎么弄点豆子再去换点糖块吃。一个圆胖的孩子抢着说："去偷俺家的豆子。俺家的放在缸里，我能够得着。"一个黑面的孩子说："不行！你家的豆子又小又瘪，人家不一定换！俺家的豆子好，偷俺家的。"小结巴说："偷，偷，俺，俺家的。俺，俺家豆，子，大！"一个个头比我们都高，年龄也大的姓张的孩子，站起说："你爹太抠了！他知道了，还不砸死你呀！俺家的豆子又大又饱满，谁见了也喜欢，偷俺家的！"他是俺们玩伴的头，很有权威的。说完他扬起头，"走！……"我们跟在他后头，往他家进发。

到了院门口，他先张望张望，家里没有人，伸了伸舌头，嘿嘿一乐："冲啊……"直奔他家。

他家仓库在西屋的屋梁顶上。上面铺了一层结实的木板，像天棚，棚上至屋顶就是放粮食和豆子的仓库。墙角上有一截小梯子上去。

他先爬上去，又招呼大伙往上爬。

大家都感到很新奇，这边摸摸，那边蹭蹭，有的一下子躺倒在木板上，有的坐在那四下瞅瞅。

正在这时，听见院子里他爹在喊："小牛，小牛！不在吗？小牛！小牛！……"张小牛急忙摆了摆手，叫大家别出声。我们都吓了一跳，伏下身子不敢动弹。

他爹喊了几声，没回应，以为他没在家，没进屋，带上院门出去了。

听脚步声走远了，他又伸了下舌头，大伙又嘻嘻哈哈地乐了起来。又笑又闹，竟忘了来这干啥了。玩乏了，竟一个个睡着了。

等我们醒来，已快到吃晚饭时候了，又都忙忙爬下梯各自回家填肚子了。

这张小牛的一根手指头少了半截。那是前年帮助大人铡草，他续草玩，不小心铡掉半根指头。后来，我考上县城高小时，竟看见他在学校干小工，冬天给各教室生炉子。

他见了我，乐得蹦了起来，攥着我的手很亲密的样子。我感到他的手有些粗糙，但很温暖。

还有个玩伴，白净的脸面，胖胖的一个男孩子。

那是盛夏季节，姥娘叫我上山挖点野菜拌拌吃。

我挎着小篮子上了山。在半坡上，我见那个白胖男孩在他家地头玩。

见了我，他问："干啥呀？"我说："挖点野菜拌着吃。"他说："别上去了。咱玩弹泥球多好。玩完了，我摘几个西葫芦，你回家拌着吃不很好吗？"听他这么说，我扔下篮子，同他玩起他团的泥球了。

玩了半天，他钻进地里，摘了三个西葫芦，放进我的小篮里。怕叫人看见，还拢了一些青草盖上。

这时，来了个胖大汉子。他戴着草帽，一张大白脸笑着。这是那孩子的大爷。他来到地头，摘下帽子，扇着风，蹲下身子，看了看我的小篮子，又看了看他侄子。

他说："篮子里装些草干什么？"我没出声。他侄子站在那不动。

那大爷用手翻着，几下就翻出了三个西葫芦。他看了下他侄子，他侄子满面涨红，我也有些不自在。他拿出西葫芦，把空篮子递给我，说："回家去吧。"说着站了起来，不怒也不气。他侄子极难为情地望着我。我挎着篮子，慌慌地下了山。

我走后，不知他对他侄子又怎么训诫呢。

孩童之间，你的我的，得的失的，没什么区别。只要高兴，你的也是

我的，我的也是你的。这就是童年的纯真。

童趣天地好天真，
赵钱孙李从不分。
人人都恨私罪重，
何妨胸怀少儿心。

春良的鞭子

郭春良，是高金山姨父的外甥。我俩年龄相仿，人生遭遇也近似。只不过，我母逝后，我由我姥娘抚养。他母离世后，他由舅抚育。

在梨树沟，我俩常在一块玩。因同病相怜，俩没娘的娃子自然亲近些。

春良，小长脸儿，皮肤有点黑，个头跟我差不多。他不放猪，可他竟有一根鞭子。站在街当中，甩开膀子，扬起鞭子，鞭梢在半空打个旋，再狠狠地抽下来，"呼叭"一声，震得邻街的房子"嗡嗡"直响。他甩鞭子，比那些猪倌还地道狠劲，鞭梢落地，爆起一股土尘，亮出一道白痕。

他成天鞭不离身。没事时，他常甩鞭玩。村里孩子们听到鞭声啸啸，就知道春良出门了。

他玩鞭子有个原因。他长得并不粗壮魁伟，细条身材，有些懦弱的样子。他不合群。村里有几个胖大的愣小子，见了他就欺负他。有一次竟打得他头破血流。

他没有哭喊，在家里闭门不出两三个星期。

一天，他出门了，手里攥着一根鞭子。正巧，打他的那几个愣小子在街上玩。见他走出门，全围了上来。他们打人成癖了。抢开皮拳向他头上劈来。春良用左手一挡，右手的鞭子便狠狠甩在了他们几个头上、脸上、身上。他们万没想到这家伙的回报那么狠、那么不可回避阻挡。一个个抱着头"哇哇哇哇"号叫着逃回了家中，脸上的鞭痕好几天才消。

由此，望着春良那带着怨恨又闪着戾气的面容，几个要横惯了的邪孩子们便不敢再惹他，靠近他。

鞭子一响，一股逼人的威慑力便迸射在村寨上空。他们腿打哆嗦，远远望着他，玩他们自己的去了。

春良从不欺负人，人也再没敢欺负他的。他小长脸儿，成天没个笑容，不言不语，只在我面前还讲几句笑话。他声音脆脆的，吐字清楚："谁要欺负你，我鞭了他！"

有这样的朋友，我安全。只是他不太讲卫生。有时鼻涕吊在嘴巴上，眼看就要落到地上了，他用手一捏，甩到一边，或用袄袖子一蹭完事。天长日久，他袄袖就明晃晃的。

他比我回山东老家早，找他爹的亲人去了。

长大了，我看到报纸上有姓郭的人，我就想起他。

有一次回长白时，我问高金山大姨父："春良现在怎样了？"金山姨父说："他一个人跑回来过一次，在生产队待了些日子就回去了。"

那时，也不知问一声，春良在山东哪个地方。现在想问了，金山姨父成古人了。

童年的玩伴，你现在还记得你那惊蛮震邪的鞭鸣吗？

人，就得有一种绝技，护卫自己，使人生走得更远些。

自己走好自己路，
别靠他人多帮扶。
红尘路长又坎坷，
坚韧不拔是正途。
千山万水脚下过，
人这一生就没白活。

长白山天池

长白山最高处，有数千米无树开阔敞亮的地段。

坡缓漫园。山坡上净是被暴雨冲刷出的条条浅壑和道道薄沟，也有几条稍深的沟壑。

遍坡裸露山岩石块。有许多浅浅从天池里渗出的水流，在海拔近三千米高的坡面上，在沟底路旁甚至路上的石板间，横流竖淌汩汩欢吟。

真是山有多高，水有多长。

漫山水流的坡岭上，满是矮矮的野草和星星点点的黄花红蕊，随风摇曳着。

山顶端，竟是一个凹陷下去的巨大天坑。豪阔如海，坑里涵满了碧清的池水。它开阔的四周是陡壁悬崖，参差嵯峨的青峰。

湛蓝天空白云落在池中，似天地一面魔镜，映照着人世间一切阴暗幻形和兽影。

这就是天池，长白山天池。

传说，天池里有一种怪兽，形体硕大。它游泳时溅起的浪花有几丈高，发出"轰轰"吼鸣，似随时会蹿出水面冲上岸来。

还有传说，天池底下还有个世界。那儿田园丰饶，家家富足，人人都长着翅膀，想上哪就到哪。

传说开人心智，真实却更绚烂灿丽。

天池还是松花江、图们江、鸭绿江的发源地。它涌流了偌多年月，怎么还没流尽枯竭呢？三条豪大江流，一年得倾泻多少水源啊？说天池通海吧，它的水又没有咸味，说它是雨水吧，三百六十五天，天天降雨，也不够三江倾泻啊！说它是雪水吧，长白山自古就没有不化的冰雪！

这惊天骇世的奇妙，渊源潜在何处?

我小时候，在鸭绿江畔生活过多年。经常见大江之上漂浮着大大小小奇形怪状的石块。小的如拳头大，大的如斗甚至比斗还大。

大江漂石，这是长白山江河的一大景观。

据说，这种石头是天池未形成前，火山爆发的岩浆所成。在当地，老百姓叫它江沫石。捞上来，可以磨刀，它很轻。

天池，长白山天池。

永不枯竭的池水，借三江之势，灌涌着东北大地，滋养着辽阔地域中的人们与万物，充盈着勃勃生机，繁衍不止。

天池，涵满世间大地的母乳圣浆，供养着世世代代白山儿女。

这里的子孙们，永铭天池的恩德与慈怀。

浩浩天池水，
万古流日夜。
涵养三省人，
滔滔永不竭。
大哉水无疆，
无形亦无敌。
入海即海阔，
化雨成点滴。
点滴能穿石，
石开新天地。

天池
2024

纯朴家风

我二姨家隔壁邻居，有一双儿女。大的有九岁，小的六七岁。姐姐方圆脸，粗壮些，不苟言笑，很少与人打闹。妹妹小长脸，白面，笑眯眯的一对小眼睛，笑起来两个酒窝特别明显，"咯咯咯"地浑身乱颤。一个持重，一个活泼，从小就性格分明。

她家的父母待人如亲。客来人往，如出己家。她们家也是一个招人会聚的场所。每日不到夜半，说笑声不止。

我们孩子们也愿意上她家玩。大人们说他们的，我们娃娃们在人缝中蹿跳跑跃，从炕上到地上，又到院子里。屋里屋外全是娃娃的欢闹声。

一天下午，我去她家玩。她家的门大敞四开，屋里静悄悄的。进到里间，见姐姐在炕上大睡。有趣的是，她的鼻孔处，随着一呼一吸，有一个鼻涕泡时涨时缩，起伏不停。

看着看着，我忍不住笑出了声。

笑声把姐姐惊醒了。她睁眼见是我："你啥时进来的?""刚才。"我说，"你看你喘息时，鼻泡吹得好大好玩，告诉我怎么弄的，我也学学……"她听了，爬起身，一抹鼻涕，羞得满脸通红，板着面孔说："好事都叫你看见了，出去可不能对别人说。听见了吗?"我忙说："听见了。"

说完她站起身，找了块毛巾擦了擦脸，放下就往外走。

我忙问："你上哪儿去呀?""我有点事。等会我妹妹就回来了。你等着她吧。"说完，她就出了门，把偌大一个家扔给了我。那时，梨树沟大部分人家都是这样，也没人拿没人偷，村风朴厚。

她走后，我待了一会儿，她妹妹回来了。一进门，见我独自一人在她家，就问："我姐姐呢？""她说她有点事，出去了。"我说。

"那，正好。"她高兴地说，一蹦就跳到炕上。在靠墙边的炕琴前，拉开一个抽屉，拿出一个食盒。她笑嘻嘻地坐在炕中间，"靠前来，闭上眼！张开口。"我靠在炕沿边，问："干啥呀？""叫你闭上眼就闭眼，张开口——"我闭上眼张开口，她把一块糖糕送进我嘴里。

我嚼了几下，又脆又甜。睁眼一看，她又拿一块瓜吉利往我嘴里填，她自己也吃了一块。

这瓜吉利是朝鲜族过节或有喜事时经常做的一种美食。我特爱吃。"哪里弄的？"我欢喜地问。"俺爹给一家朝鲜族人帮忙，人家给的。"

说着，她拿个枕头，往上一枕就仰躺下来。又笑问："还想吃不想？""想。"我口水都流出来了。她又从炕琴里拿了个小枕头，放在身边，拍拍枕头："上来，躺在这里，咱边吃边聊！"

我那时也就七岁，食欲大于天，忙忙跳上炕，乖乖地躺在她身旁，她就往我嘴里塞瓜吉利。

快吃完了，她母亲回来了。一推门，见我两个小人嘴里正忙活："吃的什么？"她女儿没说，我嗫嚅着说："瓜吉利……"

她母亲见我那个害怕的样子，笑了，说："两个小馋猫儿！吃吧吃吧。吃完了，还有呢！保你们肠满肚胀！"

听到这里，她女儿跳起来亲了妈妈一口……

这就是我的乡邻。拿别人家的孩子同自己的娃子一样疼爱呵护。好东西自己舍不得吃，拿出让娃娃们饱饱小肚儿。

我永远忘不了这亲亲真挚的乡情，还有这样纯朴温暖的风习雅俗。

乡情乡里朴厚真，
野味山珍送上门。
碗换碗，瓢换瓢，
油肥鲜辣暖四邻。
娃娃闻香先张口，
抢长个立地顶天人。

两个亲小弟

我的两个弟弟，给我留下的印象，极其模糊。

大弟比我小两岁，小弟比我小三岁多。

大弟文诚，生下来粗胖些，圆圆的脸儿，一双温和的眼睛，亲切地望人看物。他不大爱讲话，只微笑着望着这世界。

小弟文章，比较瘦小，一双明亮的大眼睛。他头有点大，脖子细细的。

大弟有些憨厚，小弟有些聪明。

他俩生下后，没有离开我妈，同爹爹和妈妈住在对岸朝鲜的惠山镇，在父亲干店员的绸布店后院一间小屋里。我则常住姥娘家。

就是我这两个可爱的弟弟，要了母亲的命。同一年，他俩生病，竟先后夭折了！

慈母失去了两个活蹦欢跳的儿子，疼得水米不进，撕心裂肺。在生下我小妹四个月零八天后，去世了。

这样两个弟弟，一个四岁多，一个两岁多，还在懵懵懂懂之中，对窗外的世界还未看清，搞明白，就匆匆离开了。

记得父亲告诉我，我母亲在离世前，一次见我独自在屋檐下磨蹭着乘凉玩时，她眼中闪出怜悯凄凉的目光，担心地问父亲："这个孩子还能活下去吗？"她是失去了两个儿子，怕了！

如今我已八十多岁了，小妹也七十多岁了，可母亲死时还不到二十八周岁呀！

我的大弟小弟！我和你们的小妹，坚毅地活了下来，乐着，活着。

小弟不识人间情，
良药苦口号不停。
饮苦咽痛平常事，
不经磨折谁长成。
枉费慈父深期许，
一声悲叹泪满胸。

不安分的人

小时，村里演节目，也叫我同一个小女孩唱二人转。休息时，那女孩还塞给我一块糖吃。她不大好笑，闭嘴闷闷的，跳的动作也不大舒展。但演节目，她还是很愿意的。

她有个哥哥，比我们大多了，有十六七岁，高大的个子，挺拔，长脸灰面，一副成人的装束。他是四年级学生，初小快毕业了。

冬日的一个下午，她哥哥突然一声大喊："村西头冰河上，有一只狍子，摔倒在冰上了，跑不动了！大家快去看哪！"

喊过之后，他就飞跑出学校，同学们瞬间呼啦啦冲出教室，尾随他跑出校门，我也紧跟其后。

跑到村西大河滩。河水被冰封住，青光光一片，哪有什么狍子。

只见她哥哥站在一块大石上，涨红的脸对着大家，挥着手，带比画地说了些什么。我离得远些，一句话也没听懂。

讲完，他跳下石头，大步流星地就往回走。

同学们懵懵懂懂不知所云，互相询问他说了什么。大些的同学讲，他说：老师不认真教书，发动大伙撵走他。同学们叽叽喳喳，又惊又怕。

那时的青年，像他那样出头惹事的很少。不久，学校里不见了她哥哥。

一年后，她哥哥穿一身军装，很威风又体面地回村探亲。他参加了什么部队，不清楚。我在街上与他碰个对面，他一点头，笑着过去了。

他很快地发达起来，后来听村人们说，他在部队上还当上了什么长。

他这一走，把一个平静寂寞闭塞的山村唤醒了，开始有人往外跑了。

我极熟悉的一个小伙子，机会比他更好。一个陌生人找到了他，同他谈了半天。到了约定的日子，那陌生人来领他去部队。可是，家里人怎么也不同意，让他躲出去。那人等到天黑，不见他回来，只好遗憾地走了。之后，他一直在村里放牛。

　　看来，任何年代，该出头时便出头，拼搏闯荡一番。当然，这不是盲动。但活水才能掀起浪花。那或许对社会能做出些贡献，也使自己得以发展。若不动不闯，怕冲破安分，只能望同胞驰骋荣耀而叹息。

　　机会由自己把握，怨天尤人，于事无补。

　　出头会有风险的，有风险，才有希望。

　　奋发图强天地阔，
　　千业万事全兴旺。
　　莫图安分捆手脚，
　　珍惜今生为灵长。
　　儿孙有你霞满天，
　　不负来人间一趟。

骑牛娃的哭声

晴朗的日子，总是让孩子们开心超乐的。蓝天，飞鸟，山顶上的鹿鸣狍叫，都给人兴奋新奇。逮蚂蚱，采野花，更令人流连忘返。

我同小玩伴在坡上玩耍。玩了一阵，觉得口渴，想回家喝水。

我抬头望望天，红太阳在空中照着。玩伴们不愿意回去，大人们在除草间苗，旁边有一头老黄牛在啃青草。

有一位四十来岁的汉子说："来，我抱你骑上牛，让它驮你回家喝水去。老牛识途，还很稳。"

我懵懵懂懂，被抱上牛背。那汉子一拍牛身说："坐好啦，下山去吧。"

我十分亢奋，记得前些日子，我见一本小人书上，画着一个孩子骑着牛，吹着笛子，很惬意的样子。今天，我也骑上了牛背，过过牧童的瘾了。

这是我五六岁时，去大山里我姑姥娘家时的事。

那是一头身量高大的老黄牛。不知是冬日缺草料还是怎的，它瘦得皮包骨头。身上稀疏的毛没有一点油星气，像荒了很久的薄薄枯草，扎撒着，脊背尖削像一截石壁。

它倒挺尽职，驮着我慢慢一步一步稳稳当当往山下走。这里离姑姥娘家约二里路，从山上能望见那些房子。那里住着七八家汉族和朝鲜族人家。

我紧趴在牛背上，不敢动弹。别说直起腰吹笛哨，就是紧贴着牛背还怕掉下来。

走不了多远，我的屁股被牛背硌得生疼。我抬头，四周没一个人，想喊，又不敢回头。

老黄牛却还是按部就班地走它的路。

我只穿一条薄薄的单裤，只能遮羞，不能像厚垫子一样支撑我坐在牛背上。牛又那么高大，想抬抬屁股离开些，又怕掉下来。一时疼急得我满眼泪。

老牛识途，却不懂它的尖瘦脊，削得我屁股要分成两半的痛楚。此时，我觉得它走得太慢了，到我姑姥娘家二里路似走了一年多。

好容易来到家门。

姑姥娘从窗户内看见了，忙跐着小脚跑出来，老牛也停止了脚步。

姑姥娘急急抱下我来，我"哇"地哭出声来。姑姥娘一看，我的屁股被老牛背硌得通红要流血的样子，心疼地大声说："这么瘦的牛，怎么叫孩子骑呢？"

我一听，哭得更欢了……

滴水成冰

苦寒冬日，许多村庄吃水，都得到村外河里冰窟中取水吃。家中人口多者，用牛爬犁拉水。我姥娘家就是用牛爬犁拉水吃。

一次妈妈来看我，正好家里要去拉水。出于好奇，我便和我小舅还有几个玩伴兴奋地跟爬犁去。见我执拗要去，妈妈千嘱咐万叮咛别滑倒，还摸摸衣服厚不厚。

冰窟离村有二里路。河中水不多，但并不断流。赶爬犁的是一位五十来岁老成持重的白面人。爬犁稳住后，他便下到窟底，用瓢舀水到小木桶中，满了，就提上来，倒进爬犁上固定的木桶中。这样上下多次，才灌满一大桶冰凉的水。

拉爬犁的老牛，静静地立在架子当中，一动不动，口里喷出白白雾状的气，看也不看我们几个叽叽喳喳的娃子。

鞭子一响，老黄牛便迈动沉稳的脚步，拉着大爬犁，摇摇晃晃，在冰雪大道上往回走。

走了几步，我突发奇想，紧跑几步，爬上爬犁，在大木桶后边坐下来。爬犁愈走愈快。我见几个玩伴，跟在爬犁后头，又跑又颠，我得意地咧着嘴直乐。

爬犁在冰道上颠簸，木桶摇晃，桶中溅出的水滴落在我头上、身上。我没处躲闪，只好淋着。赶爬犁的老汉只管跟着牛往前走，并不知后边还坐了个人。

到了家，我双腿打战，下不来爬犁了。身上的水滴已冻成冰坨，玩伴们见了哈哈大笑。

赶牛人回头一看，吃了一惊，忙一把抱我下来，口里还说："你啥时候爬上来的？快进屋暖和暖和，快！"

我妈妈从屋里迎出来，见我一身冰坨，满头冰滴，小脸青紫。"噢——"一声，"这是怎么啦？怎么啦？怎么啦？""他坐爬犁上，桶里溅出的水浇了他一身！"我小舅说。"谁抱你上去的？是谁？""是他自己爬上去的！""是他自己爬上去的！""是他自己爬上去的！"玩伴都争着说。"这么冷的天！你们就这么让他爬上去水浇冰冻？赶车的人也不管！……"玩伴看看我妈连他们都怨上了，个个眼不是眼地看着我。赶牛的老汉连连抱歉说："怨我！怨我！怨我！我光顾在前面鞭牛了，没想到他能爬上……"我知道自己错了，又连累玩伴们受了责备。自己只好嘟哝着说："我寻思爬上去坐着好玩……"

我浑身打战，见我妈也有些哆嗦。母子连心哪！妈妈眼中含满泪水，三步并作两步把我抱进屋，用被子遮住我，脱掉身上带冰坨的衣裤，又紧紧用厚被子裹住我全身，又抱我到热烘烘的炉边。她温煦的大脸贴在我冰凉的小脸上，紧攥着我的小手，好半天我才暖和过来。

由此，我懂得了什么是"滴水成冰"。稍大后，更体会到：化冰融雪，是儿女们对母亲几辈子也还不尽的呵护和疼悯。

牵儿挂女父母心，
关爱呵护情深真。
失去怀我十月母，
世间慈爱何处寻。

邻家小妹额头的血痕

　　我三四岁的时候，随父母在长白县城生活了一段。有一件事，至今想来还后怕呢！

　　那时，长白县城没有暖气。生火做饭取暖，都燃木柴。家家一年四季都有偌多木头，堆在院内，随时劈开燃用。

　　见大人们用斧头劈木柴，一劈两半，再劈四块，又劈八块，煞是好玩。

　　瞅大人们没在跟前，我也抡起斧头劈着玩。

　　这时，邻家一个两三岁的小妹过来了，她脸上白白净净的，一双明亮亮蓝天般清澈的眼睛，身量匀称，美人芽一株，稚嫩鲜丽。

　　她聚精会神地站在我对面看着，我来劲地高扬起斧头劈向那块圆木。斧头还没落下，一声惨号疼叫"啊……"，惊骇得我斧头在半空里凝住，睁眼一望，小妹妹雪白的额头滚下红红的血滴！

　　砍杀人了！

　　我惊惶恐怖呆傻地立在那里。

　　她的父母，我的母亲，闻声各自从屋内冲出，口里喊着："怎么啦？怎么啦？怎么啦？""哎呀，你儿子把我闺女劈伤了呀！""啊！啊！啊！""快拿块棉花来，快快快！快点！""上医院吧！上医院吧，上医院！……"

　　大人们慌作一团。

　　我的脑袋涨涨的，那么大那么沉，似脖颈已支撑不起它了。猛然间，我扔下斧头，本能地跑躲了起来。

我闯了大祸了！我跑到房屋的后墙根下，双腿哆嗦，低着头，双手垂下，不敢望天，也不敢看地，只瞅着自己的双脚。

直到听不见大人们忙惶的声音时，只听到妈妈急急慌慌地唤我："林儿，林儿，林儿呀，林儿呀……"

我听见了，但不敢回声。恐怖中，我只听到我小小的心脏"嗵嗵"要跳出胸来！

傍晚时分，妈妈找到了我。

犯了砍人伤人大罪的人，是不该被原谅的。

我站在炕边，光流泪，不敢出声，更不敢看妈妈的脸。妈妈是疼我的，我给她惹了这么大的祸，她也只有掉泪的份。我等着她的申斥和判决。

妈妈摸着我头，颤声地说："吓坏了吧？往后可不敢拿斧动刀玩！你还小。好歹，小妹额头，只是你扬起斧头时，蹭破了一点浅浅的皮，但是太危险了。医生用药水擦了擦，止住了血。"

那是一张多俊美的小脸呀，人见人爱，又舒展又明艳。长大了给人间添多少光彩呀，那会是多少人所爱慕又向往的啊，若是给她划破了，该是多大的罪过呀！这些都是后话。

我听了妈妈的话，半明白半糊涂，晚饭吃不下，夜里从噩梦中哭醒了几次。

第二天，妈妈领我去邻居家道歉，我把着门框不撒手。后来还是邻家大妈听见我母亲要拉我去给她女儿道歉，她倒过来，一把把我揽在怀里，连连说："孩子吓成这样子！不怕，不怕，不怕！你小妹妹在家里等着你哩，你见了她就知道了！亏得只擦了一点点皮……"

我被她抱进她房里，小妹妹正在吃饭呢。见我进来，便推开碗站起来，迎着我和我妈。

我偷偷望向她的额头，没有纱布包裹，只是抹了点红药水。

这不是我砍的那个小妹吧？那道淌血的口子哪去了？睁大眼睛，是我邻家的小妹呀。我再看她的额头，在药水浸洗下，仔细看，隐隐约约有一

毫浅红色的蹭痕。

当时我吓坏了，放大了伤口，觉得血流得红红的了不得了。

这时小妹妹来到我身边，一拉我的手："小哥哥，别怕了！只划了点皮伤，早不疼了。"

她亲亲的声容，笑笑的酒窝，甜甜的气息，把一块天大的石头，从我的心头掀掉了。我颤颤抖抖，"哇"的一声号啕起来……

她妈妈又搂我在怀里，含着泪说："以后，再也不要动刀斧了。你小，不要动那些劈柴杀猪宰鸡的东西！记住了，就行了！不哭！不哭，不哭，看把孩子吓的……"

从此，我再不敢抢斧动刀了。这也是孩娃的初心。无意间，做错了事，便视为犯了大罪。特别是对生命，不能有半点随意疏忽。而要呵护，要敬畏，不要伤人，更不能砍人杀人。

我永远忘不了，邻家小妹那额头的血痕。

血痕一道惊魂魄，
一生血印深心烙。
双手不沾人泪血，
就是人生好结果。

慈母病逝

母亲病逝时，我刚六岁，我小妹才四个月零八天。

在我和小妹之间，还有两个弟弟，老二叫文诚，老三叫文童。

不幸的是，我两个弟弟在不长时间，得病相继夭折。

母亲痛失双子，摘心割肺，悲伤过度，思儿成疾，不久亦亡。

那时，我不懂失去亲人的痛苦，也不懂什么为死什么为生，更不明白妈妈死后再也不会回来了。

妈妈还没发丧，我竟提着小炒锅，缠着父亲给我炒香豆吃！恨得父亲给了我一巴掌，我感到小脸厚了一层！

小儿不知丧母痛，犹叫乃父炒豆吃。

这是我父今生唯一一次扇我耳光。

成年以后，我叔父曾对我说："你妈死时，我去吊丧。一进屋，见你妈坐在棺材顶上，望着我，似有话说。我十分惊慌，说：'嫂子，你别吓唬我！有什么事告诉我，我给你办。——噢，你是怕你两个孩子受委屈？我和二哥保证把你两个孩子照看好，你放心就是了。'说完这些话，你妈一闪，不见了。后来你爹回了山东。后来我走时，想带着你们兄妹一起走，可是你姥娘说什么也不撒手。她老人家舍不得闺女身上掉下的这两个亲骨肉啊……"

母亲出殡那天，还没出正月，长白山还是白雪皑皑。我记不清是谁抱着我，头戴孝帽，顶风冒雪来到一个山坡。

那里已扫净厚厚积雪，掘开梆梆硬的冻土，掘好了一个阴坑。人们把棺材放到里边，把我放在地上，命我跪下，就往坑里填土。

这时，北风啸叫，大地白茫茫一片。卷起的雪粒子直往我脖子里灌。

冻泥带雪填上坟坑，并垒起一座圆圆的坟凸。

长白山，就这样接纳了一个名叫金铭仁的女人。

这是人生中最后也是最重要的一件大事呀。一锨一锨的冻土盖埋上母亲的棺椁。我不懂得，那一锨一层天，一锨千万里，一锨隔阴阳，锨锨堆成了无穷无尽绵绵无期的长白山小儿未来对慈恩苦苦的怀想与思念啊！

我不知道哭喊嘶叫，像小傻瓜一样木木惶惶跪那儿，冒白烟的雪打在脸面，只觉得冰冷苦寒。

坟，填筑完毕，父亲又按着我磕了三个头，便抱我回家了。身后雪地上，留下七零八落的深深脚印。

从此，我失去了世间最爱我、最疼我、最牵挂我苦累痛痒的母亲。

母亲病逝时，还不满二十八周岁。从回忆中和后来见她的照片中，看出她是一个中等稍高个儿的人，一双纯净的眼睛，闪亮着平静安详无邪的目光，漫圆脸面，耳朵上戴着耳坠。

母亲是金家大小姐，她祖父金广芳按儒家做人的准则，给她取名为"金铭仁"，以下几个妹妹，按义、礼、智、信、香等名字叫了下来。老人希望她们按社会的规则，度春过秋。

母亲死后，我父亲回了山东，参加了革命工作，我和小妹留在了姥娘家。

数年内，我不知祭拜母亲的坟墓。一九五四年暑假，我和小妹回山东找我父亲，也不知告别睡在长白山墓中的母亲一声。

直到大学毕业工作多年后，一九八〇年我有一段创作假，才回长白山拜祭我的生母。

说来也十分怪异。去给母亲扫墓前，我在县城买好冥币香烛。给母亲和旁边两位亲姨填土拔草整好坟后，要燃香烧冥币时，却怎么也找不见这些供品了。表弟们也翻开包袱四处寻找，终不见一点影儿。没法，只好叫二表弟吉庆利去梨树沟村门市看看有没有。

二表弟买回后，我揪着的心才松弛下来。跪在母亲坟前点香烧纸。这时，我的手无意间碰到那空包袱皮，一翻整卷整卷的冥币及香烛赫然再现面前。表弟们都十分惊讶，他们都翻过那个包袱，什么也没有，这时冥币却突然出现了。众人你望望我、我望望你，心生敬畏和神秘之感，都骇然跪倒，给我母亲和两姨磕头。

回来后，金铭智姨说："这是你妈多年没见你，这次见了就多要点香火。你妈妈坟边还有你两个没结婚就死了的姨呢，也需要一些啊。"

哦，母亲，做儿子的内疚惭愧呀！我不孝，这么长时间才来看你！我很难过。在母亲坟前我长跪不起……

我回山东后，我父亲对我说了一件事："你小时候，独自一人在院子里屋檐下坐着玩，磨磨蹭蹭的。你两个弟弟刚死，你妈见你这样，对我说：'这个孩子还能活下去吗？'"

两个弟弟的死，让母亲怕了。整天盯着，心事重重。

如今我已八十多岁了，小妹也七十多岁了。可那个最担心疼爱我们的人，却在那么年轻时就离去了。她是照顾那俩早夭的弟弟去了。一人不能顾两头，只能丢下一边，还能怎样啊？

金铭仁，我的母亲，我一生最重要的人，她是为儿女而生，也是为儿女而死的呀。

长白山许多女人都这样，孩子是她们的天，孩子是她们的亮，孩子是她们生命灿烂的火焰。

噢，我的绵绵的长白山，我苦情深重的母亲……

古今共有一首歌，
亲暖岁月情满河。
地老天荒歌不老，
寰宇代有新曲调。
高天厚土千古恩，
鸟歌婉转虎歌嚎。
万物有母万物生，
母爱天地日月高。

山神爷老把头

　　长白山区，采参人有一种神秘仪式：进山之前，找一块大石头，作为山神爷老把头的神位，供上香烛兽肉等，跪拜磕头。求山神爷老把头保佑，采好参，不迷路。

　　这种仪式从何时起的，不清楚。人们拜祭的这位山神爷老把头叫孙良，山东莱阳人。

　　孙良是位大孝子。老母生病，各种方法都试了，就是治不好。听说关东山有一种仙草灵根能治好老母的病，孙良不顾路途遥远，跋涉千里，一头扎进草荒林深、险恶丛生的长白山中。

　　据说，这种仙草，枝叶间结红色籽粒，叶圆梗细，百年以上的根块长成人形。现在人称为人参。

　　林海茫茫，遮天蔽日。峡谷传音，深不可测。黑水轰鸣，怪鸟乱窜，虎豹长啸。

　　仙草在哪儿？路在何处？

　　饿了，吞口山果，困了，躺倒就睡。醒时睁眼，黑熊立在面前。它以为此人已死，不想动他。

　　这样，不计日月，几死几生。在偌大的林中，东突西奔，穿梭寻找。鞋底磨透了，衣裤刮烂了。雨浇风寒，精疲力竭，到处寻找。时间久了，他疲惫不堪，临河照影，衣衫褴褛，发长披肩，面黑如柴，真似野人一般。

　　好歹寻到了几株人参。

　　哪儿是来路？哪儿又是去路？沉陷深山恶境中的孙良，眼望苍天，长号一声，倒在野狼出没的森林中。他找不见回家救母的路了。

临死前，他在一棵松树皮上刻下了四句话：

> 家住山东莱阳地，姓孙名良来采参。
> 历尽千辛与万苦，老母盼儿儿未归。

恨怨悲苦，孝薄云天的孙良，千古让人心感凄凉！

按说，这孙良是个失败者。他采到多少参先不说，但他再也没有走出长白山，这是真的。当然更没有治好眼巴巴盼儿归的老母。

但我们的先人是智慧的。他们从前人失败的足迹中，吸取种种教训，另辟蹊径，终于取到了宝又出得了山。

人们不嘲笑失败者，而且对他们那种敢闯夺命险境获取珍宝的勇气，奉若神明。

这是一个奇特现象，对失败者大孝子敬重崇拜，将其奉为保佑未来的山神老把头，燃香跪拜。

这是我们人类敬孝老者而又不怕艰险的特殊智慧。

据说，这孙良的魂灵，常常出现在艰难竭蹶而又无助的采参人身边，导人出险境，寻得极贵重的真宝稀珍。

> 难矣探宝又寻珍。
> 关东白骨说苦辛。
> 人间更有珍宝在，
> 孝子魂魄耀古今。

猫冬——葵花宴

日本鬼子投降后，长白县农村人大多开春就搬出村子，各自在山林中原先自己的马架子房，住了下来。

其间相隔十里二十里三四十里地，大半年碰不着个人。见人从山下大道上走过，就稀罕地高声大嗓喊叫："噢，噢，噢……"连周围山头也跟着呼应："噢，噢，噢……"以解饹多日子不见个人的孤单和寂寞。

秋收后，村人又陆陆续续搬回村。因长久不见，村人之间，异常亲密。

那时，好多家都种向日葵，以备冬闲时嗑吃。在村北坡上，我也开了一小块地。那时闲坡特别多，开多开少也没人管，力气说了算。春天撒下种子，就甭管它了。

到了开花时节，一朵朵葵花，尽展黄灿灿花面朝阳而笑。到收获季节，那一盘盘实成饱满的葵花籽，袋装背驮肩扛弄回家。

冬日，大雪封山，人们很少出门做事。不像现今，人们都那么忙，冬闲也为了赚几个钱，累死累活。有的挣，有的赔，千罪万受，无暇日，无宁时。

那时，好客人家，把瓜子炒好。客人一进门，就端上一大笸，任人嗑个欢。拉东拉西，谈笑欢叫，加上嗑瓜子的"嚓嚓"声，汇成了冬闲农家交响曲，那么热烈温馨又欢乐。一冬也不扫地。嗑的瓜子皮，一层摞一层，厚厚的，踩上去比城里的沙发还暄腾。我在二姨家时，就是这样过冬的。来的人，老少都有。白天嗑，夜里嗑，满屋子瓜子香，七八袋葵花子不见少。这就是瓜子宴。葵花子，既普通又温暖。千奇百怪、天南地北的故事，从一个个老汉或婆娘的口里传出。有的讲得有声有色，有的叙其大概，神仙传说，人间悲欢。动情处，哈哈哈笑声嗡嗡嗡哄响，似欲把房顶掀翻。悲愤处，恨苍天没有给自己一身通天力气，砸烂作恶称霸者。

人生难料，不平事，时有发生。人在做，天在看。人的嘴是封不住的。葵花子宴，是山村的信息网，哈哈镜。谈笑间，历史闪露出真面。

如此，那些会讲古道今的人，就成了人人爱戴、农家抢请的宝贝。他们以此来打发冬日漫长的黑夜。

一个山东来的五十来岁老汉很会讲故事。只要开了头，叫人非要听完不可。

他是个讲故事的天才，朴实豪爽和蔼，稍长些的脸面，肤色黑亮，声音宽厚亮堂，有磁性，他讲起来眉飞色舞，很吸引人。

他说，山东有些地区，有一种动物，名曰皮狐子。它们住在山顶上的土洞中，像一个小小的社会部落。它们身量在二尺来高，常常聚在一起，叽叽喳喳不知讲些什么。晚上，三五成群地下山，偷偷地跑到村中，推大石碾盘玩，有时还到农家院中推空磨玩，嗡嗡响，直到天明。

这些皮狐子，见了人，就直立起身子，腆着肚皮，尖声叫道："你看我像人不？"有经验的人们，接口便吼："像个鬼！……"话音没落，这皮狐子一溜火星地蹿了个没影，让人大笑不止。你若说："像个人。"它就跟你对话，像真人一样说长论短，甚至放骚，滋你一身臭气。

人们就是在这些荒诞怪异、自惊自怕的故事中，打发冬闲。避开愁忧苦难，温暖寂寥岁月，迎接盼望等待他们的再一个春天和不知丰歉的又一年。当然，也有些有心人，在听故事中，专注人们的摔跌滚爬，从中悟出一些教训，谋划自己，不负人生。

悲情惨事心泪滴，
功成德著皆欢喜。
一冬故事百家训，

抚慰伤痛开事理。
春来家家新谋划，
扬鞭催牛早开犁。
一代一代传万代，
先人都在故事中，
我们在后人传说里。

小凤

在姥娘家住时，因多方爱宠，我随时可以到各个亲戚家去玩。

这些亲戚，有的几十里远，有的十几里远。有时会在那里住个十天半月。近亲远亲我大都住过。

那时候，在梨树沟西北山后头，不足十里的一个只有四五户朝鲜族和汉族杂居的山屯里，一个远房亲戚对我特别亲切。

这家与姥娘家是什么关系，我不清楚。一对四十多岁的夫妻和一个与我同龄的女儿。

老头子快五十岁了，满头灰发，长凸脸，一嘴巴山羊胡子，身板硬朗，中等个儿，是个老实巴交的庄稼人。

他老伴却比他个子高，四方大脸，大胳膊长腿，见我总是一脸笑。

他们的女儿，名叫小凤，胖圆的身子，团团的圆脸儿，一双明亮的大眼睛咕噜咕噜转，很喜人的。她见了我，只静静地望着我，不言语，像个小大人。

我喜欢她。

一天，吃罢早饭，提起小筐，我就直奔小屯。因为这里那里走惯了，大人们也不管不问。小小年纪，又不怕碰上野牲口，就放胆进山下岭。

十里山路，小孩腿快，翻过山，就到了屯子。

老汉坐在炕上，见我进来，乐得扒开掉了一颗牙的嘴，笑着抬身子，连连说："来了。进来，进来，快进来。"他们住的朝鲜屋，进门就上炕。

他老伴惊喜地上来，拽着我的手，笑着往炕上拉，口里叫着："我的儿，可想死大娘啦！可想死大娘啦……"

我四下里望望，问："小凤呢？"

她娘高声喊道："小凤，你看谁来了？"

随着喊叫，小凤从里间的小炕上，走了出来。

他们问家里老人们好，又问："吃了饭没？"我说："吃了。"忙转脸朝小凤问，"今天，你干什么？""不想干什么。你想干什么呀？"小凤反问我。

我说："我想跟你进山采摘些狗奶子吃。"

她母亲忙说："去吧，去吧！她知道哪座山坡上的狗奶子好吃。"

"咱就去吧？"我说。

她母亲又忙忙说："才来，还没说句话呢！待会儿去不要紧。"

她父亲见我那急切的样子，说："去吧。中午来家吃饭。"

"对，来家吃饭。"她母亲接口说，"不行，就住几天。我给你姥娘捎个信儿去。"

我说："我没和姥娘说呢，就来了。不能住下。"

她母亲很有些失望地看了老伴一眼，又转脸对小凤说："你领你小哥，可不能上那石碴子陡险的地方，别摔着。"

"我知道。"说着，小凤下了炕。我俩一个提着小筐，一个挎着小篮子，兴冲冲地出了门。

因是在山里，几步就钻进了绿色树丛中。上午九点来钟，空气还湿漉漉的。脚下半人多高的蒿草露水，很快就蹚湿了裤腿。

树林中飘浮着还没有散尽的淡淡的蓝色晨雾，像透明的柔纱挂在枝枝条条间。金色阳光，穿过绿色隙权叶缝，五彩缤纷交织闪烁林草间。蝈蝈含着湿润在低吟，晨鸟在树梢头自欢自乐地飞鸣。大地沉浸在无限清新明亮中。溢飘着林中山果花香和液汁的空气，沁人心脾。

小凤在前边开道。她挎着小篮子，手拨开厚绿的枝蔓。那枝蔓弹了回来，扫在她粉白红嫩的小脸上。那洒乱的几点水珠儿，晶亮亮地滚动在她鼻翼间，闪烁明灭，酷似梨花带雨，煞是妩媚清丽艳美。

她回头一笑，两只大亮眼又是那么明澈无尘。

我紧跟几步，一条亮亮又凉凉的小溪，横在面前。那浅浅透明的黄沙上面，游动着几条银色小鱼。我们踏着露出水面的石块，一跳而过。

来到碧绿茂盛深处，小凤欢声喊道："这里狗奶子最好吃！"

我凑近一看，那么大一片狗奶子树。豆绿色的狗奶子挂满一枝又一枝，有的已泛紫，熟透了。

俺俩便先采了些熟紫狗奶子尝尝。那些还沾着露水的狗奶子，又酸又甜还有些苦味。

我们填满了嘴巴，吃够了，才开始往筐篮里摘。不大一会儿，便篮满筐平了。

我们找了块草浅的地方歇了下来。

放下篮筐，小凤去沟畔，抱回一捆大脖梗子。

她把伞样或圆草帽似的绿厚厚的大脖梗叶掰下，把嫩嫩的大脖梗子秆儿放在旁边，然后把那大盖子似的圆叶子铺在身旁，做褥子，铺好。她扔给我几张大脖梗子叶儿，说："你也铺上，咱躺上歇歇。"说着她一仰身躺在那大叶子上，又拽过一根大脖梗子秆，剥掉皮就嚼了起来。

我也学她的样，躺在大叶子上，也吃起嫩嫩的、又脆又鲜的大脖梗子。

吃了一会儿，她又拿一张大脖梗子叶，盖住了自己的脸儿，遮住漏下的阳光。有一搭没一搭地问我一些没要紧的事来。

我一看挺好玩儿，也拿一张叶子遮住半边脸儿。边嚼大脖梗子，随便哼哈地回答她的问题。

我半边脸还望着头上深远的蓝天，那儿还飘浮着几缕玉青色的白云。

躺在大地绵软的慈怀中，又温馨，又梦幻，比摇篮还惬意。吃着，嚼着，不知不觉我睡着了。

不知睡了多久。

"起来，你怎么睡着啦？天快晌午了，该回家吃饭啦。"小凤的声音在我身边响起。

我猛然惊醒，看看天，太阳正在头顶。昨晚想着来采狗奶子，没睡好。

我一下子跳起来，提起小篮狗奶子，就急忙走开了。

"你不回俺家吃饭了？"小凤问。

我头也不回地说："不去了，你也回去吧。"

小凤说："我送送你。到山顶上，你就望见梨树沟了。"

来到山顶，望到家了。我就又对小凤说："到什么时候，你再陪我摘野葡萄去？"

小凤望着我，笑着说："你什么时候来，我就什么时候陪你去摘野葡萄。"

我高兴地说："你回吧。"说着，我提着小篮狗奶子，就急忙往山下走。

下到半坡，我回头一看，小凤还站在那棵柞树下望着我呢。

这童稚的情谊，又暖人，又令人眷念。

少儿依偎纯真美，
净如春花与秋水。
爱如仙童思无邪，
两小无猜似霞飞。

童儿的誓言

　　小时，七长八短的小朋友一起玩耍，常常说些长大后自己要做什么的豪言壮志，姑且称之为童儿的誓言吧。

　　有一次，七八个娃子畅谈理想，有的说："我种地。"有的说："我放牛。"有的说："我放猪。"有的说："我跟俺爹学木匠。"有一个胖壮的孩子说："我长大了当村长！"

　　一语惊四座。众儿诧异地望着高大伙一头，又大一点的，还粗人一圈儿的同伴。

　　这童儿的宣言很让我钦佩，村长多大呀，他都敢当。

　　还有一次，他说："长大了，我要娶媳妇，就娶这个女的！"他神秘地不点出她的名字。大伙急了，问："谁呀？""哪个女的？"

　　他又坚定地说："你们谁也别跟我争！我定了，就是她啦！"最后他说出了她的名字。

　　众人一听，都傻了眼了。

　　那女生长得朴实周正，学习又好，特别逢年过节演节目都有她，又跳又唱，很使大家心仪。

　　他的宣布，给大家打击太大了，一个个低头不说话了。谁敢和未来的村长争啊！我也无奈地打消这份奢望。

　　五十多年后，我第三次返回长白时，我小舅母告诉我："你有个同学，他说你再回来时，想见见你。"我说："好啊。""他开饭店，这个人很好的。"小舅母领我去了他家。

　　他住在一个宽敞明亮的平房里。紧挨平房，起了一座二层高楼，这就

是他的饭店。他虽模样有些变化，但身体还是粗胖壮实，只是少了当年童儿的那股霸气。

进到他家，开门的是一位六十多岁的白胖老女人。

他介绍说："这是我老伴儿。她和咱都是梨树沟村的。她爹还是当年的村委。"

我坐下后，同他天南地北往事今情谈了一通，他说："当初考高小时，我考了两次，都没考上，就算了。后来就搬到县城来了。"

他领我参观他的饭店。他说："这座楼，是我自己盖的。"里面很宽敞，有好几个大房间，桌凳摆得很整齐。

在县城盖这么大的一个饭店，很有成就感。我真为他创业而高兴。

办饭店，这是供南来北往的人充饥解渴、再振精神、走人生路的最基本需求的饱肚事业。没点诚实善良慈悲心，是不行的。财，要发，实心待客、童叟无欺、无奸诈则更重要。愿老同学，事业发达。

见到他夫人，不是当年童时他要娶的那位同学，我便问那位同学现在干什么了。他说："她在养鹿场，生活很好。"因守着他老伴，没敢问他为啥没同那位同学结婚。

当然，这位夫人，白皙的脸面，微胖的躯体，年轻时也该是个很俊美的女人。

童年或少年时的宣言誓说，或称稚念，也不一定要当真的。由于环境经历的变化，原先所思所想就会随眼界的开阔、地位的变化、世道的变迁而改变调整。

但童年的誓言，往日的向往，还是挺可爱而温暖的。

童稚誓言好天真，
直抒胸臆独压群。
他日谈起少时愿，
老脸笑闪烂漫心。

一个朝鲜族孤儿

梨树沟有一家，老奶奶快七十岁了，她儿子四十多岁。

儿子大高个儿，虽不算壮实，身板平直却还结实，脸上有些麻坑。因这，至今没找上媳妇。

老奶奶看去挺严肃，心地却善良。她待人和气，爱招惹孩子。无论谁家小孩，她见了都笑嘻嘻打招呼。

记得我七岁多时，有一夜就睡在她家的热炕上。炕挺热，灶下还燃着木柴，大锅里煮着一只麻脸大汉打来的野猪。锅开着，咕嘟咕嘟直响。

有一天，我和几个玩伴去老奶奶家玩。进去门，一个同我年龄相仿的孩子，穿一身新衣，一动不动站在炕边。炕沿上坐着老奶奶，正一脸慈祥笑着用手抚摸孩子的脸儿。

我走近一看，啊，这不是前天还同我一块玩的小友吗？

这是一位朝鲜族孤儿，父母双亡，只有一个哥哥。他长得圆头圆脑，身子有些粗。

他见了我，十分惊慌，两只眼睛瞪得圆圆大大地望着我，不敢说话。这显得他穿的那身新衣服，像裹着一截木桩子，撑得裤涨衣拙，很不协调。

这是老奶奶娘俩又收养的一个朝鲜族孩子。

这在当地是很平常的事。村里有好多家收养朝鲜族儿童。有的已长大，有的已娶妻生子。他们都很真诚朴实，又很亲切。

缺儿少女人家常有这样的事。孩子是未来，是生的愉悦和希望。人们在大灾大难中，互相救助帮衬着，挣扎着，奋斗着，相互维护着生活。

老奶奶见我们几个娃子进了门，转脸儿便高声大嗓警告说："这是我小孙子。往后谁也不准欺负他！你们对他好，我给你们做好吃的！"

她的小孙子怔怔地听着，也不说话，还是一脸紧张的样子。老奶奶得了孙子，非常高兴。一脸的笑，像盘大菊花。

老奶奶一推她孙子："去，同他们玩去吧。"那孩子看看我们，又望望老奶奶，不回话，也不挪地方。

我们见他这么无趣，便回头离开了他家，去别处寻乐子去了。

约半个月之后，我们又去老奶奶家玩，却不见那个朝鲜族小孩。而且从此，再也没碰见他，也不见他哥哥了。不知是被亲戚接走了，还是他自己跑掉了。

我见老奶奶无声地坐在炕上，一脸的失望和无奈。见了我们几个娃娃也不像先前那么挚爱那么热情，只闪了一眼，转脸望向屋外发呆。

老奶奶曾先后收养过几个孤儿，但过了不久，都离开了。

人人都说隔代亲，
含饴弄孙脉根深。
人人最幸有新芽，
万载千秋枝叶新。

重新上学

在小学二年级刚开学的时候，老师安排班干部。

我对一个经常欺负我、捣我、推搡我的同学不满，就对其他几个常被他打骂的同学说："咱不选他！他捣人可疼啦！他好欺负人，咱不选他。"

这事不知怎么叫老师知道了。那时，梨树沟小学只有一个老师姓赵，这个人圆头圆脸，成天板着脸，没有一点笑容。

赵老师一脸横肉地命我："站到讲台前面来！"

我不知犯了什么错，懵懵懂懂站到讲台前。接着，赵老师叫同学们排着队，一个个地走到台前我身边，戳我一下或骂我一声，说我几句。

老师的话就是命令。有同学凶巴巴地骂了我几句，也有同学怯生生地不敢看我，为了完成老师交给的任务，轻轻小声地说："你，你这个人……"还有个女同学只悄悄摸了一下我的头，算完事。

我低着头，不知痛痒，头脸被一些小巴掌戳弄得木木的。

再加上前几天晚上，我和几个同学爬到了高架子上去玩——这高架子是村里的，有事爬上去喊一声，全村就知道了。一个同学在最上面，他拿一根蜡烛，朝下边喊："谁拿根火柴来？咱点上蜡烛玩。"我身下的同学一摸兜里正有几根火柴，他递给我，我又递给我上面的人，我上面的人再传给最上面的人，最后点着了，微光闪烁，在夜色下亮了亮。

这事也被赵老师知道了，他同村里商量后，派人从山里把我大舅叫了来，叫我大舅把我领回家。

等大舅从办公室出来，到了教室，他把我的书和本子收拾好说："走吧。"

同学们都用惊异的目光望着我。我随大舅走出门。

出了校门，向大山深处走去。在路上，我问大舅："我什么时候来上学啊？"

我大舅只顾走，也不回头，只是说了句："你被学校开除了。"

"开除？"我问，"什么是开除啊？"

"就是不让你念书了。唉……"大舅可怜地回望我一眼，深深地叹了口气。

秋收后，姥娘家搬回了村。学校还是不要我。经人说情，我可以上识字班。

识字班是晚饭后黑了天才开班，一晚上一个小时。

在识字班学习的大都是大人，主要是大闺女、小媳妇，只我一个孩子。实在闷得要命，挨到散班，我常常猛然高喊一声，或者出个洋相，逗得那些女人哈哈大乐。

不久学校里又来了一个新老师。他个儿不高，但挺和善，说话低声细气，笑起来常捂着嘴，嘿嘿个不止。

有一天，我在街上碰到他。他问我："小朋友，你怎么不上学呀？"我说："学校不要我。"他一愣，问："为什么？""不知道。"我答。他深深地看了我一眼，最后说："我给你问问。"

这一句"我给你问问"，兴奋了我好几天。

那几日，我天天围着学校转，希望那位老师给我一个好结果。

可连着半月我都没见着那位老师。一天中午我见着那位老师了，我跑到他面前，问道："我上学的事怎么样了呀？"他可怜地回望了我一眼，深深地叹了一口气，什么也没说，就进了学校门。

后来，我大舅、姥娘都先后病逝了，我被分给我金铭智姨抚养，我姨父不在家。生活挺艰难。

在铭智姨家住了一段，她就把我送到县城她生母家。金铭智姨的母亲嫁给了县城开饭店的姓方的掌柜的，我喊方掌柜"姥爷"。人家养我，我在饭店里也干点杂活，如劈柴、上街买东西、擦桌子等。

在饭馆住到一九五一年，我姨父吉玉祥回来了。他见我在饭店里瞎混，就说："这孩子在这里长不就瞎了吗？"他就接我回梨树沟铭智姨家了。

他人很仗义，在村里有一定威望。他同村里说了说，就送我去学校，我又继续上学了。那时赵老师已经调走了。

在进学校前，二姨给我买了个黄色布书包。洗了洗，用熨斗熨时，二姨进里间有什么事，回来时，熨斗还在书包上，书包一面已经烙煳了。二姨又补上了一块旧布。我还不知好歹，一脸不高兴。二姨抱歉地说："先凑合着用吧！"我在二姨面前像在亲妈前一样。我的二姨呀，除了您和二姨父谁还供我念书啊！

学校安排我上原来的班。这个班已是四年级，再过半年就毕业了。原来我在这个年级只上了整整一年，第二年开学时就被开除了。

那时小学四年就算初小毕业了，再上就要去县城考高小。我自然想上高小。姨父说："去试试吧。"

记得去县城考试那天清晨。很冷，寒气逼人，天空雾漆漆的。那时是冬季招生。

我们十几个同学早早起来，往十几里外的县城赶。那个曾经推搡我、捣我、弄得学校开除我的同学，一路上骂骂咧咧，还动手推搡。我忍着，躲他，走在同学的最后边。

到了发榜的日子，同学们急急往县城里赶。我还没到学校，就见有的同学垂头丧气地往回走。我知道他们没考上，就没敢问。

进到县高等小学的大门，只见墙上贴着红纸，上面是毛笔写的录取名单。

我匆匆地看了一遍，仔细地看了一遍，再看了一遍，梨树沟村，那年就考上了我一个。

我姨父非常高兴，我也出了口气。金铭智姨还给我买了一块蓝布，叫我到县城成衣铺做一件制服。

后因学校改为暑假毕业，我在县高小只上了一年半就毕业了。接着又

考上了长白一中，念了一年，就转学回了山东父亲处。接着又一年不落地念了高中，又念了大学。大学毕业做了老师，后又调到文化出版单位做了创作员和编辑人员，成为一个文化人。

当然这中间又经历过难以预料的苦难挣扎，一时的光彩与得意。现在回头看我的这段曲折人生，在纷繁复杂、前程莫测之中，似有一种不可抗拒、不可阻挡的力量，在推着我前进。人生路上，无论遭遇何种沉重打击和灾难，终究要走到你应该去的地方。

　　人生坎坷何其多，
　　泪化汗浆吞苦活。
　　认定前路风光好，
　　迎风踏雪过山河。

猪倌

一声鞭响，二十多口猪，大大小小哗啦啦从圈内冲挤而出。在猪倌的指挥下，奔向草茂叶嫩的坡野。

每年假期，都见他放猪。他有十六七岁，姓徐，中等稍高些的个儿，椭圆脸儿，身体壮实。穿一身褪了色的蓝布衣裤，同一般青年没啥两样儿。

他不善言语。从没见他同谁大声说过话，像没嘴的葫芦似的。赶着猪也不像其他猪倌一样哼着谣曲，乱打鞭响。猪吃饱了，一个个趴在草丛里睡了歇了，他也抱着鞭，靠着一棵树眯一会儿。

今年他毕业了，回来还是放猪。

可谁也没注意，他放了半个月的猪，突然不见了。改成他爹放了。

安静了几天，村里才知道，这徐猪倌儿被县供销社招去做正式工了。

这供销社，在当时，可是县里在各乡镇唯一吃公家饭的地方，一般人谁也别想进这个门。

但徐猪倌是今年县高小的毕业生呀。县高小，那时是长白县汉族的最高学府呀！考上县高小的都是长白县的大才子呀！

猪倌身份的转变，轰动了梨树沟和邻近的许多村屯。

人们都称赞猪倌有出息，家家都羡慕老猪倌养了个好儿子。

知识改变人生。

生于斯长于斯，

书缘知多少。

代代都有好功业，

莫道不逢时。

夜半山中的破铁桶声

　　小时候，我姥娘家的耕地，离村十几里靠外。春播时节，全家就搬到山林中去，搭一个马架子屋住下来。收秋后，飘起雪花时，再搬回村中。

　　年年如此，地处大山深处，罕见往来路人。偶尔有人从山下大路上经过，我就忍不住高喊一声："噢！——"只有大山作回应。这是我童年时的一段经历。

　　禽兽倒是这里的常客。有成群的野猪、狍子，有野鸡、山雀，也有孤客黑熊、狼和苍鹰。山上泉眼很多，几步远就有汩汩的泉水在草丛中吟唱。野蛙鸣噪房前屋后。这倒减少了许多寂寞。

　　每到夏秋之季，门口总放一个破铁桶。无论大人小孩，半夜小解时，都要敲几下铁桶。铁桶一响，常常深蓝的天空下，漆黑的苞米地里，响起一片杂乱慌急的逃窜声，撞得苞米秸咔咔嚓嚓断折了。愈敲得急，它们愈慌窜。

　　这伙客人就是成群的野猪。若是你听到的不是慌张而是稀疏的逃跑声，那是单个的孤野猪。这种"孤猪"，躯体硕大，凶猛，还常攻击人。它吃饱了，就会找一棵大松树蹭痒痒。那松树的松油子就会粘满全身。久之野猪身上锃明发亮。猎人枪里的铁砂打上去，只能擦出一道火星子，伤不了它的身体。

　　野猪不仅乱啃苞米，还拱吃地豆子（土豆）。

　　它们会顺着地垄，像犁地一样拱出一些地豆子，啃得东一块，西一块的，糟掘得一塌糊涂。

祸害庄稼的，还有黑瞎子（黑熊）。它们到苞米地里掰棒子。掰一只，夹在胳肢窝里，又去掰另一只。掰了这一只，又要放在胳肢窝里。一抬胳膊，前边那只棒子掉在地上，腾出的胳肢窝，正好又夹上新掰的棒子。它辛辛苦苦地忙一夜，只夹走一只棒子。所以人们又称它为黑傻子。

　　这些义工掰的那些苞米棒子，若是都成熟了，籽粒饱满了，还好些。如那些棒子的米粒刚长水，都还瘪瘪着，可就糟了，剩下成实的苞米棒子寥寥无几。

　　野兽伤人没缘由，
　　深山荒岭莫闲游。
　　同生一个星球上，
　　难免人兽不相斗。

龙泉镇女生的向往

住在姑姥娘家的一个冬日，三舅等要上龙泉镇办事。

我听说了，就恳求三舅带我去看看龙泉镇啥样子。姑姥娘说："天又下雪，挺冷的。天好了，再去玩吧。"

我没去过龙泉镇，很想去。姑姥娘见我那个渴望劲儿，就对三舅说："给他穿厚点，来回路上注意点，那就去吧。"

纷纷扬扬的雪花，一出门，就落白了狗皮帽子。我们坐上牛爬犁，撒欢地往龙泉镇赶。

到了龙泉镇，进了一家车马店大院。那家男主人，有五十来岁，长面，见客人进门，又是大雪天，格外惊喜。他帮着卸下牛，牵进棚去，又拍打客人身上的雪，一边欢声喜气地说："赶快来炉边烤烤。今天下雪，还不算太冷，烧上壶水，沏上茶，暖和暖和。"三舅说："不用客气！不用客气。"

刚坐下不久，从外面进来一个十三四岁的大姑娘。此人圆白的脸儿，一双大眼睛，留着漆黑的短发，穿一身黑棉衣。

她一见我，"哟"了声："还带着一个娃娃来了。"说着，她笑着靠近我身边，伸手攥过我的一双小手，又"哎"了一声，"这么凉！冻坏了吧？再近炉子些。"

她回头对我三舅说："这么冷的天，带他冲风冒雪出来挨冻啊？"

三舅笑笑说："这小子是我外甥，梨树沟村的。这几天来我家里玩。听说我来龙泉镇办事，非要跟我来，看看龙泉镇啥样……"

"哟！还是个旅游探险家啊！可惜今天下雪，没法领你出去转转。"说

着，她又换了一副更亲切的神色，对三舅说："等会儿，你们办你们的事去。这小弟弟交给我啦。我领他玩，走时你们回来带他就是了。"

这时从里间出来一位五十多岁的老太太。她对我三舅说："这是我闺女，在县城里念高小。她就喜欢这些娃娃，跟着她吧，跌不着，也烫不着他。"三舅看了我一眼说："那，太麻烦你们了！"那位大姐姐说："我愿意这种麻烦。"说着大家都笑了。

暖和了一会儿，三舅他们办事去了。

那位大姐姐帮我脱掉鞋和大棉袜子，让我坐在热炕上。她母亲也慈爱地望着我笑，又说："把那些糖块拿来给这孩子吃。"那大姐姐从炕琴里拿出瓜子、高丽糖，放在炕桌上，我便不客气地吃了起来。

大姐姐也吃了一块糖。她问我："你家是梨树沟的吧？""是呀。""你认识一个姓徐的同学？他就是你们梨树沟的。"

"我知道。在家放猪呢！""放猪？"那姐姐有些愕然地瞪大了眼睛。"放了一段猪，我来前，他被县供销社招去工作了！"我说。

"这就对了！"那姐姐一拍巴掌，像自己被县里招去了样，满脸绯红地说："他在县高小，学习很好！谁不知道他！还是班干部呢！他比我高一级。"

到县里工作，是一步登天的事！在村里响动很大。

姐姐转过脸对她妈说："我毕了业，也会留在县里的。"她妈无声地笑了。

姐姐拿起一块糖塞进我的口中，说："长大了，你也要好好念书，上县里念高小！"我木木惶惶，不知怎么回答。

上县里念书，那得多大本事！当时，那是县里最高学府呀！全县只有一所高小。

在炕上扯了半天，这时姐姐看看窗外，雪已停了。她对我说："走！我领你出去转转，看看这龙泉镇的雪景风光。"

我惊喜地跳下炕，穿上大袜子，穿上乌拉鞋，兴冲冲跟着姐姐去领略这山镇雪貌风采了。

中午，三舅他们回来，在店里吃了饭，我们就往回走。

牛爬犁刚要出院门，那位大姐姐又跑了出来，塞给我一包高丽糖，还叮咛："小弟弟，再来龙泉镇，一定来家里玩！我还有好糖果给你留着！别忘了，这个大门！"

爬犁出了门，走远了。我见大姐姐还站在院门口，望着我们呢。

由此，我记住这位只有一面之缘的姐姐，她那双大而亮的美目，那兴奋喜悦时，圆圆绯红含笑的脸面，至今还闪亮在我眼前。

特别是她对那位放猪同学的崇敬，对美好未来的向往，在我小小的心中留下一个深刻永存的念头：长大了，好好念书。有了知识，就有好前程。人们都乐意谈起他⋯⋯

> 如花少年知学重，
> 前路人领美风景。
> 万紫千红亮春色，
> 莫荒人世这一生。

你"逮"了吗

我大舅妈的伯父，来到了我姥娘家。他是从安东大孤山老家来的。

这老汉，是一个葫芦头，一脸灰漆漆的皱纹，穿一身普通的蓝布衣裤，是个地道的农民装束。

但他却笑嘻嘻的，好脾气。你问他："吃饭了没？"他回答说："我逮了饭啦。""我逮了饭啦。"

起初我们不明白这"逮"是啥意思。在我们当地"逮"就是抓住了。怎么饭还能抓住了？"逮"了饭！

后来知道这是大孤山一带"吃"的方言。我们笑了好几天。见了他就问："你逮了饭没？"他总是不厌其烦地笑呵呵地回答："逮了饭啦。"

这位老亲家，是来看看这几年亲家生活咋样的。

亲家虽住进了茅草屋，地窄屋小，但还能吃上饭。搬到这深山马架子屋住，离村那么远，也还自在些。

他的到来，确实给这深山中的老亲家带来了活气。我们孩子们高兴了好多天，日日追着他转，大人们也都露出了多日不见的笑容。

我们煮了一大锅苞米棒子，又鲜又甜，大嚼了好几天，任大家"逮"个够。

住了有半个多月，大舅妈的伯父，就回安东了。

富有时，仰慕结亲，穷困时，不离不弃。时时走走看看。

"好好逮饭，把身子喂结实些。往地里洒多少汗水，就可收多少饱成的粮食。平和日子，就很好啊！"

一句非常平常的话，就可使亲家宽心，增添了活下去的劲头。

交朋结友相敬亲，
度难解困共欢辛。
富远深山友朋多，
难近咫尺不上门。
人间罕见困时友，
暖亲临门胜新春。

R.Q.2024

山那边

小时候，跟着大舅去深山的一个顶端收豆子。

那座山是山上山，那么高，爬上山顶一看，倒是一片平地。地不大，有一亩多。

地边临着悬崖，崖下终日响着轰隆隆的巨大河水声。那响声震动四野。崖上长满各种杂树，遮得山谷严严实实，窥不清下面有多深多险。

歇息时，我走到崖畔，往下张望，除了枝叶蒿草什么也看不清。似乎往前一步，就会落下深渊。我的腿有些发颤，忙收住脚。这时若有怪兽蹿上来，一口就能把我衔下去。

我异常恐惧，望望大舅，希望他快快摘完豆子，快快离开。

其实那块小地，春天撒下种子，秋来收半斗十升粮食，很不值得下工夫拾掇。但大舅还是认真地割草间苗，认真收拾。这是生命所需呀。

再歇时，望着天边远处，苍郁翠绿，云海茫茫。云海深远处，耸立出座座刀劈剑竖般立陡立陡的山峰，更使人神往而又生怯。

不知那儿有没有人生活，有跟我一般大的孩子吗？那峰下树海深处藏伏着何等模样的奇人怪兽？真叫人恐怖又好奇。那崖下日夜轰鸣的水声是那么洪亮，似寂寞太久了，在呼唤人们去拜访寻幽，给它们留下点人间烟火。

山那边，是一个很神秘的世界，有许多地方甚至自古至今，人迹从来未踏掠过。

长白山区这种险谷深山，锁封得连岁月都忘却了它们，使其不知岁月悠远漫长，混沌苍茫。

它期待人类能涉足其间，拨开云雾，辟出崭新天地，燃起那灿丽喧哗的人间明亮。

　　　太古幽深风雨寒，
　　　林呼河喊亿万年。
　　　苦寂岁月盼烟火，
　　　炊烟一缕暖千山。

路伴

秋凉了。但还没打完场、收完秋。我姥娘给我改制了一条裤子。这裤子原是大人穿破的一条。裤裉长，剪去一截，破了的地方补了几块补丁，又用锅灰染成了黑色。我穿上显得宽松肥大，但却很暖和。

吃罢早饭，我就下山了。由于那裤子肥大，走起路来，两腿相擦，呼啦呼啦地响。这倒减少了我独自行走的寂寞。天还没到晌午，我就到了梨树沟我二姨家了。

二姨见了我很惊喜。我说："姥娘叫我拿点大酱回去。"二姨忙找了个瓦罐，给我盛上满满一罐子酱，又给我下了一大碗面条。我吃饱喝足了，天才晌午。

二姨送我到门口，说："路上小心。别绊倒撒了。"

走出村子，路上还是半天不见个人。只听见路旁小溪潺潺哼着什么歌儿，山坡上鸟雀们喊喊喳喳在吵着什么。蓝天高远，白云悠闲。

我踽踽独行。

走了一段路，我听到身后传来急急的赶路声。回头一看，一个二十来岁的青年大踏步地顺山路赶来。

我放慢了脚步，那青年来到我面前，朝我一笑。用半生不熟的汉语问我："小孩儿，你上哪去啊？"

我见是个朝鲜族大哥哥，长得挺帅气，圆圆的胖脸儿，一脸和善地笑。我说："我回家。"

"你家在哪里？"他又问。"在山那一面，十多里地远呢！你去哪？"他说："我也回家，在龙泉镇旁边一个五户屯里。我们同路呀！"

他喜气欢声的，像我一样，盼有个路伴。

真是意外之喜。这条山路，虽有辙痕，但半月二十天不见一辆牛车马车走过，路中间还是荒草片片。

喜笑颜开。我俩边走边说，他懂得点汉语，我也懂几句平常朝鲜话。

平日里，在山中，除了一家人，只能同河畔泉边的青蛙吵几句，嫌它们成天地"呱呱呱呱"单调合唱得太烦人了。要不就同一些飞禽野猪狍子松鼠说一些它们不明白的训斥它们不断地喧嚣或啃吃糟害庄稼罪过的话。

今天可有机会舒闷解郁，讲一些多日想讲但没人听的事和人的怪异世情了。

这位朝鲜族大哥很尊重人，他认真听我讲，有时竟还哈哈哈大笑。

这样走路，不觉路长，更不感累。走近我家住的大马架屋山下，二人竟成了兄弟一样。

我说："我到了，你看那半山腰的房子就是我家。上去也就一里路。要不，你到我家歇会儿再走吧？"

"不啦，我还有一二十里路要走呢。"他说。

我刚想迈步，他突然盯着我的罐子问："你那里盛的什么？""大酱啊，你问这个干什么？"我问。他说："我有点饿了，有块饼子吃就好了。""那，就到我家吃吧。走！"我一拉他。

他犹豫了一会儿，说："不啦！上你家去，来回得三四里路，我还可以忍住到家的！再见吧，小弟弟。"他挥一下手，大步往前就走。

走了一小段，他回头，又向我摆了摆手，转过山头不见了。

此后，再也没碰到过他。

想起这件事，我至今还后悔，没硬拉他回家吃饭。到家后，不知他饿成啥样子了。

但他胖胖白白的脸儿，那半生不熟又有点滑稽的哈啦哈啦的汉语声腔，我想起来就想笑。

同你走过一段路的人，也是人生的一段缘分，他排除你路途中的孤

单寂寞，给你旅途添不少欢乐和温暖。

要珍惜这样的人生路伴。

短暂，陌生，偶遇而又不知名的朋友。

山路弯弯去匆匆，
小溪吟唱伴孤影。
林鸟更知人寂寞，
飞飞喳喳送一程。
人生行旅太孤单，
幸遇生客伴路行。
珍惜三里五里友，
续续断断就一生。

一条蛇缠上了我金铭信姨的腰

我金铭信姨，是一位端庄、秀丽、温柔又和善的俊美姑娘。

我记得她有时坐在旁边，静静地望着我，对我不近也不远。她从来未呵斥过我、吵我。她言语不多，和家人也相处如宾。

我从小在亲人们呵护下长大。我姥娘死后，待了几年，我就回了山东。大学毕业工作后，我首次回长白省亲时，方家馆子的我的二姥娘——我金铭信姨的原婶子，曾对我说："你妈死后，你姥娘想让你金铭信姨补上你妈的位置。可是还没来得及说，你爹就回山东啦。"此事不知铭信姨自己知道否。

点破这一点，我霍然明白了许多难以理解的往事。

我叔叔一家回山东老家时，曾想带我和我小妹一块回去。临走前，叔叔特意从长白县城来梨树沟村找我姥娘商量此事。我姥娘说什么也不同意，说："孩子还小，你哥哥在哪儿还没个确信。我闺女就留下这两个孩子了。你不能带走。要他们回去，见了你哥，叫他亲自来领去！"并把我悄悄地送到高金山姨父家，不让叔叔见我。

后来，我金铭信姨一年年长大，姥娘就有些心急。她等啊等，盼啊盼，总不见我爹的消息。

望着亭亭玉立的姑娘在眼前晃来晃去，我姥娘就急地骂道："这个狼心狗肺的，扔下两个崽子就不管了！不回来啦！这个狼心狗肺的……"

当时，我不明白，姥娘怎么这样恨我爹。

金铭信姨十八九岁的时候，有一天，在山里劳作累了，就躺在马架子屋边绿茵茵平整地上睡着了。

睡了一会儿，她觉得腰间有什么东西压着，喘不过气来。

她顺手一摸，凉凉软软的绳子般缠绕在腰部，睁眼低首一望，一条蛇竟捆住了她的腰，虽还隔着衣裳，却十分瘆人。她猛地惊起，"哇哇"惨叫。

我姥娘在屋里，闻声跑出，一看，魂惊身抖，忙转回屋内，拿起把尖镐，把尖尖的一头插进蛇与衣服之间，狠拽硬撑，才把蛇身撑断，蛇滚了下来，但却咬了铭信姨几口。

满面惨白的铭信姨才哭出了声。

那时，山里没有解毒的药。姥娘忙忙慌慌叫我姨自个快回村里，找找村医看看怎么治治。那时大舅在山后很远的地方干活。

等铭信姨仓皇地赶回十几里外的梨树沟村，那蛇毒已深入肌肤，她一下栽倒在地上再也没起来。

那么好的一个姑娘，那么柔白的皮肤，那么娇美温暖而又灿烂的笑容，那么良善纯真的心地，一条鲜嫩的生命就这样消失了。

姥娘那天一下子老了许多。那恸彻天地的喊哭，那悲哀痛苦的泣诉撕人肝肺，裂心迷神。大天听之失色，山林闻之凄惶。

这段姻缘，成了泡影。若是当初我爹能续娶了我铭信姨，也许不会有这样的悲剧发生。可"也许"，"也许"，也许又会咋样呢？会"好些"吗？再说，我爹那时，根本不知道有此段姻缘！

值得一提的是，在铭信姨去世后，不知我姥娘怎么想的，还把我铭信姨葬在我母亲的坟边。是生时默许的凄苦姻缘安排，还是祭拜之需？后来我小姨金铭香逝后，姥娘也把她葬在我妈的坟旁。并排三座坟，是我姥娘的三个亲闺女的坟，人称三姐妹坟，或三千金坟。

这倒加重了我的责任。我两个姨还没结婚就离世了。姨，就是姨妈，加上我生母，就是三个妈妈睡卧在这里。

她们三个亲姐妹，就留下我一个男孩儿和我一个小妹。祭拜时，我一样烧冥币上香。

在艰难凄苦的人生中，要时刻记住自己的来来去去。我一定涵养深沉，以使妈妈和两位亲姨在绵延千里的长白山区的一个不知名的小山坡上，眠意安详。

　　三抔小土堆，
　　深藏甚多情。
　　都谓外祖痴，
　　其苦几人知。

偷吃了邻家地里一根黄瓜

有一段时间，我同姥娘一家住在山里。

山中的寂寞，烦闷着一个孩子的心。

夏日一天中午，大人们都睡晌觉了。我出了马架子屋，朝南山看看，一片鲜绿，朝西望望，绿鲜一片。张家和高家都不在山里住，春种秋收，戴星而来，披月而回，其余时间很少再来。

我想去他们那山坡转转看看。

天空一片瓷蓝，太阳火辣辣照着。虽山路有许多绿树和蒿草遮蔽，但走不多远，脸上就被日阳灼烤得热疼，头脸上也滚下晶莹的汗珠儿。

走到西坡，见高家的两间小屋躲在绿荫中，无精打采地吞咽着夏午草虫嗡鸣厚重黏稠的寂寞，低着头，不理人。

我围着小屋转了一圈儿，见几架黄瓜长得又大又肥。我正渴得要命，顺手摘了根送到口中嚼了起来。

霎时，黄瓜汁凉凉浸入肚腹，那么鲜美，又那么清爽。

我撒开眼光，又见紧挨黄瓜架，有一畦辣椒，那辣椒透红亮紫。有长条形的，有圆形的，像个个又肥又鲜的西红柿。我心一动，这样美的东西不辣吧，也许是甜的。我一边嚼着黄瓜，一边摘了个挺俊的红辣椒。嘴里还嚼着黄瓜，便把手中的"西红柿"又放进嘴里。只嚼了一口，哎呀，狠辣钻心透脑，我两眼泪水便流了出来。

这时，我猛然听到山下不远处"噢，噢，噢……"惊呼声，顺声望去，见高家的十二三岁的姐姐和她同我大小的弟弟朝这边喊。

坏了！我没经过人家允许来人家地，吃了人家的黄瓜，还啃了人家的辣椒。

瞬间，似三座山头都响起了"噢，噢，噢——"吼声，又似万根树枝都伸出手来抓我。我扔下那半根黄瓜和咬了一口的辣椒。

我惊慌地，硬着头皮跌跌撞撞地往山下走。当走个对面时，我连看也不敢看他姐弟俩一眼，擦肩而过。他们也有些尴尬地闪开路，让我过去。

路边的花草都羞臊地闭上眼睛，不敢看我。

接下来几天，我一直惶惶不安。高家姐弟并没有找我姥娘告状。但我觉得有百双眼睛在盯着我。有个声音在我耳边窃窃私语："小偷！小偷！小偷！……"

这是我童年时代唯一一次没经过人家允许，闯进人家地里偷吃人家的东西。

这件羞耻的事，至今还深刻我心。

不能偷食别人的东西，伸嘴必蒙羞。

　　羞耻在心有善根，
　　大道开阔远程深。
　　夺利争权悲喜中，
　　古今多少无耻人。

担架队在深夜集合

深夜，我被阵阵紧急的哨声惊醒。

我爬起，蹬上裤子，披上褂子，往外就跑。出了门口，星光下，街上已是满满的人影。

门响狗叫，孩子哭，老婆叫。只听村长高声大嗓说："接县里通知，担架队今夜出发。快回去收拾一下，把炒面干粮带上，够两天吃的就行。县里办公室说，各村男女壮劳力都得过江去接伤兵员！咱们的部队已过江同敌人接上火啦！时间就是生命。大家回家快拾掇好，半个小时后，在村公所门口集合。"

人影又四散奔各家而去。

紧张气氛，猛然勒住了梨树沟村人的脖子，人人慌张得喘不过气来。

大前天，村长在动员时，大伙儿觉得担架队过江，还是挺远的事。

骤然降临的命令，弄得人措手不及。

据确切消息，1950 年 11 月 21 日，美军第七师十七团已抵鸭绿江边的惠山镇，与长白只一江之隔。形势逼人。

家家火明灯亮，把昨天刚炒好的炒面，装在长长细细的布袋子里，扎在上前线人的腰间。换上紧凑的衣装和鞋，"扎估"好这些，上前线的人就急急往村公所门前赶。

我杂混在人群中，东张西望。一个人突然抓住我的手说："你怎么在这里？快回家，你姥娘正着急呢！可别乱跑！"我听声，知道是我姑姥娘家的大姨——高金山的妻子。她身体强壮，也是担架队员。她把我往家的方向一推，就匆匆忙忙赶去集合了。

朦胧中，担架一个个被抬出了村公所大院，瞬间，排了有半条街长。

队伍集合好了，送行的男女老少，肃立大街两旁。因天黑，看不清谁的脸面。有人低声抽泣，有人大声嘱咐："枪子可不长眼哪！过江后，机灵着点！""没事，放心就是了。""可不能大意啊！这是生死战场啊！""知道了！""知道啦！你看好家……"

队伍开出了村头。突然从村公所蹿出一个人，急追前进的担架队。他边跑边喊："担架队停住！担架队停住啊……"

朦胧中，队伍停住了。

蹿过来的人，在村长跟前嘀咕几句，村长急急地高喊："刚接到县里电话命令，敌情有变，担架队今夜不出发了，不出发了！大家把担架抬到村公所大院，放好。回家睡个安稳觉吧！有什么事，明天再说。不过现在说下，今夜不出发，也可能明天或后天就会出发！什么时候来命令，大家就得走！现在喘口气吧。睡觉最好是囫囵着睡。这个时候，说急就急，美国鬼子已到惠山了。咱这离江这么近，说过来，或过去，就几步的事！千万不能放松啊！……"

队伍"嗡"的一声散了。

一时肃杀的气氛也松弛下来。婆娘的笑声，儿子的喊声，快活起来。倚立在门口，颤巍巍送儿孙上前线的爷爷奶奶们，无声地退回屋，叹了口气。

朦胧中，人头攒动，脚步混杂。

战争把人们的生活，搅动不宁。这是朝鲜战争爆发后，梨树沟最紧张的一夜。

娃女们欢喜地牵着妈妈的衣襟，媳妇紧紧攥着男人的手，老人们扶着儿子的肩膀，像打了一场大仗，幸运之神，总算保住了亲人的性命。众人凯旋，往各家从容走去。

未经过战争的人们有福了，他们用不着担心战火袭来时，亲人的命运如何！

好歹，整个战争中，只有这一次出发的命令。

世间大害是战争，
凶杀惨烈害死命。
枪炮声中尸遍野，
百姓失所无处生。
枪炮化犁耘米粮，
弹药架桥开隧洞。
人间从此无战事，
万国千秋享太平。

R.Q.2024.

欢送志愿军入朝

我小时候，在长白县城通往朝鲜惠山镇的江桥边，参加了一次欢送志愿军入朝的活动。

这支部队是驻扎在长白附近的，最近接到命令，过江参战。

欢送的地方官员、百姓、学生和孩子们，站立路两旁。长长的队伍走在中间。

那是一个下午。我见这支队伍里有老兵，也有新兵。他们穿着新军装，背着行李包，扛着枪。有的新兵还没有枪高，比我这个十来岁的娃子，大不了七八岁。

他们迈着坚实的步伐，目不斜视，严肃无声走着。没有乐队，也没有歌声。

送行的大人们，脸上都布满严峻神色。他们知道，战士们过江后，就会与敌人短兵相接，厮杀格斗，在枪炮声和弹雨中，消灭敌人，或被敌人击伤，丧命。他们胸中，涌动着热血和使命，眼角间闪出一股英气。

战火在燃烧，惠山的后边传来隆隆不绝的炮响。

战争在召唤着他们，或生或死。

我们孩子们不懂这些，只管呼口号，拍巴掌。一个玩伴一捅我的腰，看着一个走近的战士说："那个大哥哥多么好，长得那么高！多英雄啊！长大了我也去参军！"

旁边一个老汉忙说："不要讲话！"小玩伴伸了下舌头，住了嘴。他还不知道战争的严酷，争生斗死。

那个志愿军战士，听到了孩子的话，他转脸一笑，一闪而过。

身边的鸭绿江水无声流着。朔风呼啸，江水寒彻。送行的人，都跺着脚，以消冻冷。战士们走得急，头上都冒着汗。

我们把志愿军送上桥，桥那边，有人迎接。欢送仪式就这样结束了。

其实大量部队是从新义州和集安等地过江的，长白过江的部队我只知这一次。

战事惨烈。

战争的硝烟散尽时，志愿军将士二十多万人——这些中华的猛士和精英，这些慈母的娇娃和骨肉，这些娇妻美眷心尖上的亲人，血洒异国。这些人生前一点个人利益没得，有些人连名字也无人知晓。他们是计天下利、有万世名的大英雄伟丈夫。

他们的魂灵，永远捍卫着祖国的安宁，为代代民众所崇敬和怀念。

中国人民志愿军万岁！

唱小曲的老人

"姐儿呀，南院哪，绣绒花呀啊，小弟弟在旁闹玩耍，闹呀闹玩耍呀啊，哎嘿哎嘿呀，小弟弟在旁闹玩耍，闹呀儿闹玩耍呀啊……"

这是一位五十多岁老人唱的小曲。他是唱给自己听的。每天，不管有人没有，他都会唱几十遍，几百遍，甚至上千遍，像呼吸一样不可少，以慰藉他半生闯关东，也没娶上个老伴的凄凉孤寂生活。

他四方大脸，又宽一些，比一般人壮实一些。成天大脸上没点笑容，话语也极少。他不固定给一家扛活。谁家有事，喊一声，他就去帮忙。村里人家，不论贫富，他都干过。干完了，有钱的人家按天数给他工钱；没钱的人家，给他点吃用的东西；实在什么也没有的人家，留他吃碗饭，对他说些好话也就打发了。他就这么半饥半饱又自由自在、无人管束地生活。

平日里，他与村人相处得还好。但一到风雨天或夜晚，他喝了酒后，常常发疯般，光着膀子骂大街。村里人烦了，三五个壮汉上去，掐住他的胳膊。他口里还是骂，骂人的祖宗，骂男人和女人，恨得人们满满地塞了他一嘴牛粪，他吐出半口，还是骂！一松手，他就操起屋前的铁锨或木棍，直向人头劈。有时也会伤着人。多的时候，人们一推一挡，反而劈砍了他自己。他捂着头，血汁从指缝中淌满脸，又流下一脖子……

清晨醒来，昨天要死要活拼命恶骂的事，似没发生过。他还是哼着永远也唱不完的歌调："姐儿呀，南院哪……"忙活他的了。村人也不计较他昨日的疯狂。那几个拦抱狠揍他的汉子见了他，还乐呵呵地同他打趣闹乐，他一扬手，算没事了。

对小孩子，他却从不伤害。

我小时上山砍柴，那是一个冬天，白雪铺山。阳光下，树棵子湿漉漉的，砍回去也没法烧。

我往林深处走，想寻些野火烧过的树条子砍些。

也巧了，没走几步，我见厚雪覆盖处，有一堆枯枝败叶的树棵子。估计这是谁砍下的不要了堆在这里。我就顺手抱上了小爬犁，封好拉了回来。

一天，我见那位喝了酒骂大街的老山东，趴在我家的院墙上瞅瞅看看。

我姥娘问他："看什么呀？"

"这些柴火是谁弄回来的？"他问那小爬犁上的干树棵子。

"我外孙呀。怎么啦？"

"这是前年我砍下的。这孩子，真是的。"

我站在旁边，不敢上前。

他一闪眼看见了我，跳下墙走近我。我心嘭嘭地跳，我意识到，他的大巴掌就要抡到我头上了。

他伸手，摸了摸我的头，眼中闪烁着慈祥又怜悯的光，轻声说："往后可不要拉已砍下的树棵子，无论山多远，砍倒了的树棵子是有主的。"说着，他一步步，哼着"姐儿呀，南院哪"的歌调，走远了。

过后，我姥娘还是给了他一点钱，算是买了他的柴。

我永远也忘不了，他那"姐儿呀，南院哪，绣绒花呀啊"的歌谣。至今，他凄凉柔婉又悲怨无望的歌音还响在我的耳旁。这也是长白山收养的一种山东人。

孤寂老者好苦辛，
凉灶冷食独个吞。
灯下一人才成双，
哼支悲调与影亲。
人生最苦无个伴儿，
儿孙都是梦幻人。

一位白净的老外祖母

我三四岁时，就常住姥娘家。那时，姥娘的婆婆还在，我就喊她老姥娘，她姓杨，老家山东寿光官台。

夏日中午，大人们都歇晌了。我独自在院子里玩。玩了一会儿，甚感无趣，我就推开朝东一座高大的房屋门，想看看里面有什么好玩的。

门一开，迎面墙上，供着一幅佛像，桌上摆放着几盘瓜果，中间还烧着香，幽幽的香味，弥满全屋。

我那时不懂礼圣敬佛，只见当中盘子里盛着黄梨。那梨可真大呀，海碗大小，圆圆的，凸凸的，装了些甜甜梨汁，饱满得要流出来。

看着，瞅着，我的口水就流到嘴角，不由自主地伸手就够梨。人小胳膊短，伸了半天手也够不着。我又试探着爬椅子，骗腿往上爬，弄得椅子吱吱响。

最后，总算爬上了椅子，我自然一把就抓住了那个大梨。可梨大手小，攥不过来，我只好双手捧着，又下不来了。一时急得我满头大汗。

这时，从北边卧室内走出个人来。我一看，吓了一跳，是老姥娘听见动静出来看是怎么回事。

我慌得双腿哆嗦，似立不住了。老姥娘一看，急走了几步，抱住了我，口里说道："乖乖，你怎么就爬到这么高的椅子上了！多险哪，摔着怎么办？想吃梨说一声，老姥娘给你拿。我的亲亲的小外孙哪……"

说着，她把我抱到地上，又拿干净的毛巾把我手里的梨擦干净，递给我："吃吧，吃吧，慢慢吃。"

我低头，啃了一口，鼓起腮帮子吃了起来。

老姥娘看着我那馋馋的吃相，慈爱无声地笑了。然后，她又从旁边屋里拿出一个大黄梨，擦干净了，放在那盘子里，供佛享用。

　　老姥娘那时已七十多岁了。她是中等偏高一点的个头，玉白色的大圆脸盘，满头银丝，十分干净利索又慈和的老母。

　　这是我至今想起她老人家的唯一印象。她和蔼可亲，玉润的脸上从不发怒，而是平平稳稳，永远安详如佛。

我的老姥爷金广芳

我的老姥爷金广芳，是长白县梨树沟的乡老。

他是清末时在长白县发布"领荒"的诱惑下，从山东即墨飘洋过海来到东北长白县的。

那时，清政府为了增加收入，动员人们去长白地区开垦荒地，又叫"领荒"。就是允许人们愿意在哪座山上开地就可以在哪儿开，开垦多少不限，越多越好，开的地全归自己所有，政府不管，而且三年不交税。

那时朝鲜又正是连年灾荒，再加上受日本统治者盘剥压榨，朝民过不下去，也纷纷越过鸭绿江，来长白开荒种地以求温饱。有的朝民早晨过江，晚上回去，有的春天过来，秋天回去。大都没有长期打算。

他们许多人开垦土地，种了三年后，第四年该交税了，就不种了。撂下，又开新荒地，这样就不用交税。

我老姥爷，就把这些撂荒地收来，交上税，雇一些人种，或出租。地方政府还很高兴。

这样累积多了，老姥爷金广芳就成了梨树沟有相当多土地的地主了。

老姥爷善良大度，他对待佃户，收成好的年月，就让他们按约定交租；收成不好，就减租或免租。对那些开了三年就撂荒的朝鲜国民，在收那些地时，他还给这些垦荒者一些钱财。所以人们很愿意跟他打交道。后来的逃荒者，也愿意租他的地种。

老姥爷是一个大高个儿，身板挺拔，国字大脸儿，面皮白净，眉宽眼明，一捧银丝长髯飘在胸前，很体面的一个老者。他声出丹田，话音震满四壁，洪亮又悠远。他眼光长远，不怒而威，处事练达，待人和善，悯贫恤贱。平时寡言少语，一旦开口，丁是丁，卯是卯，一诺千金。他一生正派，只有我老姥娘一个妻子，你敬我，我尊你。

老姥爷践行儒家思想，他给儿孙取名，就带深厚的儒家色彩，有大家风范。颇似《红楼梦》中贾家给黛玉母亲一辈起名，不起花呀草呀等字。

他给几个孙女取名，就按"仁、义、礼、智、信"等来取。我母亲是他的大孙女，就叫金铭仁，以下分别为金铭义、金铭礼、金铭智、金铭信、金铭香。我大舅叫金铭德，小舅叫金铭俊。

他给孙女找婆家，从不攀官依势，也不求门当户对，而是看人品正诚良善。如我母亲就嫁给了从山东逃荒来长白，那时在长白县对过鸭绿江南岸朝鲜惠山镇德升东绸布店当店员的我父亲。

我金铭智姨，就嫁给了梨树沟正直勤快的贫汉吉玉祥。

对人，他不论贫富都尊重有加。那些困难户常得到他的周济，故人称"金乡老"。在他家干活的几个人，他待如子侄。有一个佣人离开这里后得了伤寒病，家中人不管，他自己又爬回梨树沟金家，由我老姥爷的儿媳——我姥娘，喂药熬汤，直至逝去。

在来长白闯关东的人里，老姥爷算是有成就的人，几十年茹苦含辛在这里扎下了根，山东即墨老家也有人投奔他来。老姥爷认为，只要有了地，就可避免儿孙受饥寒，而过上较富裕的生活。所以，他没搞商业，他有了钱，就买地，土地不断扩张，他的名声也愈传愈远。

树大招风，富在深山有人顾。人有了一点社会地位和财富，就容易引来一些坏人的骚扰和戕害。

一天，深山里土匪头子下山，绑走了我老姥爷的两个亲儿子和一个来投奔他的叔伯侄子。

我老姥爷是个实干而不张扬的人，但事业发展，却给他带来了意想不到的危机和灾难。

土匪捎信来，要钱，不然就撕票。

老姥爷独闯土匪窝，只赎回了他的侄子。一脸横肉的土匪头子挺奇怪，问："你两个儿子不管啦？"

我老姥爷说:"我从来不攒钱,家里攒的几十根金条都拿来了!手头就这些,再也没现钱了!你要地,要多少给多少。"

"那,你就不怕撕票?你亲儿子命在我手里攥着呀!你的亲骨肉呀!"

"人在你手里,你看着办吧!"说罢,老姥爷站起来,领着侄子就往外走。

一个满腮胡须的家伙急了:"大哥,就这么叫他走了?"土匪头子一瞪眼:"不叫走,还能怎样?给你地,你种啊?"

土匪头子被这位不怕死又很仗义的人,震慑住了似的,眼睁睁看着我老姥爷离开了土匪窝。

后来土匪又几次催老姥爷交钱,赎他两个儿子。老姥爷又凑了些钱,没达到他们要的数。土匪也只得放回他的儿子。

儿子们长期在土匪窝里被折磨得不成样子。二儿子放回不几天,就死去了。二儿媳改了嫁,抛下两个女儿,这就是我金铭礼姨和金铭智姨。大儿子金兆恩,就是我姥爷,被土匪绑去睡潮湿地,伤了筋骨,回来后一直治不好,就瘫在了炕上,一直到死都没站起。

毕竟老姥爷在当地还有一定声望,长白县衙不再怠慢,派兵围剿了土匪。土匪头子被绑去县东河滩上枪毙了。

土匪头子死了。老姥爷还安排人给土匪头子收了尸,买了棺材埋葬了他。

家里人都很反对,说:"他害得咱,死的死,瘫的瘫,咱还管他这些事!让狼啃了他算了!"老姥爷"咳"了一声说:"死的,他毕竟还给咱留了个全尸,瘫的,毕竟还给咱留个活的。"家人听了都缄口无言。

当初,若不出来闯关东,凭我老姥爷的勤勉艰苦的能力,在本地挣扎个全家温饱,还是可以的,也不至于遭土匪绑票,把儿子全搭上。

而后,家中遭遇种种变故,老姥爷的事业也与他的生命同步消亡。

作为一个勇闯关东的人,老姥爷倾全心力创建了这份家业,辉煌了几十年,此结局,与他原想的为儿孙创业扎根相去万里,富裕,终成南柯一梦。

群兽蹿逃百鸟唱，
人间烟火焚蛮荒。
垦植经营百来载，
路开地肥秧苗壮。
如今人人都有田，
当年"领荒"不敢忘。
无数先人化尘土，
长白山高又添几丈。

一个黑脸男孩

胖大体面半官半富的张子监外甥，姓甚名谁，不清楚。

我只记得他这外甥在县城高小念书，放学往梨树沟走时，常常与解放街西头住的一个女孩子"打嚷"。

我在方家馆子住时，常见到他们俩。

那女孩挺秀气，长脸儿，白皮肤，笑起来，弯着腰，撅着屁股，浑身乱颤。

张子监的外甥，不胖不瘦，有点黑，挺憨厚的，见了人就笑，嘻嘻地。

他们都是十来岁的年纪。有时不知这外甥说了句什么，那女孩连笑带骂羞红着脸追他，要揍他。他也哈哈哈笑着，边跑边回头招她。一个在后头撵，一个在前头蹦，跑也跑不远，逮又逮不着，相距也就三两步，玩得人见人羡慕。

那时，我比那外甥小几岁，同在梨树沟待过，认识，碰见面，他对我笑笑，也不说话，过去就算了。

看来，那女孩子挺喜欢他，他也恋恋那女孩儿。他们俩闹着玩着。时间长了，那外甥回到十五里远的梨树沟时，常常村庄上空的星星已在头上晃亮了。但他们很惬意，不怕天晚天黑。

那时，张子监已风光地死去了，抛下一个如夫人。那女人虽五十多岁了，但那张俏美标致的脸儿还招人喜欢。她这个外甥就跟着她生活。

几年后，这娘儿俩不知哪里去了，在我的世界里，从此再也没见过他们。

那个姑娘，在我念初中时，竟成了我的同学。她还是那么活泼漂亮，笑眯眯的，不知她心里还有那个黑小子没有。

　　世道生人，也伤人。人的一生，不知道会怎样。

　　该乐时乐，该笑时笑，该哭时也得号几声。光哭不笑，日子没法过。

　　人生看破没法活，
　　懵懂岁月最快乐。
　　悲怨哭笑随心意，
　　功名由痴儿忙活。

帮秋的人

金铭信姨死后，不久大舅母白淑贞又病逝了，她抛下了一对女儿。

姥娘显然苍老了许多。这连续的灾难，压得老人家双腿颤颤，步履不稳，走一步身子就似要向前倾倒。大舅外出，还没回来。

深秋的清晨，霜露浸人。姥娘起来生火做饭。她开开门，望着对面一片残叶枯黄的苞米地，一穗穗苞米竖在棵上，还有远处的黄豆地，更远的山顶豆地，叹了口气。

她到马架子屋后拿柴火时，猛然从柴火堆后站起一个人来。这人四十来岁，中等靠上的个子，精壮憨实。头大脸宽，大胳膊大腿，大耳朵亮眼睛，高鼻梁，耳朵根处扎撒着两道须毛。

我姥娘吓了一跳，忙一把扶住柴堆。

"婶子，你好啊！"那人笑着问候。姥娘看清了，这是更远处山里一位壮年。

"你怎么睡在这里？"姥娘问。

那汉子笑道："我昨晚下半夜就赶到这儿了，看你一家人都睡得挺沉，没敢惊动，就在这柴火堆避风处窝睡了一会儿。"

"你干啥来啦？"姥娘又问。

那人说："家里的情况，俺们都听说了。俺爹打发我过来看看。秋忙了，叫我帮你家忙忙秋再回去。"

"那你自己的活咋办？"姥娘问。

"有我那两个大小子，还有他妈，我爹忙活。婶子这边，大兄弟出夫又不在家，我包了这个秋！"

"你爹还壮实吧？"

"很硬朗哩，成天在林子里蹿，收拾些山禽和狍子啥的。俺爹说，当年俺家大难时，你家帮俺们活了下来。俺爹啥时也不能忘！没别的，有一身力气干点活还可以。俺爹说，那大恩真情不能改……"

两人说着进了马架子屋，炕上竖躺横卧着四五个孩子，还呼呼大睡呢。

这个汉子姓甚名谁，我不知道。他还扛来一只狍子，让我们饱餐了好几天。

此人相当豪爽大气，不惜力气，每天干活像做自己家的事，割苞米，刨地豆，收黄豆，又快又干净。歇息时，他还说些山里奇传野趣给我们孩子们听，我们都喜欢他。

地里的活忙完了，他还借了辆牛车，帮姥娘把粮物等运到梨树沟的空房子里，才返回他自己的家。

这类事还很多。我姥娘家不断有人问候。有难处时，也终会有像这壮汉的人来相助。

人心向善，善缘根深。我老姥爷金广芳，人称"金乡老"，善待人。这是抹不掉的。

不行春风，哪来秋雨？不见春雨，哪来盛秋！俗语曰：

忙时有人帮，
难时有人助。
有德必有邻，
善缘常流注。

一对凄苦的夫妻

　　大舅金铭德和大舅妈，平时两人关系还不错。闹起来，我大舅出手就是一拳，捣得舅妈疼得"哎呀，哎呀"乱叫。

　　我在旁边听了极害怕。

　　其实大舅从未戳过我一指头。可大舅妈哭叫得那么惨痛恐怖，使我见了大舅，总是斜愣着身子躲得远远的。

　　我大舅妈名叫白淑贞，苗条的身段，一张和善俊美的瓜子脸儿，稍高的个儿，极好的一位佳人。

　　她成天背着女儿，干这忙那，一刻也不闲着。

　　她是城里开点心铺的白玉山的女儿。人家宝贝样的女孩嫁给了大舅，是为过上安稳快乐的生活，可倒成了大舅心烦的出气筒了。

　　大舅和高金山姨父在通化念书，回来就全家搬到了一个窄小的茅草屋。

　　大舅不适应这种生活。有时烦了，为一点小事就同老婆吵。

　　同你最亲近的人闹，过后想想不更后悔与痛苦嘛！

　　大舅妈由于抑郁成疾，很快就去世了，抛下了两个女儿。

　　大舅妈死后不长时间，大舅也病倒了。

　　他得这病很蹊跷。他是同两个人吃了顿饭，喝了几口酒，回来就觉得头一阵阵疼。有时坐在炕边说话，说着拉着，他忽然头一晃一摇一颤地"哎呀，哎呀，呀呀呀呀"疼得迷糊过去。

　　待了一会儿，又好了。

　　他找了几个大夫看过，也没说什么病，终也治不好。为了给大舅买药，姥娘还叫我去城里卖过一只大母鸡和一小爬犁柴火，给大舅买过药。

记得在大舅生病期间，我听我姥娘悄悄对他说过："好了后，千万别同那两个人喝酒了。"大舅应声说："知道了，知道了。"

那两个人是谁？是本村还是外村的？他们喝酒时做了什么？这里面很秘奥。一直到死，我大舅和我姥娘也没吐露。

在我大舅病重最厉害的那天晚上，脑袋摇摇晃晃得很频繁。

哼哼着，哼哼着，晕过去了。

我姥娘就叫我："快去喊你金山姨父来！快！"

街上很黑，几颗凉冰冰的星星都打着哆嗦。我心慌得又害怕又"怦怦"地跳，硬着头皮往村西头走。

到了西头金山姨父家，我慌慌乱乱地说："我大舅快不行了！姥娘叫你快去看看！"

金山姨父正跟几个人在家聊什么，听说后，跳下炕，抓起两个包子给我，就匆匆小跑着赶去。

我也有点饿了，大口吃着包子。那味道很特别，似有点供品的味道。至今想来还是那么清晰。

到了家，姥娘朝金山姨父点了点头，大舅一会儿又缓醒过来。

他看了一眼金山，咧开嘴惨然一笑，慢慢说："我没事，不要紧，不要紧，你回去吧。"

金山姨父宽慰了他几句，就走了。

可是又过了一会儿，大舅的头又颤晃起来，连连的哼哼声越来越低。

姥娘又喊我："快，喊你金山姨父来！"

如此数次，那焦急惊慌又恐怖的夜里，大舅终于没有挣扎到天亮。

大舅那发黄淡黑亲切悲凉凄苦的眼睛，一直还闪烁在我记忆的深处。

那两个和大舅吃饭喝酒的人到底是谁？他们又是何样收场的？我一点也不知晓。那时年纪小，也不知问问我姥娘。

我大舅妈的两个女儿，小女儿不满两岁就夭折了，大女儿后被她外祖父母接去抚养，又一块回了安东大孤山老家。

多年后，我曾先后两次去寻找，皆音影杳然。

撒手人寰万事空，
儿女生死谁人疼。
世上多少苦命娃，
无爹无娘过一生。

小脚老太及她的干儿子

姥娘把家里一只老母鸡绑好，交给我说："到城里卖了它，给你大舅抓药。"

到了长白县城，我抱着大母鸡刚走过一家杂货店门口，那店里跑出一个老太。

这人有五十来岁，稍高些的个头儿，胖胖的四方白脸，头上绾着髻，穿一身黑布衣裳，腿下是一双小脚儿。她大声问："小孩，鸡卖吗？"

我应声："卖。"

"你过来，我看看。"她招呼说。

我倒回来，进到她店铺内。

店内南墙边，炕沿上坐着一个三十来岁的男青年，一脸的麻子。

老太太看了看鸡，又掂了掂分量，便问："多少钱？"

我说了在家时姥娘告诉我的数。

她说："太贵啦，少点行吧？"

我不出声，回头就要往门外走。

她又看鸡一眼，又同那男人挤了挤眼，忙说："行啊，我买啦。"

这时店里来了一个老汉，问："这鸡多少钱？"

那老太急忙说："这鸡我买啦。"说着伸手从兜里掏钱。掏了半天，掏出一张整票，再掏，没有了。她说："给你这张。还差一部分，你能找开一张整票吗？"

我哪来零票找，说："没有。"

"咋办？我也没有零票给你，这……"她说。

我站在那里不出声。

她见我傻乎乎的样子，笑着说："这么着吧，"她又摸摸屁股后的兜，"实在没有找开的钱啦，就这么着吧。"说着她往外推我。

刚进门的那个老汉，睁着大眼望着我。

我犹犹豫豫着被她推出了门，似走不走地挪动了脚步，懵懵懂懂地离开了她的店铺。

来到大舅岳父白玉山家，一说这情况，白玉山老人气愤地说："这家人怎么这样呢！找不开就这么算啦！她怎么不把那张整票给你就算了呢！什么也不给就推人出门……"

我无话可说，知道受了欺骗和屈辱，便迈步要出门："我去找她去！"

白玉山姥爷沉吟了一会儿说："算了吧。欺蒙孩子傻，损了阴德的人，会受到诅咒和报应的！往后卖鸡什么的，拿来家，不向外边卖就行啦。"

这次又是白玉山姥爷添些钱，给大舅买了药。

回到家，我没敢同姥娘说这事。

过后，我才听人讲，那家店是老太太开的。坐在炕沿上一直不语，但同老太太挤眼弄眉一块欺蒙人的麻脸青年，是她的干儿子。

这种肮脏龌龊的人，能干出什么美事来。

此后，每次去长白县城，经过那家店铺，我总是把头别过去！一是羞自己愚钝，二是厌恶见那对"干娘""干儿"欺童蒙人的可鄙嘴脸。

我到长白县念高小时，这家小铺就关门大吉了。不知那干娘俩又去哪里干坑生欺童的勾当去了。

至今，每每回忆起在长白的童年生活，眼前就自觉不自觉地浮现出那胖胖的白脸，细眉尖尖，小脚儿，凸屁股的老太和她那麻脸的干儿子。

我实在不愿意回忆那段呆傻被欺蒙的往事，可童年事会放大的，似扎了根。

那是给我大舅买药救命的钱哪。受这种欺辱的童儿明白后，那种伤痛，怎能抹得去哟！

童叟无欺金字匾，
商家信誓几千年。
三秋雨浸字黯淡，
南欺北骗谁去谈。

三千金坟

金铭香，是我的亲小姨，那时十五六岁。她性格活泼好动，和人闹起来，嘎嘎嘎地笑个不停。她像朵葵花，日出就乐，给这个家庭带来许多欢气。

记得一次，姥娘对我大姨金铭礼说："你们注意看看，我看你邻居家小伙子就不错，他要愿意娶她，就把她嫁了算了。"

大姨看了二姨金铭智一眼，说："你看她疯的那个样，成天嘎嘎嘎嘎嘎嘎地乐呵，没点城府！谁愿意娶她，谁能要她？"

听了大姨的话，我姥娘再没说什么。

其实，那个青年我认识。他已近二十岁了，圆脸儿，白肤，中等偏高的个子。他曾自己出钱，买了去长白县城看电影的票，带我们几个孩子跑十五里路，看开国大典的纪录电影。

这是我第一次看电影。由此可以看出，要跟他提小姨的事，他不一定不同意。

小姨圆而稍长的脸面，朴实，真诚，单纯，没有心机。她只是好笑，是一个挺招人喜欢的姑娘。

话已出口，就该试试。犹豫间，意外之事就发生了。

那天，姥娘叫小姨和小舅去县城办件事。这事本来是叫我去的，可我那时不知好歹，不听话，不愿去。

小姨走后，就再没有回来。她去城里染上了克山病，吐黄水，死在了县城。这种传染病很厉害，当时一个小村一天就有两三个人抬了出去。

小姨死后，就把她，和我前几年死去的金铭信姨一样，埋在我母亲

金铭仁的坟旁。三个亲姊妹，一溜埋在河岸边半山腰，被茂盛的荒草淹没着。人称"三千金坟"，又称"三姐妹坟"。

我姥娘这样安排，很有些远见。这三个女儿，只有我母亲结过婚，留下我和小妹。若无我和小妹，谁来给她们扫墓祭拜呀！

这三座坟，在一条流向鸭绿江的河北面的半坡上。过去有句谚语："伸手摸着岸，著书百千卷。儿孙爱学习，前程不用看。"外祖母在这安葬我母亲，对我等是深怀多大的期望与怜惜呵！

这责任太沉重了。如今我在山东，二十几年或十几年才得来一次。只好拜托我的表弟和表妹们替我拜祭了。

这是怎样一种凄苦寂寞与悲凉啊！

若是我当时是个听话的孩子，我去城里办事，小姨也许就不会染上克山病死去了。

这"也许"，多年来沉沉压在我心里，悔亦无益，只有内疚与伤痛。

人呀，该听话听话，该做的事就去做。有的痛苦可以淡忘过去，但有的心痛，永远也消失不了，永远炙灼着你！

我知道，我不是一个好外甥！

　　命做之事就去做，
　　免得意外遭祸灾。
　　小姨染疫命丧去，
　　蒿草深深坟遮盖。
　　想做好甥天无时，
　　世事无法再重来。
　　忆记此疚心就痛，
　　惭颜低垂苦哀哀。

卖柴火的小孩儿

　　我大舅生病期间，我姥娘劈了一小爬犁木柴，整整齐齐封好，要我去县城卖掉，给我大舅抓药。

　　那时，我有八岁了。家里除了大舅，我是最大的男丁。

　　清晨，空气极冷。天还半明不明，灰蒙蒙的。

　　我姥娘早早站在街道口，终于见一个人赶着爬犁从后街上过来，要进县城。

　　姥娘说了许多好话，托他照顾我些。

　　那人三十来岁，姓张，中等个儿，方面孔，脾气有些躁。他抬头看了我一眼，板着脸，不欢也不笑，又看了看我拉的也就一小捆木柴的小爬犁，无声地算是应承了。

　　于是我急忙拿了截绳子，把小爬犁拴在他的牛爬犁尾部。这样，牛拉起大爬犁，连带拖上我的小爬犁，我就不用使力气了。我只要架住小爬犁的两边的把手，跟着大爬犁走就是了。

　　走了一段路，因路上冰冻，爬犁四下里打滑。他大声呵斥道："把紧点你的爬犁！看把我的爬犁拽得东摇西晃的！"我一声不敢出，用力把持住小爬犁，小心地迈着步子。

　　又走了不远，爬犁又打了个半旋儿，老牛脚下一滑，头一颠一颠地刺溜了几步！他恶声狠气大叫一声，脸一横，说："把你的绳子解下算了，看把我的大爬犁拽哪里去了？"实际上，这是路滑造成的，不是我这点小爬犁柴火拽成这样的。

　　我低着头，还是不说话，更紧张地架好爬犁的把手，迈着小碎步。因这段路是在半坡上，下面是几十米的深沟，沟底是河，冬天常有车或爬犁不小心，连牛带爬犁翻了下去。

我眼里饱含着泪水，更小心地架着小爬犁，把持它走正路。

下了大陡坡，他吆喝道："好啦，自己拉吧，路也好走啦。"

我像没听到，依然低头，架着小爬犁，跟着牛爬犁走。这时，我听见他同另一个赶着爬犁进城的人，极不友好地说："你看这个小家伙，还赖着我不散伙啦……！"话虽这么说，但他始终没硬解下绳子，把我扔在半路上。

终于到了县城边。他喝住牛，解下绳子，扔给我，他自己赶着爬犁进城去了。

我望着自己的小爬犁柴火，像被抛弃了，孤零零地停在路上，怅望四顾。牛和人已走得没影了。

我愣怔了一会儿，拉着小爬犁进到县城解放街。在一个小路口，我停下，盼有人来买柴火。

等了一会儿，见没人过来，便架起爬犁往街里走。

我从来没卖过柴火，也不知长白县城柴火市在哪，只拉着柴火满街转。

来到一个路口，我放下小爬犁，坐在路边街石上。走了十几里路，也有些累了。

街上，南来北往的人很多，男的女的老的少的。有人走得匆忙，有人悠闲自在。有人大嗓说话声，有人低语嘁喳，然后"哄"声大笑，前仰后合的十分热闹。

我眼巴巴地望向他们，盼着有人上前买柴。许多人从我身边过去，有人只好奇地望一下我这个拉着小爬犁的孩子。快晌午了，也没人买。

"孩子，柴火卖吗？"我正垂头无望地眯瞪着眼打盹的时候，忽然听到一个女人和善的声音。

我慌忙睁开眼，站起身来说："卖！卖！卖！卖！"生怕这个要买我柴火的人走掉，便一气喊了几个"卖"字。

"这一小爬犁柴火，多少钱？"那个高个漂亮的女人问。

"这……"在家时忘了问姥娘卖多少钱，我热涨了小脸儿，报不出来。

那女人见我那个窘态，她那红扑扑又白白的圆脸上，那双又亮又俊的眼睛，很好看地笑了，说："好啦，孩子，我买啦，跟我来。"

她前面走，我在后面跟。

来到一个坐北朝南的屋子前，她推开院门，顺手帮我把小爬犁柴火提进院内。

这时屋门大开，从里边探出一个同我年龄相仿的男孩的头。他一见我，便睁大了双眼，吃惊地望着我，也不说话。

哎，这不是我同村的一个小玩伴吗？

他爹当年在外面做事儿，后来回到了梨树沟，我还见过几次。这人稍高的个头，长条身量，椭圆形脸面，躯体微胖。后来他的妻子同他离了婚，不久，他就离开了村子，以后再也没见到他。他妻子是村中的大美人，离婚后，带着儿子嫁到县城来了。

显然，今天这女人已认出我了。是出于同情可怜我，或是我姥娘家或我父母与她过去有过交往，祖荫德庇，她买了我的柴火。

她到屋里拿出钱，塞到我手里，还给我一个香喷喷的三合面饼子："饿了吧？吃点东西，把钱装好。以后来城里遇到难处，可以来家里找我。"她摸着我的头，一边送我出门一边说。她儿子一直望着我不言语。

我心里热乎乎的，就要掉下泪来，似碰到了母亲般的亲人。

我一边拉小爬犁，一边吃那个饼子。等吃了最后一口，也就到了我大舅的丈母娘家。

我大舅的岳父，在长白县城开了一家点心铺，做元宵卖。他的闺女嫁给了我大舅，那时已病逝了，留下了两个女儿。

我把卖柴火的钱递给他，叫他去县医院给我大舅买药。

这是两个很和善诚实的老人。男的叫白玉山，有六十来岁，老太太笑呵呵的，祖籍是安东大孤山。我喊他们"姥爷""姥娘"。

姥爷接过钱，数了数问："这是家里拿来的？""这是我卖柴火——一

卖柴火的小孩儿 | 141

小爬犁柴火得的。"我说。"噢,你卖的不少啊!"老人家望了我一眼,笑着说。我心里话:"我遇着好人啦!"

我知道这些钱不够买药的,还得他们添上些。

吃了晌饭,姥爷买回了药,对我说:"往后再拉柴火卖,就拉回家好啦,不用到街上卖了。"我应着。

姥爷送我出门,嘱咐道:"路上小心些,十多里路呢!别贪玩儿,赶快回家。你姥娘和你大舅在家等着你呢。"

我出了门,一个人拽着小爬犁往梨树沟走。

柴火卖了,药也买了。回梨树沟的路上,天是那么蓝,太阳是那么红亮,路边的白雪都闪着银色的光。那位买我柴火的大姨的笑脸,那么温暖又灿烂。

人间真好。

擦脂抹粉描容颜,
不如佛心美自然。
善能驻颜永不败,
晓花心蕊亲人面。
人生美好在心底,
颜丽如霞暖人间。

讨饭

大舅病逝后，家里只剩下姥娘和那时还没病死的一个十四五岁的小姨，还有我和小舅等几个孩子了。

那时生活极其艰难，有时竟真的无米下锅了。

为生存所迫，一九四七年的一天，一次姥娘撵着我和小舅、小姨，挨门求告，讨碗饭吃。

走了几家，喊了几声："大爷大娘给碗饭吃吧，实在没吃的了！""大爷大娘给口吃的吧。"

就这么一句话，好不容易喊出了口。

喊声惊动了邻居。每家听了叫喊声，开开门一看，是地主家的孩子讨饭吃，又急忙忙关上了门。有个男孩儿一开门，见是我在前头，惊讶地望了一眼就关上了门。

走到一家朝鲜族人门口，出来的是他家的主妇。一见我们几个孩子在喊叫，她以为我们是在作恶作剧，便撂下脸来，怒冲冲地连骂带训地说了许多难听话。这个村子好久没有讨饭的人了。

我们实在听不下去了。小姨眼里含着泪，一拽我的胳膊说："走！咱们回家！饿死也不要了。"

进到家门，说去了几家，都关了门。一家还出来个女人骂了我们一通。

小姨"呜呜呜呜"地哭出声。

姥娘无奈地望了望我们，一腚坐在炕沿上，嘴里说着："算了吧！算了吧！算了吧！"

她老眼又看了看冷锅冷灶，深深叹了口气。

沉了一会，姥娘站起，出了家门。

黄昏时候姥娘回来，后面跟着一个亲戚家的年轻人，背着一袋苞米面。姥娘手中还提了一个包袱，包袱里是些蒸熟的苞米饼和热土豆。这一天总算过去了。

乞讨，在梨树沟很少见。多的是一些过路人，口渴了讨碗水喝，肚子饿了要块饼吃。今天，过去富有的地主家几个孩子登门要饭，弄得人们措手不及。

接下来，姥娘找嫁在本村的金铭礼姨家和金铭智姨家商量。隔些日子，这家提一袋米来，那家扛一袋面来，这家提一大筐地豆子，那家推一小车萝卜、南瓜，还有大麦等。这样度过了那段难熬的日月。

这次乞讨的经历，虽极短暂，但在我幼小的生命中，却又那么漫长。

伸手，张口，向人讨生，是人生中最艰难最羞耻的事。它给我的刺激太深了。随岁月日深，愈感难堪。我从来不愿提这件事。

失去生活能力的人，讨人一点钱财，讨一碗饭吃，是万不得已的。

长大后，每见到街上有老者或缺胳膊断腿的乞讨者，我大多放一点钱在他们空空的碗中。

一日中午，在淄博商厦门外，一个满头白发的老者，在灼热的炎阳下，趴在街边，光着紫黑的上身，似要流出油来，在讨食。

我路过他身旁，他嗫嚅着说："你能把你的汗衫给我吗？天太热了，烤煳了……"我见汗水浸透他的鬓发间，忙脱下汗衫给他披在肩上，便匆匆离去了。

还有一次去北京组稿，在北京火车站大厅等车，见一位截去一条腿的女人，拄着双拐讨要旅客的钱。她一步步向我这边走来了。我忙把钱准备好，没等她开口，便塞给她了一卷小钱。然后，我不敢看她，忙转身躲到一边去，似我自己怕人瞧见……

这点点善念，都是童年那次讨要带来的。我深知乞讨者之艰难，心苦。

现今有的人竟以乞讨为生。乞讨成了一种职业。白天换一身褴褛脏臭的衣着讨乞，晚上又换一身西装革履，住豪华酒店，吃肉喝酒。

我始终不大相信。嗟来之食，食之甘美，其何许人也！

得人一点好处，喝人一口水，得涌泉相报。漂母一饭，永铭心间。这才是大丈夫处世待人之德。

看透人生，人无高低贵贱之分，就平和多了，助行乞者，也就是助你自己。

乞怜慈悯人两面，
别嫌他人苦告难。
帮扶就是助自己，
慈悲路上共一天！

我的亲姥娘

我姥娘姓齐，是金家创业者金广芳的大公子金兆恩的夫人。

从我有记忆起，她的丈夫——我姥爷就已瘫痪在炕上了。那是被土匪绑票的结果。

姥爷的二弟金兆庆被绑票回来几天就死去了。他妻子改嫁，抛下两个女儿，都由我姥娘抚养。这就是我大姨、二姨。

我姥娘自己生了我母亲、大舅、铭信姨、小姨铭香，还有小舅。

我老姥爷金广芳主持家政还是创业者。那时，他已七十岁了。

又过了两年，我姥娘的大女儿金铭仁还不足二十八周岁又病逝了。她生了我们兄妹四人，我二弟文诚和三弟文童相继夭折，只剩我和四个月零八天的小妹。母死不久，我父回了山东，把我和小妹扔给了我姥娘。

一九四七年后，我老姥爷金广芳去世了。家里的事由我姥娘和我大舅支撑。不久我铭信姨被蛇咬而死。过了一段时间，我大舅母、大舅相继病亡。他们抛下两个女儿，全由我姥娘照顾。人说，我姥娘就是养儿女又育孙女，又抚育侄女和外甥小儿的命。一年后我小姨金铭香染克山病也离开了人间。

家中，只剩下我姥娘和五个幼小的孩子。那时我大姨金铭礼、二姨金铭智已嫁人了。剩下的孩子我最大，才八岁，我小舅比我小一岁。三个小妹，皆两三岁。

这样的日子让一个女人怎么撑得下去？我姥娘给这个洗了，给那个换上，给这个补了，又给那个缝缝，成天忙里忙外。

一天，我在街上玩，姥娘从村公所出来，见了我凄然一笑，轻声说："咱回家。"至今我还记得姥娘眼角上飘闪着的泪花。

不久，我大舅留下的小女儿也夭折了，她死时不足两岁。

姥娘后来也染上了克山病，这种传染病，得了吐黄水。天天有人被抬出村。

那时，姥娘望着我们剩下的四个娃子，焦急地对我大姨金铭礼说："你们跟村上人说说，给我治治。若不，我死了这几个孩子咋办哪……"她经历了偌多苦难和灾变，还不愿放弃对儿孙的关护和爱恋，这不仅仅是为了先人的香火。

姥娘没躲过这场灾难，心里还念念挂挂几个幼小无知的孩子，离开了这可怜难挨，又令人眷顾的世间。

姥娘一生，苦苦为儿女而活，又凄凄为子孙而亡。

愿她的魂灵，在天堂安息。

人死家破，子孙散。

姥娘死后，我们四个孩子，被分到四下里去。

哦，姥娘，我不说你多么良善又慈祥，你只是一个长白山女人魂灵的彰显。

这魂灵，充塞山山水水枝枝叶叶天地间，似白山老母，慈恩浩荡。

哦，我母亲的母亲，我的姥娘！在那时你就是我们的天，我们的地。没有这天，日月星辰就没处升落，没有这地，世间万物就没有生长的依托。

我这贱命，被学校开除，被同学踹打，侮骂为"小坏蛋"一个。可姥娘，你宝贵我，守护我，抚慰我少儿的屈辱伤悲，泪花多多。没了你我怎么办？

如今你走了，苍茫四顾，不知前路何往，崎岖坎坷。可我忘不了你死前，含泪带血对我的一再叮嘱：文林哪，无论怎样，你都要活着……

截长补短御风寒，

求亲找米解饥餐。

为娃饱暖累折腰，

天瘟夺命枯肺肝。

逝前望崽苍泪落，

老眼闭锁泪始干。

姥娘的照片

　　姥娘病逝不久。一天，梨树沟村委的一位胖胖的干部，在街道上拦住了我。他从上衣兜里掏出几张姥娘不知啥时的照片，递给我，说："你姥娘的照片，拿去吧。"

　　我一个八岁多的孩子。那时家中没有一个大人了，只剩我们四个小眼对小眼的娃娃，凄凄惶惶，不知明日如何。

　　我扫一眼姥娘的照片，姥娘那悲容的脸上，闪着凄凉的光。我不敢接，扭过头来跑了。

　　不知此后，那人是否把照片给了我大姨或二姨，还是把照片扔掉了。

　　等我长大了，懂事了，非常懊悔。

　　对死者的怀念，随时间的远去，虽然不能湮灭，但其形貌，在生者的心中，愈来愈模糊，只有照片，才清晰存留。

　　那时，不懂得珍惜。现在想讨回那些照片，知情人早已作古了。

　　姥娘死后不多几日，我们四个孩子，分给四家亲戚抚养。前些年，还一大家子人，现今只留下四个根苗。不知会枯萎还是能伸枝展叶。

　　记得还有一张照片，上面有我姥娘、我母亲还有我几个姨。我穿着小长袍傻傻地在前排左角边站着。有一个人抱着我小舅。现在也找不见了。

　　童年失掉的，永远永远也找不回。只有伤痛凄苦永远地抹不掉。

　　童年，短暂欢乐温暖着我。童年的遗憾却永远遗憾啦。

　　苍天有缺谁补全，

童事可忆难回返。

遗憾多多成过往，

念念思思泪一串。

小黄狗

我姥娘家养了一条狗。

它不是那种高大凶猛的烈狗，而是挺温驯的，身长二尺半、高一尺的小黄狗。

每到春耕时节，它随全家搬到十几里外的耕地的山坡上马架子屋住下，秋收后再回梨树沟村。

平时，我喊它："小黄，小黄，过来呀，过来呀。"它便很乖地跑到我身边，摇摇尾巴，两只黄眼珠儿，关切地望着我，看我有什么吩咐。我上这座山、那个沟汉玩，它便随我前后颠跑蹿跳。

那年我大舅病逝后，不久小姨不幸染上克山病，也去世了，而姥娘也得了克山病，躺倒在炕上，不久也闭上了眼睛。克山病，那时在长白山区是一种很厉害的传染病。

家里只剩下四个孩子，我最大，才八岁。六岁我母亡，父回山东没音信，我一直跟外祖母生活。没法，只得分四家亲戚领养。我被分给了二姨抚养。

房子空了，人散了，更顾不及小黄狗的死活了。

约两年后的一天，我偶然回到山中那生活了好几年的马架子屋。

房子虽没趴下，但门歪梁斜，冷灶冷炕，蛛网满屋，木墙已透风撒气。

在灶边，有一块破麻袋片，铺在那干净地方。这不知是什么人，雨天来这里躲雨避风躺卧歇息过。

门前，那片每年种啃青苞米的地已全荒芜了，长出齐腰深的杂草乱蒿。

这儿曾闪亮着姥娘那慈爱的笑颜，还有大舅与大舅母不知为啥终是吵闹声声，还有早逝的金铭信姨那沉思娇好的面容，还有金铭香小姨，现在都影儿不见了。

凄苦哀伤，使我悲泪满眶。

我出了门，想赶快离开。

抬头间，忽见一条狗从房后转了过来。这不是俺姥娘家的小黄狗吗？我们分开时，咋把它忘了！

它毛长长了许多，身子也细瘦多了，像条瘸腿瘪肚的野黄狗了。它到我身边闻了闻，又到马架子屋内转了一圈儿，看看我。它的背上的黄毛多撒着，似人一样憔悴，没有一点油光，但似强悍多了，两眼发红，耳朵有些撕裂，似跟什么动物撕咬拼搏过。沧桑无限，野性满满，似有点疯了狂了。

我心里一沉，望着它我有点怯惧了。

但我还是欣喜欢叫道："小黄，小黄，小黄呀，你怎么还在这里！还在这里呀！这些日子你是怎么过的呀，怎么过的呀？"我蹲下身子想抚摸，亲近它。

它望着我，一下子却闪开几步远，但眼睛却还定定地望着我，不叫，也不走，也不靠近我。

"小黄，小黄，小黄，过来呀，过来呀，过来呀……"它与我已生分了。我怎么唤它，它也不动。因为这两年我也长高了，模样似也有些大变化。可我一直没忘了你呀小黄。

现在我明白了，屋中灶边，那麻袋片垫的地方，就是它躺卧和晚上睡觉的窝。

这屋里的长者都走了，孩子们也都散了，没人管它了，人们都把它忘却了。而它却还一直守护着这座马架子屋，守护着那往日笑声、哭叫声和哀怨，期待主人们再回来！

这些年，它靠什么生活？吃地老鼠？还是啃地豆子？夜里狼熊还常来关顾它吗？看它那耳朵，它同它们撕咬过！我在这里住时，晚上出门小解，一敲破铁桶，地里野猪和狗熊就呼隆隆地乱窜。

在这么寂寞又凶险、孤单又荒凉的大山深处生活，自己得多大的胆量勇气和忠诚啊！不疯点狠点，咋能应付那些猛兽恶禽的袭扰和侵害呵！

"小黄，小黄，……"我有些凄凉悲哀。我往它跟前走几步，它往后退几步。我想把它带回二姨家，但呆愣了一会儿，它又转到屋后不见了。

我坐在门前，等它回来。有时似在林边闪出它的身影，但我喊一声，又不见了。

如此反复闪现了几次，便再也见不到它了。似乎它明白，我只是这家的外甥，不是主人，不能跟我走。我还得人家抚养哪。

天快黑了，还得赶十几里回村。看来，我带它回二姨家已无望了。我凝视了山林一阵，还不见它身影，不得不一步三回头地离开马架子屋，向山下大道走去。

我快下到山底时，猛听到一阵阵"汪汪汪汪，汪汪"的狗吠声。

这嘶叫声引动了三座山头响起回音。

我回头一望，小黄狗站在马架子屋前，朝着我，狼似的长嗥着："汪汪汪，汪汪汪汪，汪汪汪汪，汪汪汪汪……"

这嚎鸣狂喊，那么急切，那么凄厉，那么哀伤！似挣破喉咙在呼叫吼嗥。我似感到那悲切呼唤中，都喷出口口血丝血腥子，飞溅到我脸前身边来！我感到有凉凉的水滴打在面上了。

它是在向我诀别，还是盼我快快长大，能早日带回小主人，以纾解它这么长久的思念寂寞和孤单。

我凄凄惶惶，眼泪终于止不住涌满两腮。

我知道，那凄厉酸楚的悲鸣中，张扬着期待，还有些绝望，透盼着这难耐的孤寂凶险能早日结束。

它困顿瘦弱的小小黄毛身躯，很难再长久应对那些猛兽恶禽的侵扰与攻击了。

可，我们四个孩子都分别到四个亲戚家抚养了，谁还顾得了小黄啊……！

我呆傻地望了半天，天空落下粉尘和稀疏的雨滴，天黑了下来。雨渐渐大了，路边的溪水在呜咽。我毕竟怕深山老林的夜晚。我擦掉泪水，一步步，往梨树沟走。直到听不清小黄狗的凄告与哀伤。

　　小黄，我知道，你活一天，你就会坚守这座深山老林孤寂的马架子屋。

　　守护着空房，守护着无望。

　　日暮深山犬吠狂，
　　苍天垂泪水凄惶。
　　小犬不知老主去，
　　还守空宅苦彷徨。

想去孤儿院

一九四七年，我被学校开除，就跟着大舅在山里干活。

特别是秋天，割豆子，那豆角把我的小手扎得生疼。干了半天，我扔下一把豆角，对大舅说："我不干了！想回村中二姨家住几天。"

大舅看了我一眼，没说什么。

到了二姨家，我白天玩，晚上跟着大老婆小媳妇上识字班，识几个字。那时我八岁。

二姨待我很好。我生下后，二姨曾在我家住过，给我妈待候月子。那时我父亲在江对岸朝鲜惠山镇一家布店当店员，我们就住在他后院的一间小屋中。

在二姨家住着时，听说村里一个孤儿上了孤儿院，还在那里念书。

一天，我敲开村长家的门。村长是个白胖和气的人。开开门，见是我，吃了一惊，问："你有什么事？"

我说："你们的学校不要我了。我想去孤儿院。我妈死了，我爹没有音信，我也是个孤儿。你给他们说说，让我去孤儿院念书吧。"

村长听后，笑笑没说什么。

他没想到，一个娃娃，竟异想天开寻找门径，去孤儿院读书。

此事没有结果。

过了几天，大舅来叫我，说我姥娘想我了，我又回到大山里。

不上一年，大舅和姥娘等几个大人都病逝了。我被分给二姨抚养。那时二姨父不在家，生活极其困难。住了一段，二姨把我送到她生母又改嫁了的县城方家馆子去了。

我在饭馆里，干点零活，劈柴扫地擦桌子。每到节假日，县朝鲜中学的大操场上开庆祝会或运动会，掌柜的就叫我顶着大簸箩油炸糕去卖。

这活我愿意干。一边卖油炸糕，一边看那红男绿女来往往，一边看比赛。特别是那些在赛场上摔跤的，跳远的，跑百米的，踢足球的，十分热闹。

场外，各学校的学生整齐地坐在那里，有啦啦队，他们拍巴掌给运动员鼓劲，有时还唱歌儿。其中一个小学生龇着牙，乐得那个欢哪，使我十分羡慕。

回到馆子里，几天我不愿意说话。掌柜的问我："咋的啦？不舒服？"我摇摇头，又到后院劈柴去了。

隔了几天，瞅饭店不忙的空儿，我敲响县法院的大门。一个穿一身灰衣装的中年工作人员出来，问："孩子，你有什么事？"

我说："我是一个孤儿，母亲死了，爹爹没有音信。现在，在一家亲戚办的馆子里生活。能不能让我上孤儿院去，我想上孤儿院念书……"

那人听了，又问了些别的情况，然后说："我们了解了解情况，再研究下，看怎么样。你回去等着吧。过几天来看看吧。"

我朝他行了个礼，就回饭馆了。那时我九岁。

此事，我没告诉任何人。

几天后，我又去法院，还是那个中年人接见我。他说："你的事，我们去找你亲戚商量过，他们还愿意养你。有人养的孤儿，还是在亲戚家好些。所以你还是安心住亲戚家吧。以后若有变化，你再来找我们。"

我默默地走出法院大门，心中涌起莫大的失望。想去孤儿院念书，现在我苦苦思索的念头又落空了。

那家饭店，只养我，可人家不能供我念书啊。他家的孩子在学校里念书。每想到这些，我常常躲在旁边，眼含泪水，无助凄凉。

满天沙尘我是哪一粒，

飘在哪落至何处，

由不得自己，
渴望思虑，
命兮命兮，
他日风暴啊，
抛落我荒岭还是谷底。
眼前无路常四顾，
谁关心明天我死活去何处。

想去孤儿院 | 157

没妈的孩子

日本投降，长白就解放了。几年后我叔听说胶东也解放了，就想回山东老家。人，总是眷恋乡土的。

他走前来我姥娘家，想实现他对我妈的承诺。

那天，叔叔一大早就来到梨树沟。后来我听姨们说，姥娘一口就回绝了他。姥娘说："孩子还小，不能跟你走。我闺女就这两条根了，我不能撒手不管！你回山东，找到你哥，叫他亲自来领。没了妈的孩子，你领走了，若找不到他爹怎么办哪！"我叔叔那时还没同我爹联系上。

我叔叔怎么说，姥娘总也不松口。她还叫人把我送到姑姥娘的大闺女家——也就是高金山家，我喊她大姨——不让我叔见我。

到了大姨家，大姨搬了一张小桌，放在炕中央，还给我拿了一张纸，一支笔，笑着说："你姥娘说，叫你给你爹写封信，叫他来接你。"那时我才识几个字呀，哪会写什么信。她哄着我不闹、听话。她还拿了些瓜果给我吃。

这个大姨待我很好，她高高的个子，圆圆的脸儿，长得白净丰满。对我这个没妈的孩子满怀慈爱，一会儿摸摸我的头，一会儿又给我讲一些好听的故事。

一头午过去，估计我叔已离开回县城了，大姨才把我送回姥娘家。

不久，叔叔就回了山东荣成。

就是这个大姨，后来她的同我差不多年龄的大女儿病死掉了。她同我母亲一样灼心烧肺，女儿长病时，大姨背着她四处求医，但始终没治好，生生地闭上了眼睛。

这个女儿十分乖巧。大姨整天以泪洗面，痛伤深重，那么个健壮的女人，不到数月，竟脱了形，也寻她的大女儿去了。

出殡那天，天灰蒙蒙的，还飘着细雨，十分清冷。

姥娘领着我去给大姨祭拜出殡。姑姥娘家都来人了。人很多。仪式是在她家后边的河滩上举行的。我也披上麻衣，戴上了孝帽。

但我没见她的小女儿秀金。

华发人送青发人。这时姑姥娘还不知抱着她小外孙女怎么哭呢。母子连心哪！姑姥娘失去了大女儿，而这大女儿，也因失去自己的大女儿，而伤痛自失了！这是怎样的悲痛与凄惨。

山雀哀鸣，众人叹息。长白山中，又多了一个同我一样的没妈的孩子……

人生最惨事，
白发送青丝。
万痛皆可去，
失儿无止凄。
蚕老丝方尽，
泪尽蜡成灰。

做伴

　　自到二姨家，二姨对我宠爱有加。每逢二姨去她生母家住几天，我自己在家中，就恣意放肆地"作"。

　　特别是晚间，我招呼一些小玩伴儿来家做伴，那更热闹了。

　　玩友们有时两三个，有时四五个，有时更多些，把外间的大炕塞得满满的。嘻嘻哈哈吵吵闹闹，横五竖六。你踩了我的腿，我压了你的胳膊，你踹了我的肚子，他又在谁的嘴边放了个大响屁。熏得大伙儿狼蹿狗跳，怪叫着滚下炕来。欢闹声把屋顶都快掀翻了。常常闹到半夜才睡下。

　　有的孩子没跟家里说就来了。很晚了，家长找来，在窗前大喊几声。

　　我们一下子全闭了嘴。我摆了摆手，屏住气，不出声，心却怦怦地跳。

　　他家长又喊了几声，那玩伴儿声音怯怯地说："我在这里睡下了，早晨我就回去。"他家长听了，知道他孩子来给我做伴儿，就说："你们早睡些，别说笑闹腾到很晚。"我们齐声应道："知道了。一会儿就睡了……"

　　那段时间，是我最快乐的日子。我们大都八九岁年纪，尽我们所知，海阔天空天南地北瞎聊个没完。

　　一天，我在街上碰到一位长我五六岁的小姐姐。她父母早逝，姐姐嫁了人，哥哥在外干活。

　　她中等个儿，漫长脸儿，细条身材，见我总是笑："你还是一个人在家吗？""是呀。""晚上睡觉不害怕？""有点怕，有时有些小玩友来做伴呢。""我要是个男生，我也可以做伴呢。"她说得很自然真诚，一笑就过去了。

有一夜，没有一个玩伴来睡觉。我看看天黑下来，早早关好门，躺下，蒙着头。

可翻来覆去，总是闭不上眼。

空荡荡黑黑的屋中，风吹门响窗纸低吟，似有什么从破窗口爬了进来。我的心揪揪着，愈想睡愈睡不着。

突然，我听到窗户被谁敲了几下，我心惊肉跳不敢出声。外面人待了一会儿又敲了几下，跟着一个女声说："不要怕，是我呀。今晚没人来做伴吧？

我一听是那个小姐姐，就带着哭腔说："没人来呢。"

"噢，你起来，开开门，我给你做伴儿！"

我忙回说："好！好！好！"说着我一掀被子跳下炕，光着脚就去开门。

那小姐姐一把拽住我的胳膊说："别怕！别怕！我小时候一个人都睡惯了！没有啥可怕的。"

她带着我走进里间，悄悄地说："你睡里间，我睡外间。睡吧。"又说："每天晚上，我都从你窗外走一趟，常听到喊喳的说笑声，今晚听听这么静，我就知道没人来了。——好了，睡吧，睡吧，我也累得、乏得想睡了。"

小姐姐真是个有心人。她从小常常一个人睡一间大屋，知道一个孩子睡这么大的屋会吓成什么样！

第二天我醒了，天已大亮了。小姐姐已经走了。我掀开锅盖一看，锅里已馏好两个大饼子，还有一碗大馇子粥。锅台边还有一小盘咸菜。

那时的人，就是这么简单朴实，心无邪念。

邻姐悯童长夜伴，
醒来满室飞霞彩。
纯真天然无私欲，
山姐颜丽如春来。

舅母慈心

姑姥娘家三舅母是一个朴实勤快的家庭妇女。从我记事起，她就在姑姥娘家了。

三舅母娘家比较贫苦。那时三舅母的母亲五十多岁，稍长些的脸儿，面色有些发乌，头发蓬散着，常穿一身黑衣服，忙这忙那。她还有个儿子，在山里放猪。

我稍大些，姑姥娘一家搬到县城，开了一家车马店。三舅母的妈和弟弟也随之迁来，住在解放街。因出身好，三舅母的弟弟，还在村委中干一些事。他也是个长脸儿，中等身材，面色严肃，成天闭着嘴，不乱说一句话。见了我，也只是扫一眼，也不讲话。

车马店由我三舅主持。一家人大事小情，送往迎来，忙忙碌碌，全由他打理。

我三舅和三舅母感情很好，从没见他们吵嘴。我三舅母生了一大帮孩子。晚上睡觉，躺下就是一炕。横七竖八，我抵着你的脊梁，他的头脸贴着那个的脚丫子，这个脚趾蹬着你的腿，那个头又枕着这一个的胳膊。呼呼的鼾声，你起我伏，有轻有重，有粗有细，又高低不等，组成一部童声大联唱——酣畅，曼妙无比的梦中深眠曲。

三舅母对我这个从小失去母亲的小外甥很怜悯。他们家住在大山里时，我就常去那儿住个十天半月的。搬到县城后，我去得更勤了。有时就吃住睡在那个温暖的家里。

我去山东后，每次回长白时，都去看望我姑姥娘和三舅、三舅母等。

我第三次回长白时，我姑姥娘、大舅、二舅、三舅都去世了，三舅母还在。她已住上了楼。

见到我，她很高兴。八十多岁的人了，倒比前几次见她时更光鲜了些。脸面也白亮了，眼角的皱纹也舒展开了。如今孩子们都大了，又都有自己的儿女了。孙儿们绕膝欢闹，舅母喜笑满面。

她问了我些别后的情况，忽然又问："不知润姐怎么样了？""我去安东大孤山找过她，没找到她。"我说。

润姐，是我亲大舅金铭德的大女儿。自四五岁就随外祖父、外祖母去了她外祖父安东老家，至今没有音信。

这是我三舅母见了我，又想起这个可怜的侄女了。已经分离了五十多年了，舅母依然惦念着她。

亲情，血脉，牵着心哪！

由于三舅母这句话，返回山东后不久，我又同我女儿董梅去了相隔数千里的丹东大孤山。找公安，去敬老院找一些老人问情况，但一点线索也无。

如今三舅母也去世了，这个思念似伴了她和老姊妹们的一生。她是极普通的一个人，可她给她家族、给我三舅扎下了那么多茁壮的根苗，在子子孙孙和亲戚们心中，也可"万寿无疆"了。

一去安东大孤山，
七十余载音杳然。
两次寻亲不见人，
长白老亲空等盼。
他年偶忆童年事，
携儿带孙拜祖先。
谁人领认父母坟，
谁人还识老孤面。

瘫在炕上的姥爷

我姥爷金兆恩是我老姥爷金广芳的大公子，从我记事时起，他就瘫在炕上，吃喝拉撒全由我姥娘侍候。

姥爷十分健谈，他虽然起不来，思维还挺清晰，什么都关心，还当半个家。

他圆头大脸儿，慈眉善目。原来身体康健，行走如飞。

他和二弟还有个叔伯弟弟三人被土匪绑票，折磨得不成样子。当初我老姥爷只赎回了他的侄子，两个亲儿没现金赎。给土匪土地，土匪又不要。待土匪放回他弟兄俩时，二弟两三天就去世了。当地医生说："二老爷被折磨得早完了！是他的魂灵还支撑他，回到了家。"

老大——我姥爷的腰弯弯着，疼得光想躺倒。因土匪叫他们睡在潮湿的地面上。放回来时，寒气已入肌里，身子也变了形。憔悴消瘦得成了一个残废，又似快下世的人了。

老姥爷四处求医，姥爷吃了几个月的药也不见好，反而躺在炕上起不来了。

县里一个开中医铺的医生说："这是寒气浸身，伤筋蚀骨，得慢慢来。要想快治，也有一个办法……"

老姥爷听了，就决心用他的办法治。

在院子里挖了大坑，在坑下盘了一个土炕。把我姥爷放在土炕上，下面燃着旺火，炕上再盖上四五床被子，捂得严严实实，熏蒸，使筋肉再恢复弹性活起来。

折腾了半天，红火燃烧，土炕成了一个热鏊子，烫得姥爷"噢噢"

叫。那医生还说："再忍忍，再忍忍，就好了，就好了。"

最后众人和医生把我姥爷架出来，放到屋内炕上，姥爷已奄奄一息。一连两天，光喘气，连一点饭也吃不进。

那医生一看，不好，趁夜逃之夭夭，连家也搬得没影了。

姥爷这一瘫，就是二十几年。

我母亲，在我两个小弟弟相继夭折后，巨痛伤身，也病倒了。父亲多方求医问诊，治了身病，治不了心痛。姥爷想起了一个秘方，母亲吃了药后也无半点效用。听说我母亲快不行了，老人哭叫着："闺女呀，你死了扔下两个娃子怎么办哪！"

我母亲去世后，我姥爷不久也病老了。

人的身体，特别是年纪大的老人，重创后，要想尽快去病拔根，是很难的，慢慢侵蚀的病，还得一步一步地逐渐疗治，犹可恢复个大概。若用一些非常之法，一是可能痊愈，二是可能更糟。姥爷的身体和病痛，使我今天想到了这些。

医生百千万，
性命只一条。
慎用怪异法，
惨伤难回疗。
一瘫二十年，
悲苦共人老。

哭坟的女人

　　我大姨是一个十分本分又极其老实的人。她以礼待人，不干那些无理争三分的事，这和她的名字金铭礼相符。

　　她嫁了梨树沟赵家为媳。

　　赵家姨父，在县供销社工作。后又调来梨树沟村门市负责。他是一个圆胖脸儿，中等适中的个头，肤白如雪，很儒雅的一个人。

　　那时，他们门市上来了一批大咸鱼，摆在门边橱窗内。那鱼又肥又长。

　　我很小，经常在供销社门口玩，见那肥胖的大鱼，很感新奇，不知它什么滋味，就站在那儿盯着望。姨父望着我光笑，不说话。

　　有一次我问大姨父："这鱼卖多少钱呀？"大姨父说了个数。我一听吓了一跳。那么贵，打消了叫家人买条尝尝的念头。

　　姨父似看出了我的心思，说："等哪天，我买条咸鱼，回家叫你大姨煎了，叫你来吃。"说着，他又从兜里掏出几张小钱，给我买了一捧糖块，递给我说："拿去吃吧，别掉了。"说完把那几张小钱塞进了供销社的钱柜中。那时人都很自律。

　　他有个弟弟，比他矮些，也是白面雪肤，见了人不太说话，只一笑而过去，听说也在县城里干事。他母亲是个亲切和善的老太太，见了我总是摸摸我的头，满脸慈爱的。

　　我大姨和大姨父很恩爱。他们生了一个可爱的女儿，名叫菊子。又生了一个儿子，叫大群。这小子圆圆的脸儿，白胖胖的，我很愿意跟这个弟弟玩，逗他乐。

可是谁也没有想到，这么好的赵家大姨父得了一场病就去世了。

塌了天！大姨疯了一般，天天跑到大姨父坟上哭，有时半夜还去，常常哭倒在坟头上。

我姥娘同几个姨把她拽回来，一不注意，她又跑去坟边哭号。

拉回来，她又不吃不喝。几天工夫，圆脸哭成了长脸儿，眼也凹进去了，瘦弱不堪。

大姨的婆婆，多好的一个老人，失去了大儿子，疼得糊涂了般，哭骂大姨妨死了她儿子，说："你妈妈妨死了你爹，你又妨死了俺儿呀……"大姨的爹被土匪绑了票，受尽了折磨殴打，回来不几天就死了。

大姨悲怨满腔，跑到坟上，抠着坟头，手指头都抓出了血，似要把大姨父挖出来，哭叫道："孩儿他爹呀，你死了，躺在这里啥也不管了呀！我可怎么办哪！我怎么办！我怎么活呀，我怎么活呀，我怎么活呀……"

那时，一个女人，结了婚就全靠丈夫了。没有了支撑，还能靠谁呀！

大姨越想越悲越没出路，就越哭号悲叫，哭得昏天黑地，哭得山黯水咽。夜风中草木都惊惶地瑟瑟发抖。悲唤哭喊传到村里，家家都露凄色，老人们叹息道："这个苦命的女人哪……唉……"

过了很长时间，大姨才安静下来。她已完全脱了形。望着她比我还小的一双儿女，又拦抱在一起哭了起来。

生活还得继续。生者不管多么无助多么悲凉还得活呀！为生存，还得挣扎。

为了把孩子养大，大姨不得不再嫁人。

这个人就是我高金山大姨父。

按说，金山姨父，原来就是我母亲亲姑的大女儿的丈夫。我原来就喊他大姨父。他妻子也是因病在这之前去世了，抛下一个小女儿秀金。

一对失去亲人的苦命人，在亲友们的撮合下为挣扎生存又结合在一起。相互扶持着，总算把日子过下去了。

后来，他们又生了好几个孩子。等含辛茹苦把孩子们养大，有出息

了，生活好了，他们也老了，爬不动了。

大姨跟金山姨父结婚后，生的第一个孩子，就是秀兰。这是一个很俊美的小姑娘。一九五四年我回山东时，留念的照片上，她才一岁多点，还在我大姨的怀里抱着呢。

那时金山姨父在林场干会计。他们搬到林场住时，大姨曾多次进山采野菜补填肚子。

一次大姨又去山中挖野菜。因背着孩子太累了，就把小小的秀兰妹放在路边，她自己进山找菜。

那时偌大的山林，苍苍茫茫，见不到一个人，狼也很多。大姨说，若是蹿出一只狼把孩子叼去，或者来个人把孩子抱走，咋办哪？现在想起来我都很后怕的。

长白山的女人，就是这样一代代一辈辈，为儿女而活，为子孙而枯。什么担惊受怕的事，都推到自己身上。她们最敬重丈夫，最护恋儿女。她们都是一般的母亲，又是最疼爱子女的亲娘。

这种绵延不绝的精神，是长白山女人的魂。大姨临去世前，还牵念着儿孙，秀兰妹告诉我说，大姨晚年摔折了腿，孩子们都愿她接上。可大姨死活不同意，说："我八十多岁了，还去医院开刀割肉接骨缝筋的，我不愿受那个罪了！这么着不影响吃饭睡觉，过几年，让我囫囵着去那边见那些老亲长辈就很好了。"

实际上，老人是怕这样住院出院，折腾得儿女们不得安宁。

秀兰等后来说："若接上，还能多活几年。"他们都有些后悔。

大姨弥留之际，仍惦念挂挂这儿那孙的。秀兰说，她已闭上眼了，静静安详地睡去了。突然间，她眼皮一闪，又睁开了眼睛，望望周围的儿孙——她留下的这些血脉。一个个看了一遍，才又闭上了关切的双目。

她走了，再也没睁开眼。

她不是对人生还有什么依恋。在这苍茫纷繁的人世……儿孙们能撑下去，无灾无难，把日子过好些。这才是老人至死不灭的终生心愿。

岁月匆匆恍如梦，
世事苍茫成浩叹。
儿孙勤勉得温饱，
攀山过海千万年。

R.Q 2024.

严肃的吉家爷爷

吉家爷爷，是我二姨的公公。

那时，他有五六十岁。圆圆稍黑的脸面，粗实硬朗的躯体，步态稳健，成天穿一身黑衣装，是一位庄重又令人敬畏的老人。

他闲不住，地里的活，春种秋收冬藏，忙碌不停。家里，劈柴担水，拾掇院落，井然有序。

那时姨父不在家，儿子那份担当，他挑了起来。吉家奶奶，我没见过，据说已逝去多年了。

老人交往不多，有一说一，说完就干自己的事情。闲下来，我常见他独坐在屋檐下小杌子上，沉思过往。他最挂念的是自己仗义为人的儿子——我姨父。替众人担责，委屈自己，蹲了笆篱子，大义负重。

我没见过老人抽烟。但我有些怯他，不敢在他面前戏闹。他却从没对我说一句高声话。

一九四七年，我姥娘家常常无米下锅。姥娘就撵我和小姨、小舅去挨门讨食。

吉家爷爷听说了，从自家扛一袋子地豆、玉米过来。到了家，放下，扭头就走。姥娘还未来得及和他说一句话，他已身出门外，连句话也没留下。常常使我姥娘泪花满满。

那年夏天，我大舅死后留下的刚刚两岁的小女儿夭折了。姥娘对我说："去喊你吉爷爷来。"

我喊来了吉家爷爷。他伸手摸摸躺在炕上细瘦如柴的娃子，全身冰凉，又试了试鼻间，一点儿气息也没有了。

我姥娘含泪朝吉爷爷示意，又找了个干净的小被子卷巴卷巴，抱起小孙女，递给吉爷爷。

吉爷爷接过，夹在胳肢窝下，又拎起一把铁锹，到了山上，找了个向阳避风的地方，挖了个坑，放进娃子柔嫩的幼躯。埋上厚厚的肥土，坐在小坟边好大一会儿，才回来。

这个小妹，还没看清这世界的真容和善恶，就似片雪花洁白一闪，就消失了。长白山温暖的沃土接纳了她，愿她酣眠安详。

两家老人，在处理这件事上，没有一句话。

当初两家结亲时，富有的姥娘家并没有挑对方，银有几车，地有几坡，而是选人品好的男儿。这是智者的昌达。

土改后，姥娘家失势了，吉爷爷家却分得田地财物。亲戚们相帮，度过了那段艰难岁月。

仁善之家路长远，春雨秋风终回还。

世情剧变见心真，
吉家爷爷情纯深。
当年没嫌咱家穷，
热肠古道结姻亲。
世事沧桑人心在，
贫富融通胜三春。

恋山依林者

我有个小舅，比我小几岁，他是我妈亲姑的小儿子。

我小时曾多次在他家住过。那时他是老五。他家在大山里。小舅那时就跟我们一帮孩子玩闹欢跑。

搬到长白县城后，我不知小舅上过几年学，读过多少书。他是圆而稍长点的脸儿，一般的中等个儿，很朴实又厚道。我离开长白时，他还是个孩子。

那年我回长白，同几位表弟去山里祭扫我母亲的墓。在回来的路上，一位表弟指着山下云遮雾蒙的深山谷说："咱小舅就住在那里。一年除了冬日回城中家住几天，避避寒，其余大部分时间都住在这，已经好多年了。"

"那，咱一起下去看看他吧！"我兴奋地说。

车开向山下窄窄草路，颠簸着下到谷底河边。

我们下了车，迈过荒草遮漫的河水，来到靠左岸的山根下。

这里原住两户人家。现在只有小舅一户住在这前不见村后不着屯的深谷中。

首先迎接我们的是十几只嘎嘎嘎嘎欢叫的鸭子。它们见人来，慌慌地一跩一跩地扑进水中，顺流而下。河水清澈见底，漂浮着绿叶花蕊，闪着银色亮光，时而露出天光云影，时而又被草棵遮蔽。还有一只狗儿在门边趴着，它似窥出来人是主人的亲属，只扫了我们一眼，不叫也不喊，依然安卧着。几只花鸡悠闲地迈着方步，在草中觅食。

紧靠河岸略高处，用一些木板围成个小院。院子不大，进到屋内，小舅正歪躺在炕上迷糊着，小舅母在织手套。

听见脚步声，小舅一抬头，认出我。他欢叫着我的名字，又说："什么时候回来的？"舅母忙站起，下炕，笑着招呼我们。

屋内摆着一台电视机，附近有座小水电站，电是从那儿接来的。墙上挂着镜框，里面是一幅彩色全家福。炕上有个小木桌，地下有个小橱，盛着锅碗日用品。别的就是一个脸盆，在木架上。

进屋，就闻到一股鲜草芬芳河水清爽气。

房子建在河边离河水这么近，发洪水了咋办？晚上若有人打劫咋办？小舅说："这里很安全，大水来了，往前边涌去，这里不见水。山里人都知道，这屋里俺两个老人。除了电视机还值几块钱，其余没什么东西了，谁愿造这个孽。"

"你这里不寂寞吗？"一个表弟问。

小舅笑了："我不是你们，想三想四的。孩子们也不理解，说，这是自己找罪受！劝我们搬回城去。可我就是待不够。太阳晒着屁股才起来。开开门，空气就像仙乳甘流，往嘴里灌。那种鲜美醇甜，洗肺清肝，全身爽透了。还不用花一分钱。吃罢早饭，想溜溜腿，上山采点山果，像狗奶子、地枣，顺便采点野蘑菇啥的，有啥寂寞的。"

小舅问了我这些年的情况，要留我们吃饭说："我这里山韭菜、鸭蛋、鸡蛋、甜瓜，尽可下酒。"

我说："还有些事要办。在这里见了面了，就很好了！以后再来吧。""那得啥时候？"小舅问。我笑了，说："不好说，我尽力吧。唉，我若有这个地方，过上这半仙的生活，就好了。"

"那就回来嘛！"小舅说。

确实，我这一生，经历了那么多曲折打击坎坷，在风波浪里颠簸，几乎被淹死。见到小舅这样的日子，深心掀起巨大波澜，沉浸在这绿水青山翠谷碧崖中，似不能自拔了。

我像宿醉未醒般喃喃自语说："那，以后，来，来吧……"

在回来的路上，我总是惊叹小舅的话。远离尘嚣，半脱红尘。这深谷

河边，晨有鸡鸣，夜有犬吠，昼有鸭戏。那些高官肥贾焉有此自在。

　　小舅没有太大学问，但他选择的生活，却有古代先贤隐士生活的影子。

　　　依山傍水草木深，
　　　山鸟啾啾水欢吟。
　　　明月夜来伴寂寞，
　　　清风临窗问寒温。
　　　鸭叫鸡喊知客至，
　　　唤醒柴门梦里人。

一个谁也不惹的人

四舅是姑姥娘家的四儿子。他老实了一辈子。

四舅中等个儿，椭圆脸儿，一双只管寻路觅活的温和眼睛，身体不大生病，也不太壮实。结婚，生孩，在平凡中过日子。

他是个和气人，见熟人总是笑笑，未惹过事。一家人受多少难，他也受多少难，一家人得多少欢乐，他也得多少欢乐。

他寡言少语，晚年就靠在屋墙根下晒太阳。眼前，朦朦胧胧闪过车马人流，他不惊，也不喜，似茫然无顾。

他一生活得很自然。未见他同人大吵大闹。连走路也从容迈步，极少碰着他人。

事不关己，又无职无权，也无心去费心思。

他就是这样一个平常、平凡的自食其力者。社会对他极少眷顾，他也从未奢望社会对他有啥厚望。身外之事，他不关心。

他活得自在。

一个人，对一个家庭来说，是天，是地。对社会世界来讲，有他亦可，无他也罢。

四舅活得很安稳，现在八十多岁，快九十岁了，他还活得好好的。儿女们待他也很尽孝。

够吃够用，有间屋子，遮风挡雨。空下的时间，依着墙根，望望蓝天，云卷云舒；瞭瞭山河，禽飞兽跑，也不寂寞。

这种品格，对社会来说，似没大用。但他从不给社会添乱增非，这就是他存在的可贵之处。

你似蒿草在林莽，
根入泥土水滋养。
林中天籁飒飒起，
有你气息与咳响。
晚睡早起耕犁苦，
粒米不缺交公粮。
草木一秋大梦尽，
中落沉静也金黄。
世上几人能出彩，
莫笑他人极平常。

一位安分的老司机

二舅，圆脸儿，粗实，本分，老成，是个重家庭的人。

他是我姑姥娘的二儿子，在林场开汽车。方家馆子掌柜的老伴，是他的丈母娘。这也是亲上加亲的姻缘。

我小时候，在方家馆子生活了一段。白天在馆子里干点零活，晚上，就来二舅家睡觉。

因二舅的妻子与我大姨、二姨是同母异父，其母就是二舅的岳母，所以，我就叫她三姨。三姨对我也很好。

二舅和三姨生了一个男孩儿。这个弟弟很可爱，耳朵上长了个小小的肉钉，俗称拴马桩，预示着将来生活富足，所以全家人都喜欢他。他大名叫张庆林。

后来，我二舅因偶然得疾，去世了。那时我还在长白。三姨什么也不说，在后院劈了一天柴火，一大堆，以纾她内心的痛楚与悲哀。

几年后，三姨改嫁长白县一个护林队的排长，那人很好。

我首次回长白时，二舅的儿子庆林已长大成人，并娶了妻，生了孩子。他子承父业，也在林场干了司机。

二舅，一个普通平凡的好人。有儿，儿子又生了几个孩子。按说，一个人有了后，后又有后，香火就不断了。

虽然痛惜二舅无长寿，这也是一个完整的人生了。

老天对善良百姓，还是很眷顾的。

一张笑脸迎四方，

待人接物好善良。

生个孩儿乖又巧,

林场开车日日忙。

人生苦短离世早,

有子香火也见亮。

三姨的护林队丈夫

　　三姨在前夫病逝后，过了一段时间，才嫁给护林队的一个排长。

　　这位姨父是一位英俊军人。他脸长些，稍凹点，高个子，躯体挺拔，浑身透着股英爽气。看上去，就是个靠得住的人。婚后，他们关系很好。

　　时隔二十六年后，我重返长白，三姨已搬到新房子住了。

　　三姨父变化很大。一张灰黄的脸，腰也弯了，个子似矮了一截，完全没有了当年那英气的容颜，倒像个满脸沧桑的老伙夫了。

　　我问了一下，他确实干林场伙夫多年了。但他的精神还好。做厨师，显然不如做护林队排长荣光。可他始终笑着跟我谈这些年的遭遇、委屈和尴尬。

　　我回山东后不久，三姨给我来了封信，说三姨父护林队的问题已解决，补发了工资，一切待遇政策等都落实了。

　　天翻地覆。这是多大变化呀。当初受偌大委屈，沦落为临时工，还学会了那么好的厨艺，没有能屈能伸的大丈夫襟怀，咋能办得到！

　　能忍受，担得起，又能放得下，能等待，不断问寻，时机到了，事情终有解决的一天。这是人生的秘籍。

　　更难得的是他对我三姨的爱。三姨有一种亲和力。无论走到哪里，见了她，总感到她的温婉亲切。

　　平日里，三姨话不多，人们对她却颇有好感。这引起了社会上一些刁汉蛮女的嫉恨。一些脏水泼上她的身，诬蔑之词像石块一样砸向她的头顶。

　　三姨父不理睬。他始终守护在三姨身边。无论三姨受多大难堪，他始终不离不弃。

红尘中变幻莫测，一会儿是，一会儿非，是也非，非也是。夫妻间，总该有莫大体谅包容，其家庭才能长远完整安宁。人一辈子，谁也难免失意挫败或被人歧视，要坚毅地走下去。

可这种包容与体谅，没有一定胸襟和周全考虑，很难做到。而三姨父却做得很好，令人感动。

失足成千古恨，不适于家庭和夫妻。

三姨八十一岁时，遭遇了一次车祸。过几年后去世了。我的这位三姨父也已去世多年。

他们的人生，是凄美的。有欢乐幸福，有骄傲自豪，亦有悲苦与伤痛。

更令人敬重的，是三姨父和三姨的相依相守。

半路夫妻情亦真，
相濡以沫欢日深。
走来一起不容易，
莫为杂念闹纠纷。
人生至善通天地，
尊让搀扶过冬春。

二姨父吉玉祥

二姨父，稍高些的个头，椭圆形脸面，身材挺拔，眉目清朗，是位颇大气又豪爽的男子汉，他祖籍山东沂水。

姨父做事爽快，为人正直，朝鲜语讲得十分流利，所以朋友多。他年轻时，讲义气，曾与九位穷哥们儿拜过把子，他年纪小，排在第八。

早年几个人为赚点钱，补贴家用，卖过烟土，被人知晓了，二姨父全揽责说："这事完全是以我为主做的。"他承担了全部惩罚。其实，此事与他没多大干系。

一九五一年回来后，姨父参加了林场工作，并很快做了林场的车间主任。他处事公道，又大公无私，很得人信赖，很得工人们的敬重。

就是这个姨父，回来时见我在饭店混活，就说："孩子这样咋行呢！这样不就瞎了嘛！得念书啊！"他把我领回家中，同梨树沟学校与村里说了说，又叫我念了书。否则，我的学历只能是"识字班"。

这关系我一生的进取与发展，使我后来能大学毕业，当了教师，成为写作者和编辑，没有荒废成一个街头打架斗殴、四六不知的莽汉，长成了对社会还有一点用处的人。

一九五四年我回山东老家后，二姨父还给我和妹妹各打了一对松木箱子寄来。那箱子我至今还留在身边。

此后，每次我回长白拜祭我先母坟园和省亲时，都住在二姨父家。两位老人待我和我的儿孙等似自己孩子一般。我们返回时，人参、野灵芝、鹿角等珍贵之物，连同亲情，装满我的行囊。

姨父退休后，闲不住，经常到林中看看，穿林海，蹚溪水，采珍摘

鲜，颐养天性，让灵魂徜徉在苍茫绿林中。

那年夏天，我在北京一家出版社修改一部书稿，突然接到庆梅妹打来的电话，她说："哥，我爹老了！"我吃了一惊，忙问："什么病？"她泣诉道："那天，他自己在山林中蹲了一天，回来，觉得挺累，不舒服，躺下就不行了……"

真的如雷轰顶，泪水霎时淹没了我眼前的一切。

姨父，你这长白山之子，你这人人乐见、常助人解困者，现在就这样无声无息地回归辽阔无际的山林了！

你活得坦荡，勇毅，平凡而又豪爽。你敞开长白山样的慈悯心怀，接纳了我，给我这株根苗培土灌汁。那时，我就似苍茫天底下一尾鱼儿，被人甩在岸边泥淖中，是你又把我放回到碧清的江河里，任我酣畅欢游。

姨父，我还有许多话未向你讲说，向你感恩哪……

姨父，我想待两年再去看你，你却这样匆匆离去了。你还不到该去的时候，多少人感念你呀！有恩于人的人，上苍会护佑你的魂灵的。

姨父，你活得仗义从容，去得简单安详，浑身还浸着山林的气息和芳香。

你没给你的儿孙和世界留下一点麻烦与负担，却使我们，觉得空了大半个天……

姨父待我如亲子，
救拔之情压群山。
世间得惠知多少，
拯弱救苦抚病残。
人人都喜相遇你，
释难解困去愁烦。
红尘有你人思善，
慈仁怀如霞满天。

二姨金铭智

二姨，是一个朴实、宽厚、仁义又亲切的人。她是金家我姥爷亲弟弟的二女儿。我该喊她爹二姥爷。

二姨的父亲和我姥爷等人被土匪绑了票。她爹脾气暴些，同土匪叫骂吼喊，被土匪折磨得特别厉害，放回后没过几天就去世了，抛下两个女儿。这就是我大姨和二姨。

后来，二姨母亲改嫁走了，大姨和二姨就由我姥娘抚养，所以她俩从小就喊我姥娘"妈"，像亲娘一样。

我二姨很有涵养，她理智重于情感。我从未见她大喊大叫骂过人，顶多一时不理你。她按规矩走，颇有大家闺秀的风范，故深得人们的敬重。

她嫁给了我二姨父吉玉祥，这是一个颇为大气又很仗义的人。夫妻关系极佳。

一九四七年左右，我姥娘家搬到了一个简陋的茅草屋住。有时我就偷偷跑去二姨家待一会儿。二姨也不问什么，只拿东西给我吃。春天，姥娘一家搬到离村十六七里远的山地去住，秋收完了再搬回村。有时，在山里待闷了，我就自个下山，到村中二姨家住个十天半月的。

当大舅来接我回山时，我常常躲在炕角里不下炕。大舅说："你姥娘想你了。"二姨在旁，笑着，也不说叫我走，也不说留下我。

后来，大舅、姥娘等几个大人们都病逝了，我就被分给了我二姨抚养。

在二姨家，我从不感生分，甚至有点似脱缰的马，随心所欲。冬日，

二姨家常聚了人玩耍。瓜子皮吐了一地，没了脚脖子，二姨也不烦。夏日，有时二姨去城里看她生母，留我自己在家。我就约一帮小玩伴，来家闹腾，晚上和小玩伴睡在炕上。二姨回来见了，只一笑了之。

有一阵儿，二姨父长时间不能回来，二姨的公公又去世了，生活实在困难。二姨就把我送到县城方家馆子——她生母处。之后二姨父回来，就又接回了我，并把我送进学校读了书。

上了初一，我就回了山东。每次回长白，我都住在二姨家。

二姨父、二姨待我很亲。我结婚后，他们还特地做了一对箱子从长白邮寄到山东。我小妹也得了一对。这种关爱与温暖，除了父母还有谁能给呢！

每次我离开长白，要回山东时，二姨的眼里总是闪烁着泪花。

到了晚年，二姨父病逝了，二姨身体一年年不如从前，后来竟腿脚不便坐上轮椅了，说话也不太清楚了。她的一切由我四弟庆国照顾。

知道了这种情况，我决定再回长白见见我二姨。

我走前，先给二姨的大女儿庆梅妹打了电话，告诉她我要回去看看二姨。庆梅就告诉了二姨说："妈，俺文林哥，要来看看你，这几天就要来啦。"庆梅妹等我来后，对我说："俺妈听了，沉默了一会儿说，这是你哥要来最后见我一面哪。"

听了这话，我心酸得不行，眼泪又在眼眶里滚。

二姨思路还很清晰。

亲人相见，喜泪纵横。几天来，我守在二姨身边，望着那憔悴的脸，松弛的脖颈，瘦削的双肩，还有屎尿都不能自理的人，我还能说什么呢！

许多亲戚都来了。我小舅母笑着对我二姨说："你还能活多少年？"

二姨伸出一根手指头。

"一年？"小舅母问。

二姨点点头。

"太少啦！怎么说也得活个十年八年的呀！"小舅母说。

二姨摇摇头，说："人家不让！"

"谁不让啊？谁还管人生死啊？"小舅母问。

"人家不让！""人家不让！""人家不让！"问她谁不让，她就不说了，还很认真的样子。

临离开长白那天清晨，我告诉二姨："二姨我得走了。"

倚靠在东墙根炕上，坐在那儿的二姨突然说了一句："不走！——"

这二字竟说得那么清楚明确。我泪水潸然，半天挪不动脚步。

二姨，又活了好几年，到九十一岁时，她安详地闭上了眼睛。

育养之情泽被我身，
深恩厚爱子孙难忘。
逝者安息白山怀中。
魂灵永在山高水长。

R.Q. 2024.

方家馆子老掌柜

二姨的生母第二次改嫁人，就是方家馆子老掌柜。

老掌柜妻子死后，留下一个儿子。二姨生母待这个孩子很好，把他收拾得干干净净。那时他在小学念书。

老掌柜有五十来岁，他是个大骨架的人。高个儿，四方大脸，白皮肤，长胳膊大腿，大手掌。他有一手超绝拔俗的厨艺，所以一些有头有脸的人物招待贵客，都安排在馆子里。县政府招待省府大员，也都定宴于此。

因此，店面整洁宽敞，客人拥挤不堪。

饭馆里，还经常有几位帮忙的闲人。客人一多，他们便上灶炒菜，下厨煮饭，忙完也会在饭店里同掌柜的同桌喝酒吃饭。闲时，闲谈些新闻旧事。

那时我在饭店里扫扫地，擦擦桌子，劈劈柴火。我极愿意听他们谈东说西拉古扯新。

朝鲜战争初起。一次一个青年喝酒喝多了，满脸通红又满嘴里放炮说："这美国飞机扔炸弹，弹片都崩到咱身边来了。我要有一支部队，冲过江去，把那些傻大兵全'突突'了……"

青年人走后，一个闲客说："光放空炮顶啥用！"

老掌柜笑着说："他是有点放空炮。可见他还有点年轻人的血性！有这血性，就能闹腾点事来。当初，孙中山鼓吹革命，要推翻清朝。有几个人信他的？有思想，再加上踏踏实实地干，不就把清朝搞掉了吗？……"

老掌柜成天缄口无言，一开口，见解就高人一筹。

据说，老掌柜原籍是山东招远县，为生计来到偏远的长白山区，开了这家饭店。几经挣扎，如今已成温饱殷实之家。肚饿者，也可在饭馆里吃顿饭，笑乐于此。所以他人缘极佳。一些闲人，还帮他忙地里的活。南来北往的人都成为他的座上客。

一次，老掌柜给我三元钱，叫我去买肉。那时，正有人欠我姥娘家一点钱。姥娘死后，那人来饭店吃饭，见了我，就还给了我。一共是一元九角五分钱。我想凑个两元钱，留将来好用。

机会来了。我小小孩子自作聪明，想赚老掌柜的钱。于是我到卖肉处，买了二元九角五分的肉，兴冲冲地回来。

掌柜把肉放在秤上，一称，看了我一眼说："这肉不足，差了五分钱的肉！"

我傻了，老掌柜这么精明，这点斤两的肉都看得那么重。"咋办？"我问。"找他去。"掌柜说。

我慌慌地拿着肉，到另一家卖肉处，买了五分钱一手指盖大小的肉。那人很奇怪。我拿回去，掌柜的一称："够了。——哪家的？"我胡诌了一家。掌柜生气地说："这些人，净骗小孩子！"

这哪是人家骗小孩子，是小孩子要骗大人，没骗成！原先卖肉的那家，也是足斤足两，多一点不给。这边掌柜的也斤两必足，差一点必找回。两位精明大人，把个想赚五分钱的孩子，挤在中间，差点露了馅。

人常说：人在做，天在看。这使我十分惊心！出了一身冷汗。从此再也不敢占别人一点便宜了。

不久，我大姨从林场带着我小妹来长白方家馆子看她生母。我便从那点钱中拿出些给她买了双袜子，塞给她，叫她放好。那时小妹有三四岁，她还不知道有我这个亲哥。她怯生生地望着我。那时我十岁了，知道惦挂我这个从一个妈肚子里爬出来的亲小妹了！

老掌柜，就是这么精明。该清楚，分厘必较。该宽松时，四海之客，成宾成友。钱多钱少都可上座。

这可能是他饭店人多，成功之秘诀吧。

生意全在手艺高，
帮闲上灶有绝招。
老板善待天下客，
没钱也可吃个饱。
山珍鲜美三年去，
余香还在嘴边绕。

金铭俊小舅

金铭俊是我亲小舅，他比我小一岁。

从小他长得挺俊，细皮嫩肉，圆圆的脸儿，眉清目秀，很聪明。

有一张老照片，上面有我姥娘、我母亲，还有几个姨。我小舅由人抱着，白净，很精神。我穿一身小长袍，站在前排的一边，显得粗糙憨傻些。

我姥娘等病逝后，小舅被一个同姓的叔叔家领养，后又去了他亲姑家和姐姐家。

我不知小舅读了几年书。

一九八〇年，我第一次回长白时，小舅在长白县食品厂做杀猪宰羊的工作，已娶妻生子了，他有两个儿子一个女儿。

在我给姥娘上坟时，见金家坟地一片荒草。两棵杨树被虫咬烂皮，黑一块白一块糟朽不堪。看了使人痛感没落之象，心中十分难受。

当我再次回长白时，我去姥娘坟地。两棵高耸挺拔的大树，树干圆壮，青皮闪亮，直向蓝天。看了使人颓丧之气顿消云外。

那时，虽然小舅已因心脏病去世，但孩子们都已长大，结了婚。他们又都有了自己的儿女。

有人就有希望。有希望就有未来。

我小舅的一生，经历了种种磨难，心灵的创伤沉重。年轻时玩枪，还伤了一只眼睛。

我第一次回长白时，要照一张全家福，留作纪念。

当时小舅怎么也不照。他是我唯一的亲舅舅，中间的位置是留给他的。

几次坐好，他又站开了去，说："你们照吧，我这副模样，还是不照的好。"坐下，站起，站起，又坐下。二姨父说："你是正尊，这照片中缺了谁也不能缺了你呀！"

最后，还是照相馆的人员给小舅找了一副墨镜戴上，总算完成了这一珍贵的纪念之举。这是我与小舅最后一次合影。

哦，我母亲的小弟。在你母亲——我姥娘去世后，你在姑姐亲属们的温暖关照下，顽强坚韧，默默无声地活了下来，完成了娶妻生子这一系列人生大事。虽然走得匆忙，但未留下绝大的遗憾。

铭俊小舅，慈爱的长白山的怀抱，给你安详，宁静，长眠。

松风送爽，冰融河开。草绿花红，过往不再。

长辈皆亡六龄童，
贫富相遇谁心平。
从今不求大富贵，
饱暖安静，
最是世上好人生。

小舅母

　　小舅母是一九四九年以后去长白县的。她与我小舅金铭俊结婚，生了两儿一女。给金家扎下了根。

　　小舅母是一个善良朴实的人，待人也很热诚。

　　我小舅因病早逝。为了生活，她曾一度又嫁人。这个人很厚道，中年丧偶，经人撮合，重结连理，以度晚年凄寂的岁月。后不知为啥他俩又分开了。

　　由此，小舅母就专心跟儿女生活。大儿子金洪真开始在县城办了个羊肉馆，后又漂洋过海去日本打工，几年后又到了新加坡，后又到山东创业。其中的艰辛劳苦可想而知。

　　小舅母常跟小儿子洪波生活。后她女儿秀梅因心脏病去世了，撇下一个小儿子。这小子很愿意跟他姥娘生活，像我童年时同样的命运。

　　小舅母成天忙忙碌碌，为儿孙操心。小儿子工作不固定，他靠给人刷墙赚点小钱维持生计。生活节俭，日子还过得去。

　　生于社会底层，不惹人，不贪索，只求温饱。可一些丑恶欺骗诈取者，也不放过搅扰他们。

　　一次我小舅母接到一个诈骗电话，要她寄五千块钱去，搅扰她两天没睡好觉。最后她去找我庆霞妹。一谈情况，庆霞马上就识破了这是个骗局。好歹没上了当。

　　这些骗子欺诈到一个单纯善良的老人头上，折腾得她心惊肉跳，愁苦急迫，煎熬得皱纹又添了偌深。

　　由此，小舅母接外来的电话就慎重多了。过年过节，我打电话向她问候，她都没敢接。我还是通过其他弟妹问候致意。

她是怕了，不敢接外来的电话。

何时能使这类欺诈电话不再搅扰平头百姓，使他们能不再提心吊胆战战兢兢过日子啊！

安生，是人们除了温饱外最基本的需求，荡涤那些骗诈者，使百姓过一个安宁的生活。

夜半眠难起彷徨，
真亲假友费思量。
电诈鬼妖天良尽，
搅动人间无安详。

老姥爷的义子

我老姥爷家附近有三间平房，那里住着夫妻俩和两个孩子。

我知道，这是老姥爷收养的一个朝鲜孤儿。

小时我常去他家玩。这家男人，是一个四方脸，面有点凹，中等个子，平时穿一身黑衣服，少言寡语。但见了我，就会露出一脸的笑，让他儿子跟我玩。小家伙，圆头圆脑，胖胖的圆脸，大眼睛，好动好笑。

他妻子是一个秀气贤淑的女人，勤劳持家，见人笑嘻嘻的，安分温顺。

每逢过年过节，他们一家人，就会过来给老姥爷、老姥娘跪拜磕头。老姥爷都有丰厚的馈赠。

那是二十多年前。清晨，老姥爷开门上街办事。门开了，门槛下，躺着一个半大孩子，蓬头垢面，头发长长的，蜷缩在门边石沿上呼呼大睡。

老姥爷一惊，忙推醒他，问他是哪里人，怎么睡在这里，说了一阵，那脏孩子不懂，惶惑地望着老姥爷。老姥爷用朝鲜语问了一遍，他才用朝鲜语回答。他说，他是从鸭绿江那边过来的。因去年朝鲜国灾荒又瘟疫，父母双亡，他一个人无亲可投，就流浪讨食。前几天才过了江，又流浪到梨树沟。说着，他爬起身来，怯怯地斜愣着身子要离开。

老姥爷见他一身破衣，露着肚子和腿，便用朝鲜语说："你别走了。这样下去哪里是个头哇！你今年多大了？"那孩子说："十四岁了。"老姥爷又问："江这边，你有亲戚吗？"他消瘦的脸上流下了浑浊的泪水，说："没有，什么也没有。"

老姥爷说："你在我这门洞里睡了一夜，咱就有个缘分。你就留在我这里吧，跟着我行吧？"那孩子一听，急忙跪下朝老姥爷磕头，口里不断喊："阿爸矣！阿爸矣！阿爸矣……"老姥爷拉起他，进到屋里，换衣，洗澡，吃饭，就收他为义子了。

老天悯人。老姥爷送他去村里念了几天书。那时，学校里都是七八九岁到十二三岁的孩子，总共四个年级。他，一是汉语不通，二是感到自己大了，有些别扭。就对老姥爷说："我在家干点杂活就行了，不去念书了。"

就这样，他成了老姥爷家的一口人。后来大了，老姥爷又给他娶了媳妇，给他几十多亩地，给他盖了三间平房。后又生了一儿一女，日子温饱解决了。他很知恩感激，时不时过来，帮着做些事，腿脚都挺勤快。

一九四五年日本投降。不久，这家人在一个夜晚也消失了。有的说，他们回朝鲜去了。也有人弄玄说：他是日本人，从小跟父母在朝鲜经商，后遇瘟疫，都去世了，家也被人抢光了，就流浪到江北，遇到了金家。日本战败后，他怕暴露身份，被人唾骂，甚至殴打，不安全，就偷偷地回国了。对这一种议论，老姥爷也甚感惑然。

现在想来，朝鲜人也罢，日本人也罢，在日本入侵中国时，他没去寻找日本军人，横行霸道，残害中国人，而一直心甘情愿做一个中国人的义子，老老实实、勤勤恳恳地做一个庄稼人过日子，也不啻是一个良善之辈。

救人一命，胜造七级浮屠。

我老姥爷的心血，也算没有白费。

据说，一九四七年，他回来过一次，还带着一位老亲，到我老姥爷坟上烧了些纸和香，就回去了。

苦寒孤儿来江南，
一住金家二十年。

娶妻生子归乡去，
其邦老亲深感念。
慈悲人怀天地心，
域外人家成亲眷。

 老姥爷的义子 | 195

我的爷爷

我父亲曾告诉我，初到长白时，我爷爷领着他三个儿子——我大伯、我父亲、我叔叔，挨门给那些已稳住脚跟的山东老乡磕头求告。

门帘一掀，还未看清门里人是老是少、是男是女，我爷爷双手抱拳，高声敬道："老少爷们儿乡亲们，请受我一拜！我是山东过来的，初来乍到，人生地不熟，听说您也是山东老乡，就破着个脸面求助高贵乡邻了！我孩子多，求您能帮帮我，给我孩子找碗饭吃！找碗饭吃！我董家人绝不会忘了您的大恩大德！听说您仗义豪爽肯怜贫恤贱，有菩萨心肠，就闯进门来了！——孩子们，还愣在那里干什么？赶快跪下，跪下，给大老乡亲们磕头！磕头！先认认乡亲，认认乡亲！"三个儿子慌慌地一溜跪在了地上。

屋里人一愣，手扶桌边探着头问："你是哪个地方的人？"

"荣成。"爷爷忙答。

"噢——我是烟台。"那人回应。

"我就是奔着您老来的呀！咱都是胶东人呀！"

我爷爷欢声喜气地说，又添上了一句："不管您烦不烦呀！"

那人一下子站起，满脸欢笑着说："好说！好说！好说！来！你先坐下，坐下慢慢说——孩子们起来，起来！快起来！同乡三分亲嘛！起来吧！不用客气！不用客气！不用客气！"

三个儿子看看爷爷，爷爷点点头，就爬起来，傻傻地站着。

那人握住爷爷的手，让他在桌边另一把椅子上坐好。

就这样，求遍了数家老乡，踏迈过多户门槛，道尽了能讲出口的求告乞怜肺腑之言。

终于，在这些乡亲的帮助介绍下，我父亲在长白县城两家饭馆干过，后又去了朝鲜的惠山镇一个山东姓宋的人开的绸布店干店员。我叔叔在长白镇街上一家裁缝铺当学徒。我爷爷和大伯租了几亩山坡地，以耕种过生活。

就这样，一家人安顿好，在长白县十八道沟住了下来。

朋友如金。

那个时候，当地朝鲜族人很多。我爷爷好客，不管汉族、朝鲜族都一样尊重。

很快，爷爷学会了朝鲜语，跟好多人做了朋友，并且与十四位朝鲜族人拜了八字，结交成异族兄弟。

这事多年后，我回了山东老家才知晓。那时爷爷已过世了。

一九八〇年，我有一段创作假，想写写我童年生活，就回了东北一趟。那儿有我百多口子的亲人和同学，还有我魂牵梦萦的慈母的坟茔。

走之前，我父亲说："你除了去一些亲戚家，还可以去见见你爷爷结交的朝鲜族老弟兄们。要去，我给你写写他们的名字。"

我说："这么多年了，我爷爷那一辈人，大都已去世了。再说，小时候，我会那点朝鲜话都忘得差不多了，时间又紧，算了吧。"就没去看他们。

那时，我还年轻些，对这些祖辈人的欢乐与痛苦，以及他们相交为友、相依为命的人和事，不知道珍惜——这正是写作极为难得的宝贵材料啊！其珍贵性说要有多么重要就有多么重要。

现在想来，很该去。见不到那些朝鲜族爷爷，见见他们的后人也好哇。我爸当时提起要我见见他们，可见他们与我家关系之厚密。那是些性命相关，誓同生死的人哪！机会失去了，很难再找回。

现在想见了，可我父亲也已经作古，我亦是八十多岁的人。我不知他们姓甚名谁，何处去寻觅。拜了八字，就是相互扶持，穷富莫忘的老弟兄们哪！

我不是一个忘本的人，但祖辈交往者，因没有亲自接触过，连影儿的印记也没有。这事让我遗恨终生。许多事，许多的遗憾，该问的没问，该见的没见，该知的没知。

时也，失也，一去不返。往事已成云烟飘散。许多事，到懂得珍惜，已晚了。人呀，代代如此。懵懵懂懂，就是一生。

就这样，过了些年。我爷爷遵从其父辈的教导，凡事退一步再说，不争先，勤劳善良以诚待人。祖父的父辈董慕桥，是清末胶东一带的名人，信奉"耕读传家久，良善日月长"的中庸儒家思想。

爷爷勤苦俭省耐劳，和睦乡邻，生活逐渐好了起来。儿子一个个成了家，又都生了孩子，房子也盖得宽敞明亮了。特别二儿子娶的是梨树沟地主金广芳的大孙女，结婚时，那个嫁妆陪送了一箱又一箱，一柜又一柜，使人眼馋，嫉妒得叹息。

岁月深，识情真。随着生活殷实裕富，爷爷对当地的世情人心，越发不安起来。

你穷时，人们也会可怜你、助你一把，你若勤苦得与他日子持平，他们心中就不自在了。若是你过得比他们高出一头，他们就会侧目而视、心生怨恨了。

爷爷发现关东人中有部分人，戾气匪气太重，野性乖张。为应付这种生活环境，他尽力友好乡亲，与一帮穷哥们抱团拜把，以防万一。

一九三五年，一天深夜，我祖父在睡梦中被一股浓烈烟火熏醒。他睁眼一看，自己已处烈焰焚烧中。他惊呼大叫，一跃而起。全家又哭又喊，急忙抢救往外搬东西。邻人们也惊醒了，跑来帮忙灭火。

火扑灭了，爷爷的头发、眉毛、胡子被火烧得卷卷的，好歹没伤着人。

屋外漆黑，天空中几颗星星吓得瑟瑟发抖。等爷爷缓过神来，站起寻看那些搬出来的箱柜炕琴时，一件像样的东西也不见了。特别是我母亲的陪嫁，装在箱柜里的贵重东西都没了。全家人惊惶乱叫，只有几条板凳斜倒在那里，没有被搬抢。

家财全光了！谁拿走的？有的说刚才救火时，见有一帮人从门口过。是山贼？是谁放的火？有个孩子说："咱挨家看看。"爷爷大声呵斥道："别胡说！"爷爷知道，若这样一查，还不惹翻人家？视邻为贼，那就更没法安生了。

爷爷在家躺了四五天，憔悴难过得瘦弱了一大圈儿。他脸色发青，家里无一点活气。

爷爷反反复复想了又想，当初拖家带口闯关东，为的是能改善生活，富裕起来。

苦寒的长白山区，虽土地肥沃，物产也丰富，但无霜期仅百来天。我奶奶住不惯，来了不久，就要回老家。这场大火也烧醒了爷爷原先之担忧。

一个人来到完全陌生的地方，要融入当地人中不是容易的事。而老家，总是住了几辈十几辈甚至几十辈子了。对哪家什么脾性什么品格，知根知底，自己还能对付一二。富怎么样，穷怎么样，只要饿不死，能喂饱肚子，总比终日提心吊胆强吧。回故乡，睡得也踏实。

于是，又过了两年时间。有一天，爷爷把三个儿子叫到跟前说："看来，咱没有在这苦寒地方挣扎的命。咱还是回咱荣成吧。我和老大先回去，老二和老三各有一份事干着，学点技术，等以后回老家，也开个小店，吃穿也好对付。你们啥时回，看情况定吧，反正还是回山东好。"

就这样，我爷爷奶奶及大伯一家卷起铺盖，怎么来的还怎么回了山东荣成。

说到这里，闯关东的人，好多是山东人。我老姥爷是山东即墨人，我姥娘是山东高密人，我几个姨父，有山东沂水人，有山东费县等地的人。他们对这蛮荒苦寒及凶兽土匪出没之地，不怵惧，或心怵也没法，只好挣扎着住了下来。

我爷爷觉得人生苦短，没心思耗费那么多精力去对付这些怪类。要在此长住，必须自个也多些戾气匪气，可老人家不愿失其良善，争生斗死，成半兽半人。转了一圈儿，又回到了原点。

回到山东后，我大伯参加了胶东八路军。解放东北时，他随军同去，那时他已是师长了，后转业到地方。

爷爷安心，本本分分往地里抛洒他的汗水，以至逝去。

后，我父我叔又先后回了山东。

爷爷一生，漂洋过海，率领全家人勇闯蛮荒之地，后又收回了腿回到了老家。

这也是一种宿命吧！为了儿孙日子过得好些，老人们，辈辈老人们，都会这样奔波闯险，探索生存之路。成也罢，败也罢，富也好，穷也好，老人们所作所为，都很值得我们儿孙们感恩尊重和叹息的。

人生虽百年，
常怀千岁忧。
家家小儿女，
莫忘乃祖愁。

我奶奶

奶奶，在我幼小的心灵中，只是一种称呼罢了，一点印象也没有。

一九五四年我回到山东，直接到了我父工作的地方——淄博矿务局寨里煤矿。这里离奶奶的老家荣成，还有不近的距离。

人，总是要认祖归宗的。一九五八年暑假我念高二时，就独自兴冲冲地回老家，看我奶奶。那时我祖父已去世了。

临走前，爸爸告诉我："你先坐火车到烟台，再坐汽车到荣成，在荣成有个崂山大疃村，就是咱家。"

到了烟台，买去荣成的车票时，售票员问我："去老荣成还是新荣成？"我一愣，老辈人都说俺是荣成人，那当然指老荣成了，就毫不犹豫买了去老荣成的车票。

到了老荣成，我打听去崂山大疃村的路。当地人说，这里倒有个大疃，但不叫崂山大疃村。崂山大疃可能在新荣成县城崖头附近。我一听，坏了。

没办法，我只好找了一家旅店住下。第二天赶到家，已是夕阳衔山了。

进到院子，屋内玻璃窗边，坐着一位姑娘，她趴在窗前奇怪地望着我。后来我知道这是伯父的小女儿文玲妹。

我进到屋内，除了文玲妹外，还有个老奶奶。我知道，这就是我的亲奶奶了。

我放下背包，朝我奶奶说："奶奶，我来看你了。"

我奶奶似有些耳背。听了听，她把我错当成在南京部队两位大伯儿子的同事了，就拉着我的手涕泪零落地问："昭元（我大哥）好吧？昭恒（我二哥）好吧？我想孙子呀，他们在外不容易呀，在外很难啊……"说着老泪奔涌。

我忙大声喊道："我是东北回来的那个文林哪。我也是你孙子，是你孙子呀。今天我从我爹那地儿来看你的！"按辈分我叫董昭林，因父回山东后我才上学，就以小名文林为大名叫到如今。

奶奶思念孙儿心切，别的话语都听不进去。还哭着说："在外边太难了，不容易啊，不容易啊。"说着鼻涕眼泪大把地甩到地下。

因她当年跟我爷爷闯关东，遭的那个罪，受的那个屈辱，已铭记魂灵中，她以为现在出外谋生都像闯关东一样艰难，所以对小时在部队干卫生员打杂，现在已成了军医的两个大孙子格外牵挂。

这时文玲妹已看出了眉目了，便跑出喊人去了。

先跑回来的是我叔叔的大儿子文德。文德一进门就朝我奶奶喊："这是我文林哥，文林哥哥啊。文林哥，你来了？"

因在长白县住时，我们一起玩过，他当然认识我。

"文林？哪个文林？"奶奶疑惑地嘟哝道。

"是我二大爷的大儿子，我文林哥！我二大爷的儿子……"文德又说了好几遍。

我奶奶终于明白了，面上闪出一些尴尬神色。一时不知所措地松开了我的手："噢，噢。""噢"了几声。

奶奶已快八十岁的人了，稍高的个头，长脸儿，白面，满头银丝。这时，她站起来，倚在里间屋的门框上，愣愣地望着我。

说话的工夫，我叔叔婶婶还有我大娘等都回来了，挤了一屋子人。

我说了去老荣成，路上多待了一天。叔叔婶婶大娘们听了哈哈大笑。我叔叔说："再回家，就走不错路了……"

我奶奶却不这么说。她站在门边，两只昏花的眼睛瞅着我，端详了又端详，打量了又打量，然后深深地叹了口气说："这孩子，咋这么彪（傻）啊，咋这么彪啊……"

这是我真真切切地听奶奶对我说的唯一能记住的一句话。

奶奶对孙儿没有夸饰，一语破的，没留话渣。

也许奶奶对刚才误会一事，没听我说明白，深感错愕，视我彪哄哄的。她不怪自己耳背。回来时我走错路，这不是彪哄哄的是什么？

叔叔婶婶们听了奶奶对我的评价，很难为情地看着我，没插上话。

当时我还没在意，多年后再思这句话意，奶奶说得多好啊！这些年来，她这个孙子，做了多少蠢事傻事，不是彪还能是什么？我是真真彪哄哄的。

真是知孙莫如奶奶呀，我的老祖宗。

一九四九年后，奶奶曾被我伯父接去沈阳住了一段。

可我奶奶住了一段，吵着一定要回来。伯父怎么说她也不再在沈阳住了。她说："我喝那些自来水，感到水里有些铜器味，我喝了不舒服。"

伯父没法，只好送她回山东荣成。

老人恋土，去关东时也没住长。

这次我回老家，还见到了三哥董昭山、姐姐文菊还有文玲妹，三叔的几个孩子，都是弟弟妹妹。邻居家也来了许多不认识的沾亲带故的人。有个女孩子挺俊美，来了就歪躺在炕上，远远望着我，也不说话。有个大眼睛的女孩子，嘻嘻哈哈同文玲妹疯闹欢叫。

特别是我大娘，她稍矮的个儿，圆脸，身体粗壮，对人极热情亲切。她很关心我，问这问那。伯父已跟她离婚了。但那时有离婚不离家之习。我大哥、二哥、三哥和文菊姐、文玲妹都是她生的，所以她也不感到寂寞和孤单。

在老家待了一个星期，亲情浓浓包围着我。这是我一生最愉快的一段日子。

后来，我上大学时，奶奶病逝了。爸爸没告诉我，他只领我妹妹赶回老家奔丧，到家后奶奶已入土了。

老人家生时，没喝过我一口水，没听过我一句感恩的话。那次回家背去的一点水果，不知她老人家尝过一口没有。

文德弟弟一次来信说："奶奶活着时，常常提到，文林现在怎么样了？他还那么彪吗？……"

我回了趟老家，只给老人家添了一份惦念和无尽的牵挂！还有些担忧。

唉！奶奶对儿孙的牵挂是永恒的，直至身老病亡。而儿孙们对老人的感念是极有限的。她还在惦念我这个彪哄哄的孙子，怎么能走完这艰难漫长的一生啊！是不是又走错路了？找不到回家的路！

我工作后，再次回老家拜祭我祖母时，她的坟已削为平地，周围一片荒草，在寒风中瑟瑟……

　　双鬓苍苍发如银，
　　奶奶牵挂隔代人。
　　银丝一缕一代娃，
　　子孙千秋绕须根。
　　走近百岁坎坷路，
　　才知老祖忧念深。

伯父一家

爷爷奶奶闯关东，带去了一家人，在长白待了多年。老人家恋故土，加上受不了长白山区的苦寒，又返回了山东。

爷爷奶奶回山东时，带回了伯父一家人，把我父亲和我叔叔两家留在了长白十八道沟。

记得我伯父的二儿子，我的二哥，曾对我说："咱家在东北时，过年蒸的那个馒头鱼呀，又大又白又鲜，一个大锅里只蒸两条。"

伯父回山东后，参加了胶东部队。解放东北时，他已是解放军的一个师长了。

东北解放后，伯父留在了地方上，那时，伯父已与大伯母离了婚。他们共生了三儿两女。伯母离婚不离家，一九五八年我回老家时，曾见过她。她是一个勤劳善良的妇人，胖胖的，圆脸儿，个子不高，腿不大好，是在关东时伤着了。后来，她就病逝了。

伯父的第二位妻子也是山东胶东人。因她先是住在沈阳，而后又住在朝阳地区，我从没见过她的面，逢年过节只通过电话。从电话里能听出她是一个豪爽通达的女人。她为伯父生了三个儿子，只洪诚弟弟来过我们家两次，看望我父亲。他也是一个豪爽善良的东北汉子，至今我们还保持着联系。他是东北一个工厂的工人，现已退休。

解放初，伯父曾接我奶奶去沈阳待了一段时间。老人家对城市生活不习惯，硬要回家，伯父只好送她又回了山东荣成。

伯父于一九六四年因患高血压等病去世了。他的第二任妻子是二〇二〇年去世的，活到九十八岁。

伯父家的大哥、二哥从东北回来后，去八路军卫生队当了卫生员。因年龄小，他们只能干些给伤病员端水送饭、打扫卫生的活。后来，他俩都成了军医，离休前都是师级待遇了。

这两位哥哥，对留在东北的我颇为惦挂。我在长白一中念书时，大哥曾寄给我一张照片，他戴着军帽，稍长些的脸面，露着亲切的微笑。他属空军后勤人员。

我们第一次见面，是一九六五年暑假。那时，我写了一部长诗《青松颂》。上海《收获》杂志社看了决定刊发，通过组织调我去上海修改，我住在上海作协的大院里。《收获》编辑部就在那里，巴金是主编，副主编是肖岱。我路过南京时，去见了我大哥。

兄弟之间近三十年才相见，亲意深情，荡漾在心，难以尽述。大哥得知我的长诗《青松颂》将要发表，很是高兴。只可惜，还没修改完，"文革"就开始了，杂志停刊，作品也胎死怀中了。

大哥大嫂生了两个儿子，一个叫凯军，另一个叫红军。凯军那时才五六岁，还没上学。他陪我坐公共汽车去游览金陵风光时，一个乘客的几个钢币掉在车内空隙里，凯军竟趴下给他抠了出来，满车的人都夸他"小雷锋"。可见大哥大嫂对子女的教育。

谈话中，大哥对我说："你一定去见见你二哥昭恒！"我说："时间太紧，下次再见吧。"大哥说："不行！这次必须见！"于是我去军营见了二哥。原来，二哥接到命令，要去越南参战。这事在那时还是绝对保密的。大哥怕二哥去越南前线，若牺牲了，这一辈子就再不能相聚了！

血脉相连！我这才知道大哥的苦心和兄弟深情。

二哥比大哥粗壮些，他圆圆的脸儿，憨厚实诚。他从越南回来后，又转业到医院了。他和二嫂生了两男一女。

如今大哥、二哥已离世了，大嫂、二嫂及孩子们还在。

三哥文山，个头同我差不多，曾在烟台海船上干过。因海上太辛苦他就不干了，在家务农。他人太老实，平日少言寡语，一辈子也没找上个对象。他就这样过了清苦寂寞的一生，前几年在村里的养老院病逝了。

菊子姐，我们之间，只差几个月。一九五八年我首次回老家时，她已结婚。这是一个文静和善的姑娘，如今孩子们都成家了，又都各有儿女。

　　再一个是文玲妹，她是个大眼睛、圆脸面、很俊美的人。她嫁了一个腰有点残伤的男人，生了几个孩子。

　　伯父这三个子女，一点也没得到他职位的特殊照顾。

　　按说，伯父的官也不算太小，要伸伸手或说句话，稍一安排，他们生活会更好些。

　　但那时干部大都如此，让孩子各闯天下，走自己的路。国为大，不顾家。亲人、儿女们也无半句怨言。

　　人生首要找饭碗，
　　无食万事无从谈。
　　古来英豪安天下，
　　都为百姓那口饭。
　　爹为众口觅食忙，
　　儿女自寻腹中餐。

父亲董骞腾

我父一九一八年生于山东荣成崂山大瞳村，曾用名董久荣，后改为董骞腾。

那时家里很穷。爷爷听邻近几个闯关东的捎回信来说：东北地广人稀，日子好过。爷爷奶奶就领着全家，渡海去了人烟极少的长白山区的长白县。

到了长白县，全家在十八道沟住了下来。

几经周折，爷爷和大伯一家租种了人家几亩地。我父亲在长白县长白镇对过的朝鲜惠山镇一宋姓山东人开的一家绸布店当店员。

苦撑了多年，生活好了些，我父亲结了婚，娶的梨树沟金广芳的大孙女金铭仁。

那时我父年轻英俊。我见过他那时的一张照片，留着漆亮的分头，穿一身西装，很是体面。金家大小姐看中了他。金家不贪恋财富，只看人品，就同意了这门亲事。

我爷爷和伯父种了多年地。奶奶受不了东北的苦寒。再加上那年一把邪火把我们在十八道沟的家烧了个精光，爷爷惊恨当地土匪那种凶狠戾气，觉得那儿不是久留之地，就和大伯一家又回了山东。

爷爷走前，把自己开的山坡地给父亲和叔叔。因两人都各有自己的事做，父亲和叔叔就把这地给一位亲戚种。年成好，亲戚就给几斗粮食，年成不好就算了。

那时，母亲曾对父亲说："那地扔给人家算啦。你要种地，我跟俺爷爷说一声，给你一些好地，种多少都有。"可父亲觉得，自己老人辛苦挣得的地，扔给人家太可惜了，对不起老人家的一片心，就没给人家。

我母亲病故后，父亲在的绸布店生意又不好，他就在江边集市上摆起了杂货摊。看这不是长法，父亲就自己回了山东老家，后参加了胶东八路军，在银行工作。

　　我父亲回山东后，又娶了我继母。我继母从一九五一年参加工作，一直搞财务。

　　我继母又给我们生了五个弟弟妹妹，大弟董林，小弟董文华，大妹董英玲，二妹董华清，小妹董玉华。他们都挺聪明，我们之间关系很亲密。大弟爱好工艺雕刻，小弟和三个妹妹，都有一定的绘画艺术等才分，可惜因各种条件限制，没有发展起来。他们都下过乡，后来都工作了，现都退休。他们都有自己的儿孙了，过着平静的生活。

　　父亲一生勤勤恳恳工作，待人忠诚热情，最后总算过上了安稳日子。他离休后，八十三岁时病逝了。

　　愿父亲在天堂里，对他曾得意又夹杂着泪血苦难的人生感到欣慰。

　　浮生幻变如一梦。
　　上天入地眨眼中。
　　岁月已老步履艰，
　　一声长啸满怀中。

路上的美味

大自然对人的馈赠，是无限的。进到山中，除了大雪封山，饿不着人。

从梨树沟到县城，山坡上开满了艳红娇嫩的山里红花。那鲜美的花瓣，那么清新湿软又爽口。上学路上，累了，就坐在路边山里红丛中，撕几朵花蕊，放进嘴里，又温甜解渴，又充饥。

吃饱了，抱一大捆扛回家，让全家人吃，剩下的枝条又可烧火做饭。

那时，村里人很少插瓶玩赏。一开窗，山岗上大片烂漫的野花俊树，扑面而来，供你赏鉴不尽。

各种山花，除了悦人眼眸，经辛劳的蜜蜂采集其花粉，酿成纯净的蜂蜜，甜心养肺，给长白山人的平常生活增添了精致的甜美蜜意。

山里水汊很多。夏日天长，回到梨树沟太阳还老高，这给我留下了玩乐的时光。

过河时，见草鱼翻着银白肚皮，在水中蹿高蹦乐，我会在水汊中选一条水浅的分流处，搬几块大石头堵住水流，然后弄一些沙土泥浆，糊住石缝，使这股汊水往别处流去。

待水流干了，许多鱼会顺水流走。还有不少鱼恋家，一个劲儿在原地或附近低洼处张口以濡。

于是我撕根细草茎，抓一条在泥中挣扎的鱼，通过它的腮把它穿起来。有时会穿好多串。看看差不多了，我再把石块搬开，让水又向干汊涌去。

晚上到家，二姨就会给我把鱼洗干净，或炖一炖，或煎一煎，以解我的馋瘾。

再就是，在夕阳衔山时分，梨树沟村南山岗上，经常聚一些狍子在鸣叫。山里人称"狍子卖肉"。那时山村人都以农耕为业，没有专门的猎户。偶尔狍子溜下山岗，才引起人们追逐兴趣，空手擒狍子。这是很稀罕的事。若真到了无粮充饥时，打只狍子或捉只野猪填饱肚子也是极容易的事。

如此等等。

大自然，慈悲、包容、奉献与无私，如母亲般地给予。她的馈赠给予，使人意识不到，感觉不到，俯拾即得。享受了，也不知感恩于谁。

这就是天地长白，大自然的慈怀、怜悯、爱护和眷顾。

山珍海味任取用，
人兽禽虫共欢腾。
万物报恋育养恩，
长住天地慈怀中。

不记仇

一九四七年，在县供销社工作的叔叔，把我接到城里待了一段。

邻居家，姓潘。他家有一个同我差不多大小的男孩，经常找我玩。大人们关注国事家事，娃娃们却照常欢蹦乱跳闹着戏乐。

一次下过雨，阳光照得街面上一片水亮。我和小潘在玩水，忘记怎么玩恼了，便吵了起来，互相骂。他突然从嘴里冒出一句"狗地主家的臭外甥"。我听了，狠狠踹了他一脚。他上来也使劲捣了我一拳。我用力一推他，他脚下一滑，仰倒在屋檐下一摊泥水中，滚了一身泥浆。

我看了，吓了一跳，拔腿蹿进叔叔家，把门顶上。

过后，我在叔叔家又待了几天，叔叔便把我送回梨树沟姥娘家了。

后来，我到县城，并在那里考上了初中，开学后，又见到那个小潘。我们不是一个班。他也认出了我。

我主动问他："还认识我吧？"他笑道："咋不认识。"我说："对不起，那次把你推到泥水里，太不应该了。"他说："也怨我，我那一拳也太重了。那时都是孩子，不懂事。""可，我一直忘不了弄得你一身泥水。"

他一把握住我的手说："咱都是中学生了。我爸说这长白一中是咱县的最高学府呀。还记那些你痛我痒的琐事做什么呀！"他话里充满那么多豪情壮志和对未来的向往。

这真是，一笑泯恩仇！

这就是我的玩伴！

长白一中校舍，原是由一座庞大的庙宇改造而成。原先我在方家馆子时，这庙宇被铁丝网罩着，地上是一片荒草，为建一中，改成了校舍，可见县里的重视。

　　儿时拳脚触碰的痛苦和欢乐，像天光云影，转瞬即逝。那更美好的未来与前程在吸引着我们。天边一片红彩。

　　　山河春绿俊鸟唱，
　　　大道铺彩霞万丈。
　　　往昔恩怨随云去，
　　　锦绣前程尽奔忙。

R.Q 2024.

端午节的礼物

端午节吃粽子，插艾蒿。

绿绿的艾叶，舒展着，才摘的艾叶还沾着露水，又清爽又鲜香。

艾叶插在门头或门边或室内一角，进门一股药香扑鼻，使人眼明心亮。

插艾可以熏蚊子，驱微虫，从长远看，还能祛病明目消灾，家安人祥。

在长白还有一种风俗，给孩子拴红线绳。

那时，在一个端午节早晨，我起来后，穿衣服时，发现我手腕上、脚脖子上，都拴了一圈红线绳。

我很新奇，二姨笑着说："那是我给拴上的。从古到今传下来的。拴上红线绳，就把孩子拴住了。什么病呀灾呀，都不能上身，就能长大，聪明，有出息。"

年年如此。

每逢端午节，我总想看看二姨是什么时候给我拴上红线绳的，可那时，总是醒不过来，起炕时，我二姨已给我拴好了。

我更小的时候，可能都是妈妈给我拴上。妈妈死后，姥娘给我拴。到二姨这里，就是二姨给我拴了。二姨总是像母亲一样，不声不响地关照我。人家有父母的有什么，我就有什么。该得的都能得到。

有一年端午节头一天，我兴兴头头地下决心，今年定要看二姨怎么给我拴红线绳。吃完晚饭，我早早就躺上炕了。二姨见了，忙问："你不舒服？"我一笑说："没事，我想早点睡。"

第二天醒来时，红亮亮的阳光已喜盈盈地照在窗上了！我一下子爬起身，一看，手腕上，脚脖上，已拴好鲜亮鲜亮的红线绳了！

孩子时，总贪睡。总下决心，又总是睡过头了。

这就是娃娃。

可二姨却一次也没忘给我拴红线绳。

民间节俗好喜庆，

娃娃笑脸霞染红。

二姨给我拴彩链，

一觉睡到大天明。

忆起此事心头颤，

慈恩如海如母生。

白面小书生

小时候，梨树沟村，有个同学给我的印象特别深刻。

他面白如玉，椭圆的脸面，一双不大不小的眼睛，露出温和的光。他从不跟人吵架，学习认真，比一般孩子成熟些。

山沟沟里出现这么一位小大人般的书生，引起了我极大的倾慕。特别是他的小脸儿，那么白，比女孩子的面色还爽清白亮。这是梨树沟的青山绿水浸润出的一个玉树临风的美男儿。

我自打去城里念高小，再没见过他。三十多年后，我重返长白时，去梨树沟转转走走，看看我住过的屋舍，访访我曾经的玩伴儿，捡拾些童年沾泪带血的回忆，还有懵懵懂懂瞬间的欢乐，以偿还我多年未完的文债。

头一次回去时，没见到那位同学。第二次回长白，又去梨树沟，见着了他。

他住在村子前街靠西的一个院子里，四周是木板围成的院墙，进院后就是住房。同村中人家一样，室内整洁敞亮。

我敲响他家的院门，待了一会儿，门"吱扭"一声开了。一位比我稍高的衣着干净的老人，见了我一怔："你是……""我姓董。""姓董，你是董文林！""对呀！""啊！进来，进来，快进来！"他拉着我的手进到屋里。

我两人都笑着攥紧了对方的手，坐在了炕沿上。

一晃四十多年过去了，双方都老了。他在村中教书，已不是当年那个白面小书生了，但身子还硬朗，满面红光。

他问："你在山东什么地方？""山东淄博。"我说。"那是个好地方啊。""过去是老工业区。""回来多少天了？""才两天。""好啊，好啊……"

我们都喜乐如癫。

我细细地观察这位当年使我倾慕的同学：他面色不那么玉白而稍显枯黄了些，眼角的皱纹也多了，白发闪银，但精神还好。

我俩各自谈了这些年的经历，如梦似幻。

看来，他对自己的生活很满意，特别是如今还有这么挺拔的身体。

后来，再回长白，又见了他一次。他身体还那么健朗，心情还那么愉悦。

他一生没离开这一里多长街的梨树沟村。虽无大富大贵、光耀虚荣，却得一生的舒心安宁。

这是天地长白为平民百姓育立的一种人生尺度，供后来长白山儿女参阅吧。

山欢水笑乡亲乐，
五十年童娃成翁婆。
他喊你说归来迟，
乡音醉心泪婆娑。

十五道沟的传说

　　庆利、庆义、庆国弟妹等，驱车去十五道沟，助我重温童年长白山区的翠山碧水青峰绿谷。

　　小时候，我们董家曾在十八道沟住过几年，那儿有温泉。

　　这里离十八道沟只隔三道沟。当时来过没有，已记不清了。再说，那时人们为衣食所累，成日辛苦奔忙，也无心赏鉴这美花俊树、山峦胜景。看山，一片荒草杂木，望水，一湖烟波浩渺。此处好景观，深藏密林中，无人赏识。

　　如今，进沟不远，就有几家餐馆小铺，供人歇息充饥。路随沟走，沟绕山转，沟有多深，道有多长，路有多曲折，沟有多道弯。

　　路旁紧靠着河道，因河中大小石岩阻挡，急流冲击，溅起银亮白光，清波哗哗腾泻。两岸接天峰岭，茂密封顶，闪碧亮绿，杂有红彩黄花绚烂肥腴。山泉万道，因千年寂寞空鸣，无人激赏，今见游人如织，抒郁解闷时刻到了，冲出深山野岭，漫溢于悬崖峭壁，或在翠绿枝叶间汩汩欢跃，亮容闪娇，飞流而下。其惬悦畅亮的泻声，笑溅人面。

　　这意外的亲切和吻接，使游客清爽欢快，喜意满肠。奇美胜景，使人眼花缭乱。

　　进到沟深处，更令人惊喜讶然，似进入一座早已废弃千万年的宏大巍峨宫殿中，这千仞殿阁主体已坍塌无痕，只留下高高的半墙残壁，耸立在临河的崖壁间。

　　此残壁完全由巨大的石块叠垒而成，其硕大的石条，大小方直几乎是同一个格式。这数吨重的石块，一般工匠挪移不动。在河的斜对面不远处，也有一壁石墙，它是用一片片厚石坂垒砌而成的，煞是齐整，块大块小如同石砖。

这样规整的构造，统一的缝隙，是自然力所不能及的。

专家说，这是火山喷发、地壳变动造成的。这是一说。

这样精致的石壁，这样的鬼斧神工，非高大威猛、智慧超群的巨人，不能筑就。自然造物，只能是一些参差错峨、奇形怪状的沟壑峰峦。

小时候，长白山区老人们讲的关于十五道沟的传说，是这样的：

那时，我们的祖先中有一股先民，高大神勇，粗壮如山。他们开山劈岭，冒雨顶风，经历雪冻冰寒，创建了这座巍峨世间宫阙，与天宫不相上下。

莺歌燕舞，昼接夜继，历经了千万年的辉煌。后被天帝发现了，深山密林中竟矗立起偌大浩繁的仙阁神宫，与我处比高低，真是大胆过人，雄心包天下了。于是天心震怒，电闪雷鸣，倾一天滔滔洪水，风吼兽蹿，怒卷而下，暴烈的山洪啸叫着直奔宫殿而来。瞬间，山崩地裂，宫倾殿塌。只留下两面残壁石墙，供后人瞻观怀想和叹息。

据传，这些巨人从此又回到天池底下的自由王国了，不愿意再见天上那些唯恐别人快乐，只许他们自己享受的帝王权贵的凶恶嘴脸了。

祖先们的勇毅辉煌和伟大，已成过去。远古的神貌真容，后人所知寥寥。只有山水秀美依然，它温暖，清爽，育养着人心。

这一天游十五道沟，玩得挺痛快。既观识了自然神功的奇伟，又重温了我们崇敬的先人们那种创巍峨殿阁赛过天宫伟大气魄与辉煌的创造力的传说，鼓舞着我们，给后人们无尽的温暖和力量。

自古开天地，
上下各分明。
上天筑琼阁，
人间搭席棚。

稍有越份宅，
天水怒啸平。
留此半壁墙，
供人识世情。

美人，老师

长白县有位真正的美女。她是我念高小时的老师。

在长白五彩缤纷的群芳中，她是最纯净艳丽俊美的一朵仙葩。

她不但人长得好，有细柔颀长的身材，漫圆白皙的脸庞，亲切俊雅明丽的眼睛，不肥不瘦，性格沉静又颇具长者风韵，涵养深满，光彩照人。

见了她，像见了美人样子似的。她的一颦一笑都那么优雅得体。她的美是一种纯净自然的美，她的呼吸吞吐似鲜花俊草芬芳沁人神脉的气息。

据说，原来家里给她定了个在机关工作的未婚夫。那人四方脸，成天板着没点笑容，他脸上还长了些青春痘。

她不喜欢，就离开了。为此，单位调她去电影院当检票员。但她照样认真负责，笑意如常。

一次我去影院看电影，远远就看见这位老师在检票，我忙扭过脸退了回来。

我感到十分委屈和愤怒，完全打消了看电影的念头，远远躲避开她的目光。从此我见了脸上长了些疙疙瘩瘩青春痘的年轻人，不管是不是她辞掉的未婚夫，都会怒目而视，有时还吐一口唾沫。弄得那些家伙莫名其妙。

她是我们男孩儿心中的圣女。其实那时，她并不知我姓甚名谁，连句话也从未说过。

这就是一个孩子的纯真爱憎，以她友为友，以她敌为敌。她受了委屈，我受不了。

我决心已下，长大后娶媳妇，就娶她这样的好女人。

好歹，她在电影院检票没干多久，领导就给她另安排了合适的工作。

一九五四年暑假，念完初一，我就转学回到了山东老家。

这一别，几十年过去了。

一九六四年，大学毕业后参加了工作，直到一九八〇年，我才第一次回长白省亲。此后每隔十来年我就回长白一次。

每次回长白，我都打听那位美人老师的景况，但一直没见面。

第三次回长白，我探访一位同学时，竟意外碰见了那位我心心念念的美丽老师。

走进门时，那女同学见是我，极兴奋地向屋内坐着的两位年老的女人介绍说："董文林，我初中的同学！……"

一阵寒暄过后，在座的一位老者突然问我："你认识我吧？"

我一愣。那位女同学说："你忘了在高小时，早操前，指挥咱们唱歌的老师？"

"那位很漂亮的老师？"我冲口说。

"对呀……"

我极亢奋，忙站起来，才正面观望我的老师，并连忙给老师鞠了个躬，说："老师你好——这些年我每次来都打听你，就是没见到老师你本人。这真是老天恩赐，让我重晤老师的颜面！天恩浩荡。我们师生终得见面了！这是我四五十年对老师的思念……"说着我的声音有点哽咽。

老师其实是知道我的，否则便不会那位同学一提我的名字，她就问我认不认识她。

"你老师漂亮是有名的呀。"旁边坐着的另一位年老的女人笑望我们说。她很感叹我们师生之间的挚爱。

老师也极兴奋，问了问我的情况，然后畅谈起来。

后来，她与高小时一位弹风琴的胖憨老师结了婚。那位老师的弟弟还是我高小同班同学呢。不知什么原因，他们前几年分开了。

有同学说主要是那一方的问题，也有说这方也有点责任。爱恋和婚姻，分分合合，说不清，道不明，个中滋味，只有当事者心里明晓。

我所敬爱的老师，是从县政府退休的，退休前是科长。这次她来这位同学家，是与另一位女同志来找这位同学的丈夫——原县文工团的导演，商量老年文娱舞蹈队活动的事。

虽此时她已七十多岁了，但余韵未失，身躯粗圆了些，但绝不是那种臃肿失形老态，而是比一般老人清爽利索。面皮上皱纹很少，平滑白皙，眉眼间还有年轻时的那种秀宜风采。只是目力已有些模糊，声音还那么清亮顺听，显出了年老熟透了的夕阳之美。她的舞蹈跳得纯美妙好。

临别时，她说："有空来家坐坐。"我应着。但我已订好第二天回山东的车票了："待下次来时，再叙吧。"

我搀扶她下了二楼，望着老人踯躅远去的背影，心中似又怅然若失。想起少年时对美丽老师的稚爱与渴望，再看看老人垂暮时的神貌，似梦如幻。这么大年纪的人，还苦恋着舞蹈。

我再次回长白时，老师已离我们而去了。

一代美人，身消踪灭。这是那个时代多少男儿渴望期盼、深恋仰慕的一个女性。长白山收她的躯体和魂灵到自己的怀中。只留下一闪的倩影，让人怀念。

我生君已长，
君婚我稚小。
相遇迟迟来，
再见隔昏晓。
人生何其短，
美人独自老。
倩影化孤蝶，
时低又飞高。

天池精灵

小时，我爱听故事。特别是天池底下一个奇妙世界的故事，给了我久存不灭的印象。

天池底下居住的人可大可小，变模变样。它的神奇给了我很多妙美的滋养。

人居的环境，天外有天，山外有山。人间里有人间，世界里有世界。若以为天下就这唯一模样，这就是天下的一切，那是娃娃思想。

桃花源，还有许多梦幻般仙境频频出现在人们的记述中，向往中。

长白山天池附近有一户人家，夫妻二人，以耕种采参为生。他们生了一个儿子、一个女儿。

儿子长大后，远离了大山。去奉天（今沈阳）讨生活，后落脚在这人烟稠密的都市中。他又生儿育女，每年回天池省亲一次。

女儿随父母生活。因得天池水育养滋润，这姑娘清纯美丽。一双明亮的眼睛，像天池水一样清澈，浑身透着爽气。人们遇见她，烦恼悲苦一扫而净，天高地阔。她的笑声，像天池边的瀑布水样哗哗倾泻，鸟儿与之欢腾唱和，鹿儿伴其俏美舞蹈，云影欢笑着止步不去。

到结婚年龄了，来了一个青年，高高的个儿，漫长脸儿，挺拔俊秀，浑身透着英武豪气。

老两口欢喜得眉开眼笑。这么好的年轻人来此山中，像龙驹凤雏降临！姑娘见了，赤颜烧红。

那青年也酷喜那姑娘。他说，他就住在长白山深处。父母老迈，前年去世了。他孤身一人生活。实际上他是从天池下界走来的。

不久，他们结婚了。

婚后，夫妻二人春种秋收，恩爱体贴，又相敬如宾，不久就生了个儿子。夫妻珍爱如宝，老两口更是疼爱有加。

一日，夫妻俩在山里采参。歇息时，眨眼间不见了丈夫。妻子高叫大喊，没有回应。

这时，一只绿蚂蚱在草叶上，一只腿翘起，翅膀振动，吱吱地欢叫着。她无心关注，又喊又叫，还没有人应。

她急得站起四下里撒么，那只绿蚂蚱一蹦，蹦到她怀里。她气得一拍蚂蚱的腿，丈夫"哎呀"一声惊叫。

她吃了一惊，眯起眼细看，绿蚂蚱背上骑着个小人，望着她笑呢。

她感到似在梦中，这小人颇似丈夫呢。

眨眼间，小人跳下蚂蚱背，身子往上一蹿，竟是丈夫伫立面前。

她揉了一下眼睛，那绿蚂蚱已跳进草丛中不见了。丈夫"嘿嘿"一乐。

她不信刚才的幻影，抬手捶着丈夫身子说："你上哪去了？急得人喊叫不见人！"

丈夫做了个鬼脸，神秘不语。

又过了几日，夫妻二人在山中砍柴。捆好柴后，妻子要小解，就去了草丛中。

回来时又不见了丈夫，只见一株参天松柏直矗面前，她又喊又叫。

只听高高树端，传来丈夫"哈哈哈哈"大笑声。她吃惊地朝上呼喊道："你爬那么高，跌下来咋办哪？"低首间，那大树底端竟伸出两只脚。

她奇怪，树怎么能长脚呢？似又在梦中，那树变细变矮，刹那间竟成了自己的丈夫。

她吓白了脸儿，一会明白了，又涨红着脸说："你这么变小变大的，也不事先说一声，惊得俺……"丈夫截住她的话，揽过妻子亲了一口，说："好玩吧……"

女婿能变大变小，老夫妻俩不相信。

这事传到奉天大将军耳里。他要亲自见到其人，验证真伪。夺天下，正需要这样的人才。

将军见到了年轻人，发觉他同一般人没啥两样。将军问他："你真会变化吗？变个我看看。""变什么？"青年问。"变大变小啊。"将军笑着说。

"我不会！"青年一口回绝。他看透了大将军来意：为争天下，驱赶百姓厮杀战场，使万千家庭失夫丧子。他不愿受人役使，更不愿助纣为虐。

"将军，"他说，"人有时大，有时小，这是生存法则。人当了大官，特别是握掌了权柄，就变大了不少。下台了，没人敬怕了，就变小了。不是吗？所以，人就得能屈能伸，能大能小，懂大懂小。否则一味撑大逞强，能活存下来吗？……"

将军听罢，哈哈大笑："你这话，有意思。哲理深奥，深山藏圣贤啊。领教了，领教了，领教了。这么个变大变小啊，传言挺邪乎，说你真的能变大变小呢。这是妄传，妄传啊。我若不来这深山一趟，咋能弄明白呀！哈哈哈哈哈哈，打扰了，打扰了，打扰了。"

将军走了，似懂非懂地，满意地微笑着回奉天了。

世界之大，无奇不有。孙行者七十二变，不就是变模变样又变大变小嘛。

将军走远了。一家人又平静如常了。

据传：这对夫妻及其孩儿们活了几百年。活累了，一睡又是几百年。醒来，又活几百年。如此反复，无穷无尽。

说不定，此时他们的子孙正杂混在长白山人群中，笑看人们拜山观池、游玩作乐呢。

据说，有时他们还会变成巍峨的山峰，岿然不动。可怜地望着红尘中尔虞我诈你争我夺，有时会化作明亮的碧清溪流，欢笑着四处戏耍。

天池的精酿，育养着他们和他们的后人，和我们这些长白山山民们。

择主不如自做主，

业大业小心内舒。

八百连营火烧尽，

义倾全蜀刘备输。

诸葛心血白抛尽，

三顾茅庐全辜负。

RQ 2024

恩师李秀成

李秀成老师是我在长白一中念书时的班主任。

他是南方人，来偏远的长白山区教书，实在是很有勇气的。那时全县人口才两万多些，经济落后，交通闭塞。从临江乘大客车到长白县城，几百里山路，得走两整天，还得在半路上宿一夜。

我从没见过老师埋怨来这里工作。他总是扬着那白净脸，朝气蓬勃地忙这忙那。他轻言轻语，很少厉声训人。

他是我们的语文老师，我走向文学写作和文学编辑工作，是受他的影响。

李老师多才多艺。长白县第一支腰鼓队，就是他具体指导成立的，我也是他腰鼓队的一个队员。

他对学生要求很严，但不正面批评。有同学报告课余时我偷看"小五义""小八义"旧书。李老师找我询问，我一口否认。他也没有继续追查。他是提醒，让我自觉醒悟。

那时，学生入校，也要戴一个校徽样的小牌儿，上面用毛笔写上学生的名字。

李老师，把我名字董文林最后两字上面都添加了一个雨字头，写成董雯霖——由充沛雨水浇灌育养，这文林更茂盛。可见老师对学生的期望与良苦用心。

后来我曾做过一段时间教师。我的学生中搞文字工作的就不少。一九九五年轰动一时的电视剧《东方商人》，原长篇小说的作者毕四海，就是我一九六四年教过的高中学生。这也是我学李秀成老师待人育生的一个成果。

一九八〇年，我带着创作任务，第一次返回长白时，在临江下火车，又去临江长途汽车站买去长白的汽车票时，我见排队的一个背影，酷似一个熟人。待那人买上车票，回转身来，我一下子就认出来，这是李秀成老师。他是去长春办事后，要回长白，来买车票的。

车站相遇，分外激动。分别已二十六年了，老师还是那样子，只是胖了些，也更老成了。

待我买票时，售票口已挂出"票已售完"。这样就不能同李老师一起回长白了。我忙去找车站负责人。拿出文联开给各地车站旅馆的介绍信："此人有创作任务在身，请各有关车站旅舍，予以关照。"我就同李老师同车回长白了。

在回长白的车上，师生两人，谈往述来，心情畅悦。临江至长白，山环水绕，雾遮路险。云傍车头生，清气如水流。红日照白山，一路多欢颜。几百里路途，也不觉寂寞了。

回到了长白，老师又组织了在县城的二十来位同学，相聚了一次。

旧友相见，感慨良深。物是人非，悟省不及。

同学相聚，亲切热诚，似又回到那少年时代无忧无虑、打打闹闹、心不设防、赤子对赤子、坦诚稚嫩欢笑无忌的美好时光。现在大家都已成人，已成各家各户的栋梁。

此后，每次回长白，我都拜访李秀成老师和同学们。可是最近的一次，见面时，却见老师静静地躺在家中病床上，一点动静也没有，只是眼皮微微动了一下。

李老师退休后，一跤跌倒，成了植物人。

人有旦夕祸福。

如今，这情景，使人无奈。但他还在呼吸，没有抛弃这世界，酣睡沉沉。

一旦醒来，又该是一个高天丽日。我祝福李老师。

师恩浩荡如江河，

冲愚淹昧扬清波。
无师无教如长夜，
巢树穴居兽习多。
古来王侯有帝师，
韩子重教著《师说》。
礼义廉耻开心智，
知识技能富家国。
若盼人间更美好，
代代永唱颂师歌。

长白灵光塔

后塔山，是因山半腰有一座砖塔而得名。据传这是古代渤海国建筑的。

为何筑塔，传说种种。我小时候听大人们讲，这是与江对面鳖脖子山有关。

这鳖脖子山，像个大大圆圆的鳖盖，下面有只巨鳖驮着。

朝鲜那边很早就在上面修了个大广场。逢年过节，穿白着红披绿的人们，在那儿聚会舞蹈，踢足球。那喧腾热烈的欢闹声，喜震两岸。

据说，这座圆圆山下，那只巨鳖年年长高长肥。它驮的那山也长高长大。随着山体高大，江水就往长白和惠山低凹的江岸漫溢。有时洪水暴涨，江两岸的土地就被淹。而一旦鳖脖子山长到把大江堵塞，两岸就成了泽地水国，鳖脖子山下惠山镇和对岸长白城，就全泡在水中，两边"人或为鱼鳖"了。

人们眼望着，鳖脖子山长高长大，翻滚的江水，往两岸低凹处漫溢，无有良策。

这时，从长白天池边下来位仙风道骨、眉高眼亮的白胡子老者。

他站在长白城后面北山的半山腰，凝视了良久，双锁白眉头，水亮的眼睛一眨不眨。突然他一挥手说："就这脚下了，在这儿修一座塔，镇住那只鳖，不让它往上往四周长了。万事便都解了。"

于是筑造了这座砖塔。

这塔果然镇住了那驮山大鳖。它从此纹丝不动。江水欢欢流畅而下，两岸相安无事了。

据传，朝鲜那边，后来修鳖脖子山下的铁路时，因铺轨刨平地基，施工队不小心，把巨鳖背上硬壳刨开了一道口子，红红的血汁流了一大江。

当然，这只是传说。其真实情况如何，不好说。但它却留下一段历史的温暖，抚慰着两岸代代的民心。

如今在塔的侧后边一个稍凹处，又修起了当年拆作校舍的庙宇，有没有住持，我没进去看。

　　塔山峻茂灵光闪，
　　影入江水鸭绿蓝。
　　塔守白山两千岁，
　　月落日出烟云暖。
　　荒坡漠漠长绿禾，
　　江岸离离青稻田。
　　山果野菜能果腹，
　　白山兽肥好过年。

故乡

这是我第二次回到魂牵梦绕的故乡长白。

儿时的记忆是真切鲜明的。那山，是那样高大陡险而又峻悬，顶端耸入云霄，石壁巍峨，嵯峨如猛兽巨齿欲吞高天。那水，是那么清澈透明而又激荡汹涌，夏日爽气凉意扑面，拂去了酷暑灼人的溽热。

遥远的大山后，人迹罕至神秘莫测的幽谷深河，轰鸣嘶吼，似雷震，似深澜之水喷泻，惊天动地。又似身处地球那边千百万年无人问津的巨河洪涛，冲开可怕的寂寞，从深深的地心缝隙中涌挤啸叫而出，呼唤人们晓知它的存在。

寂寞太久，万物都会发疯发狂。

长白山的水水山山，给我一种辽阔无边的敬畏之感。我怀着巨大的恐惧神秘，仰视着他。

久居异地几十年，我却从未弃舍他。我一直向往他，想再靠近他。他时常出现在我梦中。那刀劈斧凿的陡险大山，那吓人的幽谷深河，那林中的飞鸟与跳兽，那芬芳袭人的野花山果。啊，长白山，我永远的眷恋和思念。

当双脚又踏上慈悯温暖生育过我的热土时，泪水遮蒙了我的双眼。

我在县城二姨家住一晚，第二天清晨就去拜祭我生母的坟园。

那一抔泥堆，已陷落成平地。上面长满杂草野蒿。若没有旁边小岩石和坟后那丛榛棵，几乎辨认不出，那就是我先母金铭仁长眠之处。

我和随去的表弟们，除草添土，费了半天工夫，又筑起了一个小小坟包。旁边我未嫁而亡的金铭信姨和金铭香姨，只剩下两点痕印。我们也添土加筑起两座坟包。

我未免俗习。在给三座坟上香烧纸的袅袅香气中，我心中涌动着悲凉和凄楚。缭绕的香烟似我母亲温暖的双手轻拂我的面颊，给我慰藉和安心。

啊，长白山，啊，我挚爱的母亲。你一生坎坎坷坷的儿子回来了，还带着你的孙儿们。没想今天，还能来看你！

在母亲的坟前，我坐了很久，想了很多。我挣扎，我奋搏，在被视为异类的凄苦中，我始终没停住踉跄脚步。我从屈辱中走过，在泪水、汗水和心血胶合中，也闪放出瞬间带血的光彩。

上完坟，我奔梨树沟去，看看给我童年欢乐又给我清苦悲难的村落。

愈走近，愈觉得这不是昔日我仰视的山村景观了，一切都显得那么陌生。

这怎么啦？走错地方啦？细看，山的轮廓还是那样，纵横水汊还是那几条，只是村南面大石砬子怎么那么矮了？那高悬陡峭百仞石壁看去只是一普通几丈高的石墙。树木还是那么杂乱，没有当年那样挺拔高耸，远山似都矮小了一截。景色少了那种气势与雄浑。

进了村，看那些房子，倒还是那些草房，瓦屋也似低矮狭窄，没有昔日那么高伟丰满。过去草屋披着厚厚的茅草，墙壁挺托结实，很是温暖。当年我外祖父家那高大宽敞的砖瓦房不见了，一切都变得单薄。

人，还是那样的人，有的年轻些，是过去那些人的子孙，少了那时的野气、豪气和戾气，而看去柔顺温和多了。

这是不是，人大心大，世界就变小？还是童年把一切都放大了，看巍峨了？眼前，观山，山小，看水，水浅。甚至连远远的神秘莫测幽谷深渊的呼啸狂号，也变为潺潺的吟唱了，三江水流也失去了昔日的浩荡涌动。

啊，长白，长白山，你以往的庄严伟大、神秘莫测哪里去了？实际上，我去过巨大的三山五岳，现在想想，也不过如此。

他的美，他的大，藏在童年的记忆和梦幻中。

童年，是一个造境制幻的时期，童年，是一个创造伟绩美好的工程师。巍峨大山更巍峨，飞瀑急流更宏阔。江湖河海更浩瀚，猛兽凶禽更可怕。世间一切，在童年的眼中、心中，最美、最高、最神秘。童年把一切都抬高了数十倍或百倍千倍。

我爱童年，童年的志趣中，童年的向往中，充满了多少美妙的欺瞒与夸张啊！

童年的真实，就是人初的幻形魅影。

谁也别说谁的家乡独好，谁也别嫌自己的家乡困苦。黄土高坡的歌声中，浸淫着对故乡深沉的挚爱。漠漠风沙中狼的悲嚎，也倾泻出猛兽的饥渴与生之坚韧。

山水在每个人心中，可大可小。喜马拉雅不就是高点嘛，没有烟火，只有白雪。华山不就是险点嘛，黄山不就是奇美些嘛，泰山不就是一条通顶几千级石阶曲曲攀上的山路嘛！

童年的玩心最大，不知灾重难深。长白山，他把童年梦幻的容貌放大，才能在遭遇那些苦楚时将其丢掉，在些许愉悦被放大千倍百倍后，能乐对或小视灾变悲哀，活泼又有兴趣有向往地生存下去，成长起来。

啊，长白山，请你饶恕你不恭的儿子吧，我不是不再爱你。毕竟，我还诞生在你的怀里，喝着你酸甜苦辣的汁水长大。但你已容纳不下我的心。

我把心中故乡的原貌呈现给你。失去神秘，更显亲切。金窝银窝，不如自己的狗窝。

童年的梦幻，使我欢乐，青壮年时给我进取的力量，使我眼界开阔，老年使我安康。

啊，长白，长白山，我的故乡，平凡而又温暖的家园啊！

人人都说家乡美，
草屋比皇宫更金贵。
漂泊垂老苦思归，
这乡山坡上，
有生我疼我那人的坟……

金县长

解放初，长白县城后街上有一户人家。一座极普通的茅草顶平房里，住着一位姓金的老汉。

这老汉六十来岁，稍矮的个儿，一头黑发，圆面上尘垢显见，身子骨也还硬朗。老伴和孩子们都住在这里。

这后街没有做买卖的，店铺都在前街和一条朝南的大街上。所以这街很安静。

我在方家馆子时，常通过这街上塔山后头掌柜的地里看看。

这金老汉家常开着门，屋内也较浅窄。饭桌就放在门槛边，苞米糁粥、饼子、地豆子、咸菜、黄瓜炒鸡蛋，一家人吃得很欢。

每到星期天，我见一个三十来岁的人，一脚门里，一脚门外，身子倚在门框上，同一家人说说笑笑。有个娃娃还搬着他的头，抓挠他玩儿。他则嘿嘿笑着双手举起那娃子乐呵。街上人来人往，认识的就打声招呼，不认识的，只管走他的路。

这年轻人穿一件褪了颜色的黄上衣，蓝裤子，比老汉高些，长脸儿，眼睛有些深陷，身子瘦削。猛看上去，此人有些拒人千里不好接近，但在逗娃娃时却笑乐得一塌糊涂。

后来我听人说，他是长白县副县长。金老汉是他爹，他母亲和妻子、儿子都住在这儿。

这在长白县算是最高层领导了，但同样住茅草顶平房，同样吃百姓家常饭。玩笑说闹，都很随意。

特别是金老汉，更没感到儿子是县长就同一般人家不一样。人家因私事，该跟他吵还跟他吵，该骂几句还骂几句，不好听的话他也听着。他从不向他儿子学说这些。

他还是一个老百姓的朴实心理，现在是民主政府了，没有高下之分。从人民中出来，只有为民服务的份。没有像旧时那样，一人得道，鸡犬升天。

一次，金老汉上前街去逛，发现一家柜台上摆着几把菜刀。他问了问价，又试了几下，挺锋利。想起家里那刀已老钝了，他就想买一把，一摸兜，没带钱，就随便说了句："这把刀我买了，我回家拿钱去。"掌柜的望着他背影，给他包好，放在一边。

可金老汉回家拉开抽屉一看，钱不够，老伴说："那把刀还能用，过些日子再说吧。"

金老汉有些累了，坐下，就没想到再去告诉人一声，不买了，以后再说。

那卖刀的四十多岁，等了两天没见人回来。那天他去后街办事，走到金老汉门口，一眼瞅见金老汉正同他儿子说笑，就凑过去问了句："那菜刀你不买了？我等了你两三天了！"

金老汉猛想起，忙说："对不起，回来凑钱没凑齐，就不买了。"

掌柜的一摆脸子说："你倒好！说好了，不买了！第二天有人要买我还说有人已买下了，没卖给他。你这么不讲信用，也不去告诉我一声就……"金老汉听了也争了一声："这点事，我就不讲信用啦？你说话，咋这么难听！"

掌柜冲动地说："做买卖和做人一样，说出的话，丁是丁，卯是卯，吐口唾沫就是钉……"

金老汉的儿子忙问："是怎么回事？"掌柜的说了事由。金老汉儿子笑着说："对不起，先生，走，现在就去买回来，我这兜里还有点钱。"

这掌柜并不认识他，不知他是个县长。到了柜上，他交上钱，把那包好的菜刀拿出门，并再次向掌柜道一声："老人那天有些累了，就没来说这事，让你……"

掌柜截住说："你这年轻人办事痛快，算了算了，人老了都会这样。"

此后不久，全县开大会。那掌柜的坐台下。听主持会场上的人说："下面请金县长给咱作报告。"

金县长出场了。那卖刀掌柜一看，这不是那买刀老汉的儿子嘛！顿时，他头上涌起一头冒烟的大汗，半天不敢往主席台望。

那金县长倒看见了他，散会后，金县长走到他跟前："先生，你也来参加会了……"

掌柜的以为金县长会找事报复他，但根本没有这回事。金县长还对他说："有事，你可以来找我。"

我每次回长白，总会想起后街上的金老汉，还有骑着门槛、喝苞米糁子粥，吃饼子、地豆子、咸菜的那年轻的金副县长。

草屋布衣布鞋袜，
难听话语也咽下。
百姓与官无小大，
如此天地好清明，
官民亲切共一家。

单家裁缝铺

我考上了高小，二姨很高兴，买了块蓝布，给了我几个钱，嘱咐我到县城念书时，找一家裁缝铺，做一件制服穿。

长白县城繁华的南北街道右首，有一家店，橱窗里挂着一些崭新的衣裤。

我走了进去。

男主人不在家，女主人是位端庄美丽的中年妇人。她量了量我的上身，又量了量布，说："这块料子欠了点，但还可以做。"

在约定的日子，吃罢午饭，揣好钱，我便匆匆朝裁缝铺赶。

到了那里，店主人一家正坐在炕上吃中饭。

女主人见是我，放下筷子，站起来给我取衣服。我穿上试了试，很合身，就脱下，女主人给我包好。

我刚掏出钱来，还没递给她，在炕上吃饭的一位白发苍苍老太太已打量了我多时。此时，她招了招手，女主人凑过去问："妈，什么事？"那胖胖白白有些富态的老太太，悄悄地对她喊喳了几句。

女主人过来，认真地看了看我，问："你是哪里人？""梨树沟的。""姓什么？""姓董，不过我爹在我妈死后已回山东老家了，把我和妹妹扔给了我金家姥娘。前几年姥娘病死了，现在我在二姨金铭智家。"

听到这里，炕上那富态老太太一拍巴掌，满脸堆笑地说："这是江对岸惠山镇那家德升东布店当店员的姓董的孩子！梨树沟老金家的外甥！怪不得，和他爹长得太像啦！"

那女主人一脸惊喜地掰过我的脸，激动地说："孩子！我认识你妈，也认识你爹！都是好人哪！……"

一家人都欢喜地停住吃饭。女主人拉我往炕沿上坐。我给她做衣服的钱，她一把又塞进我兜里说："一家人，给自己做还要什么钱哪！"

胖老太太忙说："别认生，孩子，先吃饭。"

我说："我已吃了。"

"吃了，再吃些撑不着，快，坐炕沿，叫你大娘给你盛饭。"

我一下子蒙了。

那位大娘乐得浑身乱颤，给我拿筷子端饭，这实在太意外了。

我懵懵懂懂又吃了些。吃饭时，他们又说了许多温暖的话。说"以后常来家走走，你这里的哥哥姐姐弟弟们都不见外，有什么事尽管说，千万别拿自己家当外家……"

直到快上下午课了，他们才放我走。走前，单家大娘见我光着头，没戴帽子，就从柜台上摆放着的许多新帽子中找了个适合我的新帽，给我戴上。

此后不久，单家大娘还给我一件咖啡色的夹克服，使我也洋气了几天。这样就来往起来了。

单大爷是个高个子、身材匀称的人。他家除做衣服外，还开了一个洋铁铺。女人做衣，他打理此铺。他对我说："我和你爹是好朋友，相互间都有些帮助。来我这里就是进自己的家。"

他家有二子一女。

人说，人已走，茶就凉。我爹已离开多年了，对我这个少人疼的孤苦孩子，单家还一样亲热呵护。

我忘不了，单家人对我的好。至今想起，那家人的音容笑貌似还在眼前。

故旧情谊深，
待我如家人。

偶遇赠新帽，
风寒又加衣。
多少陌生者，
擦肩匆匆去。
双方都不识，
却是旧老亲。

八角楼的老夫妻

长白县城的中街上，有一座三层的八角小楼。楼的八面都是玻璃，玲珑雅致。

因它在街中心，又是大街的最高处，一进县城的解放街，远远就可瞭见。

小楼主人是一对老夫妻。老头中等个儿，圆胖的脸上终日挂着笑。老太太是个高个儿，圆凸脸儿，头上绾着髻，小脚儿，不张扬，挺稳重的人。

小楼最高层放着一些杂物，中间一屋住着老夫妻，底层就是营业厅。厅内顶多放四五张方桌。

太阳一出，鲜红的光亮首先照着小楼顶端墙上，它日日先得温暖光明之光。八面玻璃窗闪金亮银，一派辉煌。

平日，老头不知忙些什么，很少见他。老太太倒是收拾得干干净净，在底层一张八仙桌旁坐着。桌上摆一碗凉粉，上面还扣着一只蓝花小碗，以防灰尘落进，外面还罩着一个圆形的大纱罩。

那时，我在的方家馆子就在八角楼的路北面靠东一点。小楼在路西南。

饭店不忙时，我站在门口，就能望见斜对面小楼内的一切。

每天来来回回，没见有多少客人光顾小楼。偶尔有一两位闲客，成半天守着一碗凉粉，坐在那里海聊。他们吃凉粉，只是借个地方，眼观来往车马、肥男俊女，打发日月罢了。

老太太，不叫，不响，安静得似要睡着。对这几位待半天才花一角或五分钱买的大碗或小碗凉粉的常客，她不撵不烦，有时还得搭上几壶茶水。

长了，我都替她着急。这样做买卖能挣几个钱呀。他们两个老人还有别的进项吗？他们有儿女吗？

见她那么从容不迫，不紧不躁的自在神色，反觉为她担心是多此一举。

他们似红尘中的另一种生活者。一双老眼似看够了眼前缤纷的世界，心平浪静，无忧无喜，潇洒宁静而又安详。

他们靠祖上留下的一点遗产生存。

这小楼是何时筑建的？到他们已过了几代人了？我不清楚，可这却给筑楼人的后代，带来偌多安宁、荣耀和静美。

多少人仰慕他们！仰慕这历史上的小小遗存，明亮而又温暖。

一九五四年，我离开长白回了山东。那八角小楼还是我长白故乡一个亮闪的记忆，它迎日送晚，给我一缕故乡的怀恋。

一九八〇年，我首次回长白拜祭生母的坟园和探亲时，却不见长白县的景观之一——小小别致八角楼的倩影！

不知它在何时坍塌或被何人拆毁，抹去了这一记忆。

辉煌总是有时的。巍峨庞大的未央宫都已倒毁几千年了，何况这小小的，仅供人们闲适时坐坐，观赏这半城半乡风光的一座袖珍的小楼美室呢！

那两位老人可能早已作古，只留下我这旁观者还常怀着往日这画楼美阁的一点记忆。

可，总也不知道这两位老人姓甚名谁。

岁月未老白山青，
美庐不见太匆匆。
清雅俊丽终有时，
楼没人去两空空。

县广播站站长张平

长白县广播站建立初期，由张平同志负责。

记得我念高小时，一九五二年年底或一九五三年年初，去县广播站唱歌，就是由张平同志安排的。

那时，他很年轻，高高的个子，长形脸面，挺和善，也挺认真。

他领着我们几个孩子，直到一间封闭的小屋前，对我们说："同学们，进屋后，不要说话，要保持肃静，情绪平稳些，不要紧张，听我指挥。站好后，我一挥手，你们就放声尽情地唱。好，现在在院子里再练唱几遍，到屋后就直接唱了。"我们又练了几遍。

进到屋内，里面摆满了机器，脚下踏的是地板。同学们对这神秘又窄窄的房间感到十分新奇，也有些紧张，更有些敬畏。一双双小眼睛你望望我，我看看你，亢奋至极。

我们唱的歌是《解放区的天》。

调好机器后，张平同志一挥手，我们张开了小嘴就放声唱了起来。

"解放区的天是明朗的天，解放区的人民好喜欢。民主政府爱人民呀，共产党的恩情说不完……"

嘹亮的歌声，感情充沛，通过扩音喇叭传播到全县各地。

这歌声像一阵阵欢乐的鸽哨，在空中飘散，飞落在长白的山水之间。

张平还有个弟弟，小圆脸儿，不大爱讲话。在长白一中时，我念一年级，他念二年级。

一九八〇年夏天，我从山东回到了长白。离开有四分之一世纪多了，各方变化极大。

我是带着创作任务回来的。过去接触的人物，我都想重新拜访一遍。

第一个采访的人，就是张平同志。

那时，他在家养病。敲开他家门时，我大吃一惊！颤巍巍立在门边的张平，双腿已有些不爽，身子虽还那么一副大骨架，但腰脊有些弯曲，面色苍灰，像生了一场大病还未痊愈。

他当然不认识我这个当年在他广播站唱歌的孩子，但对我的采访，却兴趣盎然。说古道今，滔滔不绝，他对烈士事迹整理收集十分关切。

那时，我已写完抗日英雄王凤麟烈士的传记，该传记已收入《英名千古》书中出版。王凤麟也是东北人，牺牲在山东淄博马鞍山与日寇惨烈的一场战斗中。

张平感慨又急切地说："咱们这里还没动起来呢！"后几次回长白时，我见塔山上许多景点都有张平先生的题词。

快结束时，进来一位年轻爽快的小伙子，是张平的内弟。

晚上，县文化馆送来票，邀请我看文工团演出。朝鲜族演员那别具一格的欢快优雅的舞蹈，使我沉浸在久违的亲切欢悦中。

这时，背后有一只手轻拍我的肩头，回头一看，是张平的内弟，白天见过。他笑着打了招呼。

看来，过往的云烟，已飘散开去，人们又回到正常的生活中来了。

张平他们也已思索着他们想做而又能做的事了吧。他还拿出篇刚写的文章草稿给我看，很有文采。

古今中外，人，总是会有曲折冲击或死里逃生等劫难的。所谓，三十年河东，三十年河西，如此轮回也屡见不鲜。

只要自己不抛弃这世界，世界终会给你为他服务的机会的。

经磨历劫已成翁，
忆往叙来仍从容。
夕阳泼彩灿丽丽，
笔底云烟又升腾。

后塔山上滑雪

初到长白时，我好独自找乐玩耍。

冬日，大雪掩埋了长白山的深壑幽谷，坑坑洼洼山路，全被冰雪漫平了。

雪，有数尺深，在风口旁边，几丈厚雪堆积为山包，也不罕见。

平时，这雪地平静安详，偶尔一脚踩下掩埋的深坑，它就会张开深不可测的大口，把你吞没腹中，然后又闭合如初。

那时，我不知山野的深浅，更不懂这种安详容面下藏着的险恶。

我独自夹着两片竹板，拿一双撑棍，爬到塔山的半腰上，看看哪面雪厚树少，便把竹板放到脚下，然后撑起长棍，双脚同时踏上竹板。霎时，竹板便带我飞蹿而下。

我身子前仰后合，在双棍支撑下，很快掌握了平衡。

竹板似箭直冲山下。那种飞越疾驰的快慰兴奋刺激着我，我像长了翅膀在天地间飞翔。那种穿林海跨雪原的气度，那种把飞鸟都丢到身后似的光速与愉悦，使一个孩子，沉浸在霎时就强大得一切都不可阻挡的童话般的享受快乐与忘形中。

往往就在此时，脚下一根根树桩颠簸而出，脚下一片竹板横竖左右翻转着抛飞到身前身后很远很远。身子也不可遏制地狠狠摔进雪雾中。头脸全扎进深雪里。嗡嗡响的耳朵疼得撕裂了般，周身都麻木了！

梦醒了，童话惊散了。我挣扎着把头脸伸出雪外，嘴中呛了一大口雪。睁眼四顾，茫茫塔山上除了我，一个人影也没有。

但我还是想滑雪。

一天滑雪时，竟跌进了和我身子差不多的雪坑，我怎么爬也爬不出来。后来，我抓住一棵树桩子好容易爬上来。二姨问我："哪里玩去了，这么长时间？"我没有回答。

从此以后，我再也没单独去山野地里滑雪。

我有点后怕了。若爬不上来，家人上哪儿去找！那只有雪化后见到尸首。

滑冰倒是还在滑。冬日鸭绿江封江后，江面一片青色。

滑冰人很多。朝鲜那边的娃娃青年，长白县城的娃娃青年们，在江上穿梭。熙攘的人群，不怕跌倒摔疼。

但也有险处。特别是江上的冰窟窿，冒着白气，一定要离它远远的。若掉进冰窟窿中，那只有死路一条。人们不可能砸碎全江的冰来救你的。

好玩处都有风险。学校大操场，冬天泼上水，成滑冰场，这就安全得多。

童年这些记忆，往往都带着险情。玩乐是少年儿童的天性，可玩乐中，欢快中，也有性命之忧。

这是我们应时时在意而警醒的。

与鸟比飞翔，
与箭比速度。
天地多辽阔，
我心尽欢畅。
雪地白皑皑，
高天灰苍苍。
人生飞行时，
切莫四顾望。
一飞冲霄汉，
再飞落霞中。

石子向我眼飞来

我念高小时，有个姓徐的同学同我很好。

他长得比我稍矮点，一张可爱的圆圆小白脸儿，大眼睛，性格爽快，口齿清楚。

放学后，我常去他家做作业。

一次，我去他家玩。刚进院门，从斜对面突然飞来一粒石子，一闪打在我的左眼上！

"哎呀！——"我一声惨叫，疼得忙捂住了眼睛。

同学闻声从侧面墙边跳了出来，他一看我，惊叫道："你的眼怎么啦？流血了？"

"谁打弹弓来？"我捂着眼低着头问。

他一摸手中的弹弓，说："我打树上那只家雀来，咋打着你了？"

我说："你家有棉花吗？快找点，看看我的眼睛打坏没？"

他慌了，扔下弹弓，忙扶我进到他家屋里，找块旧棉花套子，给我擦了擦。我说："拿镜子来。"他又忙拿来镜子。我拭干了左眼中的血。睁目仔细看了看，左眼下端的眼皮处打裂了一个小口，血是从那裂口中流出的。再往上一点点，就是眼珠子！"好险！"我心中说。

小徐说："看好了，是不是眼珠子？再看看。"他的小脸白白的，嘴唇哆嗦着。

我又看了看，再仔细地看了又看，确实只差一点就成独眼龙了，便对骇惊未消的小徐说："真的没伤着眼。真是太险了！"

"太危险了！太险了！太险了！太险了！若打着眼珠子那咋办

呀！……"小徐连连带着哭腔庆幸地说。说着他奔到院子里，把扔到那里的弹弓，嘎吱嘎吱撅断弄烂了，又用脚踩了几脚，才又进屋来。

他又找了块旧棉花，轻按我眼角皮肤出血的地方。

慢慢血凝固住了。

他和我，遇到大赦般地都放心无忧了。

童年或少年，在不经意或玩耍中，造成这样或那样的伤害，给自己或他人造成偌大痛苦是无法责备也无法估量的。

童年少年犯错，甚至有小朋友玩刀伤人也是有的。尽管他们与成人有别，但后果却无两样。

不要因自己无意或大意或种种缘由，给亲人或友邻造成无法挽回的灾难和痛苦。

家长要看护好自己的孩子，也应育导其注意生活中别伤及他人。与人交往，善念在先。

人生至艰，真该事事在意，处处留心。小小年纪，给人留下深伤或疤痕，用一生去安抚也无济于事啊！

> 人生总在险中过，
> 意外伤害实太多。
> 晴天持伞人笑痴，
> 霎时大雨就滂沱。

童趣造就爱好

亲人们的赞许与表扬，对孩子成长极有益处。

我两三岁时，姨们逗我玩，说："唱首歌儿听听。"我就张开嘴咿咿呀呀地哼哼个半生不熟的童歌，大家都会欢笑着鼓掌，"唱得真好！唱得真好，再唱一首。"我就红涨着小脸儿又唱了几句。姨们就抱着我亲我夸我。

时间长了，在大人们逗乐欢玩的无形中，苗儿就开始萌动，生根，抽芽，长绿。

如此久长，孩子的心坎上就会烙下一点印痕，觉得自己会唱歌了，而且唱得还不错。接下来，随着年纪稍长，唱得不准确的地方准确些了，跑调之处也少了许多，慢慢就自己喜欢唱歌了。

上小学时，我跟一位女同学唱二人转，得了村人的夸赞。上高小时，县广播站选了我们几个同学唱《解放区的天》，广播喇叭在县城播了好几天。上初中时，县里开干部大会，还安排我唱《武老二》。

念高中时，我当过班文娱委员。大学时我曾指挥全中文系大合唱《祖国颂》。毕业在附中实习时，我指挥了光未然的《全世界无产者团结起来》，全校许多学生都参与进来。那时，我还作了几首校园歌曲，如《大学生圆舞曲》，有的同学还抄了挂在他们宿舍传唱，等等。

当然，这只是我的业余兴趣与爱好，并不是我的职业。我的职业是教师、创作员、编辑。

当然，后来我主攻的方向，也都是由兴趣而来的。

从小我爱读书。上初中时，语文课本上有臧克家的《有的人》，他写道："有的人活着，他已经死了，有的人死了，他还活着。"我就模仿他，写了："有的同学起床了，他还在睡懒觉。"这很幼稚，却被学校选了登在黑板报栏里。在一九五八年念高中时，我写了一首短诗，在市报上刊登了出来。

到了大学，我偏重了古典诗歌的学习。读了许多作品，《诗经》《古诗十九首》《全唐诗》《唐宋诗举要》以及宋词选集。有的诗集还全抄了下来，如李白、杜甫、王维、孟浩然集等人的诗集，我都一字不漏抄一遍。四大名著我看了多遍。

一九六二年，我写了一篇文章评王维的山水诗，山东大学《文史哲》杂志看中要用，并寄来《文史哲》杂志的稿纸。我改后抄好寄去，但因故未刊出。一九六四年，大学毕业。一九六五年，我写了部两千多行的长诗《青松颂》，投到《收获》编辑部，被他们看中，定为修改后刊发。那时我在一个学校教高中语文。

一九六五年暑假，他们通过教育局等组织调我去上海加工修改。我在上海《收获》编辑部的上海作协大院住了一段。那时巴金先生是主编，具体负责我修改加工工作的有副主编肖岱先生，组长是老作家罗洪老师，还有编辑左泥同志等。可是还没修改完，刊物便停办了，此作也就胎死腹中了。

一九七六年后，我从教育界调出，先为创作员，编烈士传，后又调到出版分社做刊物编辑、图书编辑，职称为编审。这期间还以笔名草千里、董金、白泰等在报刊发表作品。

这些都成以往，但回想起来，都与当初小时候兴趣爱好，有极大关联，是那种兴趣爱好的拓展与深进，是成就一个人不可或缺的条件与因素。

　　童趣根苗随身长，
　　微蕊俊芽吐芬芳。
　　红蕾成阵化虹霓，
　　一夜大朵压枝香。

小保镖

我家西邻，男人四十来岁，高个儿，在县机关工作。他同原来的妻子离婚后，娶了个二十来岁，清秀又年轻的女人。这招来许多人羡慕。

这女人瓜子脸儿，中等个儿，红面俏美，细腰丰臀，说话先笑，招人喜欢。

每天，丈夫上班后，她拾掇完家务，就坐在窗前，刺绣衣衫。还是个心灵手巧、安稳度日的佳人。

一天，我正在屋里玩，听见有人敲门。我开开门，见新妇站在门边。她问我："你愿意吃冻梨不？可好吃啦。要不要来大姨家吃个冻梨？"

那时，我还是个孩子，听说有好吃的给我吃，张口便说："愿意。"

"那，快，跟我来。"她欢笑着说。

我关好门，欢蹦乱跳地跟她进了屋。

走进房内，见炕上囫囵着仰躺一个穿一身绿色邮差服的年轻人。他长得还周正，细条身躯，小长脸，挺精神。

新妇领我进来，那青年邮差一怔愣，爬起来问："这是谁家的孩子？"新妇笑着说："是邻家的小外甥，很可爱。"又一指炕沿，"坐下吧，我给你弄。"

她打开橱柜，拿出两个紫黑色大冻梨，又找了个盆，接了些凉水，把冻梨放进去泡着："这梨用凉水拔一拔，等一会儿就化冻了。拔好了就能吃啦。"又对那青年说，"这孩子愿意吃。"

那人听了，瞅了我一眼，嘟哝着说："你还挺好客哪！"说着，又仰身歪在了炕上。

新妇也不理他，又拿了盘瓜子放在我面前："先嗑些瓜子，等拔好了梨再吃梨。"

这真是天上掉冻梨。我有些受宠若惊。这么好的人，又这么亲切。我便放胆大嗑特嗑瓜子了。

那邮差也不避我这个孩子，说些男女之间臊气趣事。待那冻梨拔好，我要吃的工夫，突然，他对我说："小兄弟，把梨拿回家去吃吧，俺大人还有事。"

"不行！就在这吃！——你只安稳坐着吃就是了！"新妇不容置疑地大声说。她按住了我的肩膀。

那人无可奈何说："吃吧！吃吧……"

那新妇把一个冻梨拿一块干布擦了擦，递给我："慢慢吃，很凉的，吃完了还有的是。"

我吃着梨，感觉挺甜挺甜，也不管那邮差斜愣着眼看我吃。

很快一个冻梨入了肚子。新妇又把另一个梨递给我："慢慢吃，别那样大嚼生吞的，吃不出滋味来。"我点点头。

天快晌午了，那邮差看了看窗外的天，忙爬起来，掐了那女人腰一把，慌慌走了。

新妇朝他的背影吐了口唾沫，说："讨厌鬼！"

我吃完梨，新妇说："我家里有的是好吃的，哪天我喊你，你就来吃！保你吃个够。"摸了下我的头，又说："好了，回家吧。我也该做晌午饭啦。"

就这样，每隔几天，她便喊我去她家吃水果点心。去时，那年轻邮差都仰躺在她家炕上。

见了我，那人像见了仇人似的别过脸去。我见了他也不自在，心想我是来这位大姨家的，碍你屁事！该吃的吃，该喝的喝。等他离开，大姨就塞给我几块糖果，我就回家。

天长日久，无形中，我真成了那青年邮差的一个障碍。那青年对新妇的欲望终也无法伸展！我倒成了那新佳人的小保镖。

一次那邮差恶狠狠地冲着我说："你这孩子咋这么馋！成天赖在人家

里吃果吞糖！你不怕人家嫌你呀，笑话你呀……"

新妇接着撂下脸来说："这是俺家！俺愿意谁来谁来！我喜欢他，愿意给他吃！"又对我说："孩子，不要听那叫狼嚎的！成天乱闯民宅的，谁欢迎你！谁不嫌你！我咋呼起来怕邻舍们笑话，一忍再忍，知趣的就该滚出去……"

那人一脸苍白，嘴唇哆嗦，他没想到新妇会这么暴怒！沉吟了一会，他又嬉皮笑脸地说："还真生气了。我只是说说孩子……""你说孩子就是说我……"那新妇顶了一句，再闭上嘴不言声了。

从那以后，邮差就很少来新妇家了，慢慢就不再登门骚扰了。

新妇见了我，还是照样亲切，摸摸我的头说："你真是个好孩子。"

只是吃冻梨和糖果的事少了，甚至没有了。

一年后，她生了一个男孩子，这娃子哭声嘹亮。我二姨父在隔壁听了说："这孩子挺健康，你听他的哭声多有劲！像告诉大天阔地，我来了！我来了……"

现在想来，新妇让我吃梨品果，是用这方式，防止别人对她的非礼侵扰，以保护她的尊严与节操。

无论大小，人都是有用的。被别人利用也罢，尽管其时，你还年小稚嫩，还不懂红尘中一些龌龊之事，但因你在场，此类事就难发生了。说来也算是一件功德。美味好吃，美事好做。

人世间，此类诸事并不罕见。而把一孩子拉过去横在当中，倒很耐人寻味。

这佳人，很聪明，我好喜欢。

阿姨唤我吃糖果，
客见我来极不乐。
帮人解危还不知，
只知冻梨真解渴。

大脖梗子

　　大脖梗子，是一种极普通的山野可食植物。一根或粗或细，或一尺或二尺或三尺长，短绿秆，顶着一个直径有一尺二尺硕大圆圆绿叶的极简单的植物，在长白山区随处可遇。

　　每逢夏秋，在山坡，树丛间，深山中，它自然长成，任人采摘。

　　在山林中忙碌的人们，累了，渴了，顺手撅它一支。撕掉大叶，扒掉绿秆外面的一层皮，放进嘴里咀嚼，嘎嘣鲜脆，那脆嫩的秆，汁液又鲜又有点甜，又解渴又充饥又解乏。吃得爽快肚圆之后，也释放了半天的劳累，他们又站起忙各自的营生去了。

　　这是大自然的恩赐。特别是孩子们，吃完，采一些，打成捆，扛回家，让家人们一起尝。

　　还有小娃娃，吃足后，把肥大的圆叶儿，顶盖在头上，遮住酷热太阳的炙烤，往家走。由于叶子硕大，盖住了头脸儿和大部分身子，叶下仿佛生出两条细细的小腿和嫩嫩的小脚丫。走在路上，像一片片圆肥的叶子自己在飘浮。大人们见了，都喜得笑意盈腮，抱起娃娃，掀开肥叶，亲上一口。

　　这是长白山区的别一种风景。

　　有的山珍是食其果或食其根儿，这大脖梗是吃其秆儿，要趁鲜嫩采摘，要是长实了，老壮了，就成了半硬半木的秆儿了，嚼不出汁水，硬嚼也没有滋味了。

　　天地无私生万物，

万物无心饲人畜。
无心从此养有心，
有心终成无心主。
从此人间无宁日，
抢物夺利谁知足。

友谊的江桥

冬日，鸭绿江上，冰封雪铺。江面上走牛车，跑爬犁。中朝两国的青年及娃娃们，在江上滑冰说笑，穿梭如燕。

夏日，江水翻着绿浪银波，打着滚喧腾着向下游奔去。两岸边洗衣洗澡的人们，话声都听得真真亮亮的。江面时宽时窄，欢笑歌声飘荡在两岸青山碧空间。

每到一周的集日，朝鲜那边的人，通过短短的江桥，肩扛手提头顶明太鱼等各种物品，来长白县城江边摆摊叫卖。长白地区的人们，也有土特产在此出售，或以货易货。

人人都仰着笑脸儿，心欢大乐。或几日不见相互问候，或握手低语顺和言价，或高唱大叫我货最优，或有人介绍新货特点。挑挑拣拣，选选换换，忙忙活活，汗随面淌。童儿欢跳，男女声欢，熙熙攘攘，袋饱筐满，或包空罐净。

更有趣的是，这边有你的朋友，那边有我的亲戚，这岸有你的商店，那岸有我的店铺。你来我往，终年不断。

这就是我小时长白县城与对面惠山镇，两岸密如一家的欢快景象。

战争打破了这一切。

战争中，饱受蹂躏的两国人民，奋起抵抗。那边有我的秘密通道，这边有你的将军在痛击敌人。许多朝鲜烈士埋在了我国国土。抗美援朝时，我国多少将士血洒朝鲜疆土。

鸭绿江两岸响着驱逐侵略者的嘹亮粗豪的战歌，滔滔江水中见证了两国人民的血印和共同仇恨。

命运相关，生死与共。

这是何等的友谊啊！是鲜血筑成！

一片战云，这边烟浓，那边炮响，
一阵甘霖，清洁两地，苗鲜花亮。
一道虹霓，翼跨两岸，蝶飞燕舞，
一江碧流，滋润双野，年丰人旺。

蹚冰水路

　　解放初，长白县各村只有初小（一至四年级），念高小就得到长白县城。

　　县城里有一所朝鲜族中学，但不收汉族学生。县高小，就是汉族的最高学府，每个村一年只能考上几名，甚至一名也没有。后来八道沟又建起一个班的高小。

　　我念高小时，住在二姨金铭智家。梨树沟离县城十多里，每天一个来回。清晨，天色不亮就得动身，晚上返回时，常常日落半山，或星斗满天。初春时节，还得蹚一段冰冷水滑的路，使我怯惧心寒。

　　春季，冰雪消融，从山上流下夹着枯枝败叶的浑浊泥水，涌到紧贴崖壁的公路上，这段路便成了一段河道，百多米长。攒了一冬的车滚爬犁压结成的冰层还没化尽，山上流下的水漫在冰上，一脚下去，常常滑倒。

　　有人绕到北坡上，钻崎岖林间小路。但这一钻，多绕好几里地。晚上回来还可以，早上去时，时间太紧，等到了学校已上课了。我只好小心翼翼穿鞋蹚着过去。

　　过了这段路，鞋袜浸湿沉重，走一步"呱唧呱唧"挤出一些水来，身后留下湿湿脚印。整个脚一整天都在湿鞋里泡着，在教室里腿脚还在打哆嗦。到了家急忙脱下鞋袜，在灶边烘干。第二天穿上再去过冰蹚水。那时没见有人穿胶鞋。

　　有时，怕这循环，我就下狠心，挽起裤腿，脱掉鞋袜，夹在胳肢窝里，赤脚蹚着过。

　　一脚下去，一股凉冷寒气冰炸脚心腿骨。冰水从腿脚间流过，腿脚炸

冻得厚了许多，麻木得似要冰掉。冰心彻骨，感到那不是自己的脚了。已经下水了，我咬着牙，含着泪，也要蹚完这段路。

过了冰水大道，坐在路边凉凉的石头上，我哆嗦着双手，穿上袜，蹬上鞋，腿脚还一点感觉没有。又颤颤抖抖地笑不出来说不成话地往学校走。

其中的苦和乐唯有自己深知。

这样，脚腿虽受了偌大的冰炸水浸，但鞋袜是干的，这一天就舒服多了。

为了能有一双干干的鞋袜，我牺牲了一双腿脚。

实在话，那时并不感觉这有多穷多苦，认为大自然四季就是有冷有热。自己的腿脚受点冰寒委屈，但自己却可以从山村走进县城，奔向那迷迷茫茫但又有些希望的前程。希望是我的根本支撑。

故我常常笑着说这段经历，并自嘲："不得冰水彻骨寒，哪来人生路万千。"

希望是今夜灯火，
希望是明日阳光。
希望有大小先后，
希望是前程向往。
有希望平凡才伟大，
有希望人生才辉煌。
希望是通天大道，
希望万寿无疆。

卖烧鸡的老汉

　　我小时，经常见到一个一瘸一拐、五十来岁的老人，挎着一个篮子，上面盖着一块蓝布，在长白县城串街走巷。在市声喧嚣中，他扬起苍老嘶哑嗓音喊叫："烧鸡！——烧鸡！——"

　　这叫声，有时淹没在车马颠簸的轰鸣中，有时又突然抢了个空间嘹亮在浩荡的人语哗喧之上。

　　"烧鸡！——烧鸡！——烧鸡！——烧鸡！——"天天如此。哪天他病倒了，出不了门，没法喊"烧鸡"了，县城的喧闹声中似少了点歌吟喊调，寂寞些了，似少了些许苍凉的活气。

　　这卖烧鸡的老汉，平头，黄面孔，身子还壮实，一只脚不知什么时候伤残了，走路时一只脚迈前一步，那只伤脚跟着拖挪一步，这样一步两拖，颠簸着前进。

　　他穿一身干净齐整衣裳，底气十足地同各种杂音争高低。

　　他住城边的一条沟旁一间小屋里。一锅一灶，没有老伴，也没有儿女。

　　据传，他一天只卖两只鸡，逢年过节才卖个三五只。县城小，没人买。但转一天，两只鸡还是卖得出去的。这就够一天的嚼用。

　　他结过婚没？不知道。他是哪里人？不清楚。他的父母是谁？皆不知，姓啥也说不清楚。他从小就在长白长大，这一点很多人可以证明。据说，他母亲是逃荒来的一个孤女，母亲生他后，在他三四岁上就病故了。他就东家吃一嘴、西家睡两晚地活了下来。

　　他自小讨吃百家饭，十来岁就开始卖烟，后来不知跟谁学会了做烧

卖烧鸡的老汉　｜　261

鸡。这样一瘸一拐地挎篮子，围长白县城转了四十来年了。

人说，衣食足，而知廉耻。对他，这是一种奢侈。他做孩子时，就好招惹一些同自己差不多的野孩子，干些摸蛋蛋玩的龌龊勾当，也没人管。对官人军人，他躲得远远的，对富人也不羡慕，也不贬视。长白这几十年的变幻，生老病死，他看在眼里。他自外于人，一切于他无关痛痒。他是独一世界的人。

他从不进饭店，也不进大车店吆喝。你赚你的大钱，他活他的小命，自力更生。

好歹，那时县城就他一家卖烧鸡的。一天卖两只鸡，他活得有滋有味。他常自哼一段小曲："荞麦开花一片白，小屯的姑娘好看牌，赢了钱哎买花戴，输了钱哪任你卖哎。"小屯在哪？不知道。

"烧鸡！——烧鸡！—— 烧鸡！"他一瘸一拐拖着条腿，挎着篮子，在拥挤的大街上，又喊叫了。

这为生存挣扎雄壮酸楚的豪歌大唱，也是红尘深处，一声可怜微弱的叹……

爹是谁？谁是妈？

你来人间为着啥？

挎篮烧鸡满街喊，

拖只残足走冬夏。

长白没人认亲你，

鸭绿江水溅泪花。

认祖归宗祖在哪，

不知自己是谁的娃。

"烧鸡""烧鸡"声又起，

五十载吼喊声已哑。

锔匠

　　小时候，我见过一个补锅锔碗的老汉，带着个十一二岁的徒弟，走村串屯，以此生活。

　　这老汉五十来岁，中等偏矮身材，腰有点粗，大白脸，平时面上常挂着些锅灰。他待人和善。

　　他徒弟也是白面娃儿，圆脸儿，见人有些羞涩，少言寡语。他与师父长相酷似，到底是儿子还是徒弟，我也说不清。

　　这娃子管挑担，一头是窄窄的风箱，一头是杂物篮子。

　　到了村上，放下扁担，徒弟便生火拉风箱，熔化锡块。老汉则在一个阴凉处，坐在小杌子上，敲敲打打补漏锔缝。

　　一个村子待两三天或三五天，完活了，再到别一个屯去。

　　那时，都比较穷，家家都有碎破家伙要补要修，见他师徒俩来了，喜得过节一般。众人踮着脚儿，提锅捧碗，请他锔补。村屯的娃娃们，笑笑闹闹，围了一大圈儿。

　　老汉的活，一丝不苟，精锔慎补。补一口大锅才要一角钱，锔一只碗，才一分二分钱。有的家里没钱，拿几块饼子或煮熟的地豆子也可。老汉锔的锅碗又耐用，又便宜，所以深得村屯的人们喜欢与敬重。有时干活歇息间，有人就会端来热腾腾大楂子粥，请他二人喝。

　　锔匠为家家锔锅补碗，家家也关心他们的冷暖，疼怜他们。

　　就这样，太阳刚冒红，锔匠就生火化料。晚霞落山，看不清爽了才停止敲打。

　　一天天十分辛苦。脸上一道道深纹，手掌锉一样粗糙。但老汉很满足。吃罢晚饭，他还会哼上两句："二姐啊，思夫啊，熬春秋啊啊……"用这小调儿，以解一天来的乏累忙碌，舒缓往日的愁烦闷气。

该睡觉了，他就找一家马棚或大门洞，躺下就打开了呼噜。人家见了，请他住家中的闲屋，他谢绝。冬日实在无法，就住进村人的空屋中。临走时，放下几角钱的宿费。

不占人的便宜，不招人烦，这样才长久。老锔匠常守这种信条。人人需要他，而他不愿欠人家情。

他感谢他的祖先，传给他这一生存的手艺，既能为人补漏锔缝，又能温饱自己，还可传宗接代。

生息久长，小艺养人啊！

锔缝补漏手艺巧，
百屯千家离不了。
先祖留下生存技，
儿无饥寒孙得饱。

理发店

长白县城有一家理发店。店面不大，来三四个人就塞满了屋。

这家店，只一个理发员，三十多岁，个子较高，脸儿稍长，皮肤白净。

此人，和气勤快，不笑不说话。每天清早，他把店内收拾得干干净净，再洒上点苏打水，店内无污秽腥臊味。

他穿一身白白的大褂子，常常一开门，就有人来理发。

进他店门，无论老人小孩壮年人，他一律敬待。剪发，或剃光头，剃头刀磨得锋快，剃起来一点不疼，刮脸也舒服。洗头时，他十个手指头，轻轻地沿着发根挠梳，搓揉，一遍又一遍，既洗得干净，又令人感到爽快。

冬日，他为客人洗完头脸，反复数遍甚至用两三块干毛巾擦干净。擦干后，又叫你安坐炉边待一会儿。待头发全干以后，才让你走，以防冻冷。

有时他理完一个头，自己反复鉴赏，哪里高点，哪里不齐整，就再给你剪修，直到自己满意，客人也点头了，才算完。他有一种对自己的作品的成功满足感。

所以回头客很多。

我那时很小，在饭馆瞎跑。每一个半月，二姥娘给我五分钱，去他那里理发。理完，我跑回店里，饭客见了也舒服，自己也甚感清爽。

据说，他祖辈上都是剃头匠。他已结婚，有一子。他还有个妹子，人们说长得挺俊，可我没见过。

理发，不是件大事业。那时没有美容染发这一说。干这一行的，都是小百姓。

他们懂得，一种再小的技艺，也是养根保活的生存源泉。只要一丝不苟地做下去，理出漂亮好看的头，服务好进门的客人，一家人的嚼用温饱及生儿育女的人生，就能解决，并延续下去。所以他们兢兢业业，不敢有半点懈怠。有时晚间还上门服务，以满足那些腿脚不方便的老人的需求。

他们无吞吐天地的野心，不羡慕为官做宰的荣华富贵。虽有"凭吾双拳捶遍四海英豪谁敢还手，仅持寸铁削尽天下毫发莫不低头"的本事，但他们安于收入薄微的事业，乐之，敬之。

理发才艺虽小，其店遍布天下。

不知远古时代，是哪位老祖开创了这一职业，给人理发修面，一代代养活了这些理发人，并传之久远。人类存在到哪一天，它就存在到哪一天。

笑迎老少进店门，
入里落座如家亲。
一头五分钱不贵，
精剃细剪长精神。
意得如坐春风里，
老客入梦鼾声匀。
容光灿然出门去，
小城又添洁丽人。
掩拙亮俊颜如玉，
精诚待客旺儿孙。

磨坊女

在方家馆东邻有一家磨坊，也是用机器磨面。

磨坊老爹有一个二十岁的姑娘，圆圆的脸儿，留着短发，中等稍矮的个头。

她长年穿一身黑衣服。由于天天围着电磨转，她头上脸上落满了面粉的尘末，似挂着层白白的霜雪。有时看她，似一个白发老婆婆。

她家磨坊的后院，与方家馆子后院相通。有时碰个照面，她扫你一眼，抿嘴一笑，也不说话。

这位大姐姐面相和善亲切，我倒很愿意见到她。每天饭馆不忙时，我常坐在后院的一角，看她出来进去地忙活。有时她会塞给我几枚糖果，也没一句话。倒使我倍感惊喜，温暖而又蜜意绵长。

她一年很少出门。虽然长白县城市面还辽阔，但她的天地只在这几十平方米的磨坊内。世上很少有人知道她这个人，她也极少知道别人是谁。

从没听到她高声大嗓喊一句，只听见电磨"咣当""咣当"的运转声。这声音就是她的喘息和咳声，也是她此生愉悦的笑声，驱散她无际的寂寞和孤单。

有时没有活时，她就坐在她家窗前，那么专心地编织些春夏秋冬的衣物，以备春去秋来，祛暑避寒。

似乎她生下来就是干活的。有时累了，闪一眼窗外的人流，算是歇息一瞬。

磨坊里磨面或以麦换面的客人，全由她老爹接待应酬。她从来不问挣多赚少。一日三餐，有米有面，稀稠搭配，满可饱肚，她满足。这家人，

全靠勤苦，不欺不诈过日子。

磨坊，家，就是她的天下。她从没想离开这几十平方米的世界。她老爹讲，将来给她寻一个上门女婿，结婚生子，继承这份家业。

天下安，百姓生活才稳定，舒心，衣食无忧。

这"安"字颇耐人寻味。一个"女"子，在"家"过活，就是"安"了。这"安"字好像专为磨坊女造的字。将来她在家中生儿育女，为外出的男人扎下深深的"根须"，万代千秋不绝如缕地接续下去。要论功业，亦大矣哉。

当然，也有些巾帼英雄，她们奋斗挣扎，创辉煌伟业，其惨烈凄苦亦难尽说。

这是两种不同的活法。

一九八〇年，我首次回长白时，方家馆子及电磨坊等已荡然无影。那位大姐姐也不知哪里去了。

我不知她姓什么。问我几个那时还没出生的弟妹，他们皆茫然。仿佛寻一个隔世人物。

愿她还活着，安宁着。只是老磨坊已成为我昔日一个迷离的梦。

是穷是富看自己，
路宽路窄在天意。
一盘电磨转一生，
转得温饱儿无饥。
今世活得还自在，
也为来生储安逸。

寻找昔日的故乡

　　故乡，往往指一座村落，这是唯一的。无此村落，就没有故乡。其周围的山野河溪，是故乡的环境，核心点还在村落和村落的老屋。

　　我回长白，必到梨树沟看看，以解对故乡的思恋与眷念。

　　最近一次回长白，我又去了梨树沟一趟。

　　那天，我兴冲冲乘表弟的车，一大早就赶到梨树沟。

　　下了车，脚踏在了梨树沟的泥土上，一股清风扑面而来亲吻我的脸颊，而又紧紧地裹着我身躯不放。顿感那么温暖亲切又舒服。

　　放眼望去，房屋还那样整齐，街道还那么缓平。只是不见一个人，连一条狗一只鸡也未见，炊烟也未升起一缕。

　　看看太阳鲜红的大脸已爬出东边山坡上，笑颜带着温暖向四野散播开去。

　　怎么故乡人还在酣梦中！

　　正纳罕间，从村西头来了一位三十来岁的妇女。我问她："同志，村里人怎么啦，这时候了咋不见一个人？是早早进山发财去了，还是……"

　　那妇女听了笑笑说："你不是本地人吧？这里只剩下空屋了。前几年全村已搬到山那边去了。"

　　我吃惊地问："为什么？"

　　她指着村西北山根下的河道："因河道浅了，跟村里的街一样平了。前些年一场大水冲淹了村子。房屋虽没倒塌，但大水都灌满了家家房屋。没法住了。政府和村里决定，搬到那边去了。"

　　"那你怎么还住在这里？"

"这里离我家的地很近，忙时，俺就在这儿住几天……"

我看看那排排空屋还静静竖立着，仔细看看街道，还有些洪水冲刷的印痕。

"那村名叫什么？"

"还叫梨树沟。"

再看邻街的窗户，窗纸皆都烂破，风随意进进出出，又像一双双空洞无神的眼睛凝视着我。我感到一阵阵恐怖心疼，骇然泪漂。

大水涌进村屋，不仅怨山洪无情残酷，还怨村民常常把垃圾脏物往墙外倒倾。年年月月，日积月累，填满了河道，又不知疏浚，使河床与街道平齐。洪水一到，雄猛狂浪连河带村，荡扫而过。家家瀑泉汹涌，村庄难保！

记得我小时候，村北墙高沟深，河底有几丈深，河道宽宽，咋就平了呢！

深想下去，从古以来，人们对河流水溪极尽利用。在河边洗衣洗澡，洗脸也洗屁股，全不当回事。虽河水是流动的，但下游呢？下游的人还在喝或用呢！百十年的垃圾，终于填平河道，造成今日结果。

自作孽，不可活，自毁家园，怨谁？恨谁？大自然对人的惩罚是致命的。

表弟说："去看看新梨树沟吧！"

我没去。一个新地方，已不是这个沟了！那里虽然也叫梨树沟，但已不是此梨树沟了。那儿不是我的故乡，是个新的乡村。

脚下，已快消失的梨树沟村的泥土中，有我的泪，我的血痕，我的悲哀，我的欢乐，我的爱，我的酸甜苦辣。失去了盛满数辈人欢爱伤痛的老屋，满满的乡愁已洒落满地。而今又失去了整个村落，我年年月月对故乡的眷恋思念又归何处！

没有爱恨悲欢的地方，怎么会是故乡呢！我先母生于此，也葬埋于此处山坡上，这儿有她的欢喜与愁烦。有我姥娘、老姥娘和姥爷、老姥爷等人的慈悯关怀！这儿容纳了我儿时遭遇的击打、天真与欢爱。

十八道沟，我也曾住过，因那时太小，没留下多少印象，只依稀记得一些幼儿的片段，连老屋在哪都不记得。我在父亲干店员的朝鲜惠山镇也住过，像走亲戚一样短暂，而且那是异国他乡！

哪儿才是家呀！故乡就是幼童爬摸滚打、哭笑傻乐的地方。我四顾徘徊，任浊泪畅流。

没有故乡的人是可悲可悯的，是无根的。那只有把爹爹的故乡当故乡了。可那里是我回山东后只去住了一个星期的地方呀！是我的祖籍呀。

百思千想，彷徨无着，我涕泪滂沱。

啊，昔日的故乡，只剩下没有烟火人迹的空屋洞宇，过几年房塌屋倒，梨树沟又是一个梦影了。

没有故乡的人，似人生池渊中一片漂萍，浮荡不宁。人老思乡，落叶归根。我的根在哪？故里又何在？

啊，我魂牵梦绕的长白山，我生母的躯体和魂灵，长眠在你高天厚土深怀里，我在你的慈爱安详中诞生，并发出人生第一声哭喊与欢呼，没有你，我就没有故乡。我不能丢弃你。

儿随母在。

今天，我只能认你和以你名义命名的长白县城为故乡了。我在那里挣扎生活了多年，从童年到少年。

这是除梨树沟外，我住的最长时间的地方。

忙日送晚，秋去冬来。在这，我从一个懵懂顽童成长为一个稍识人间疾苦艰难的少年，初识百态人生、天地间的种种神貌嘴脸。

这里有我苦苦挣扎的艰辛与欢乐，有我的痛，我的怕，我的忧伤，我的无助，我的凄惶，我的哭，我的叫，我的爱，我的恨，还有我一时的少年光彩。

故乡的悲欢痛乐它都有，它是我人生张扬倾泻初始的一切烦难欢乐之地。

我母亲深眠的大地，母爱在哪，儿的天堂就在哪，天堂就是有母爱的地方。谁能舍弃这让人苦苦依恋又死死伤悲的故乡呢。啊，长白，你无

愧，我的故乡。我恋着你，你是长白山下的一座小城镇，是他的根脉，是我永远不能忘却的血泪浸淫的城郭。

啊，长白，愿你与天地同在，永不消失，永远向我的子子孙孙们敞开慈悯的胸怀，向他们述说，他们的祖先曾在此处讨生活，这里有他们的老亲老祖母的坟茔，还有祖先留下的许多亲人。

魂牵梦绕故乡，
悲喜浸洒山岗。
千思万念深林海，
长白何处是异乡。

冷家三兄弟

冷同良是我在梨树沟时的一位好友。

他个儿不高，小长脸儿，双眼皮儿，稍瘦一点。他为人随和，从不跟人吵架、惹事，说话时常常带着笑。

他父亲是一个高个头、大手大脚、很儒雅的人。平日，他紧闭着嘴，言语不多，对孩子们要求很严，很得村人们尊敬。

他大哥，那时在一个学校当老师，似还做校长。他细条身材，稍高些个儿，稍长些的脸儿，面带学者气。每个星期天，他回来，见我和他小弟在他家玩，很是高兴。笑着问这问那，和善亲切，使我没点陌生感。我很愿意见到他。

他二哥，比大哥略矮一点，但却比大哥粗壮，也胖些，他是圆脸的青年。平日，他在家中做这忙那，勤快仔细，任劳任怨。对人也热情，从不板着脸熊人。

一次，二姨上长白城里走亲戚了。家里就剩下我自己。那时虽小，但自己知道怎么馏饼子、熬稀粥，填饱肚子。

他二哥在街上碰到我，问："你二姨回来了没？""没有。""那，你怎么吃饭啊？""我二姨走时，给我蒸了些饼子，我馏着吃。""噢，你家里有米吗？""有，有小米，还有点大米呢。""那，你自己蒸点干饭吃，不比顿顿啃饼子强？""我不会蒸。""这个简单。我给你做一次，以后你自己就知道啦！"

说着，他二哥跟我到了家中。他问了问米在哪里，帮我淘了碗米，又放上一些水，添上锅，找来箅子放在锅中，把那碗水泡大米放在箅子上，

盖上锅盖。他又帮我点着了灶下的柴火，然后告诉我，等锅开了，再蒸一会儿，再焖一会儿，等吃饭时，掀开锅盖，端出那碗干饭，就可吃了。

讲完这些，他又给我收拾了灶台周围，就回他家了。

那天晚上，我真吃上了一碗香喷喷的大米干饭。我很感激他二哥。

这家人，就是这样助小帮弱而又不思回报。他们姓冷，但心却是热的。

至今，想起这些事，我脑中还闪亮出他们哥仨不同的笑颜和清亮亲切的语声。

这就是我的乡邻。

乡邻是友如亲，
似兄弟姐妹娘婶。
帮我蒸饭，
伴我孤寝，
艰难时节，
老奶奶家，
热炕头上留我安宿。
没娘娃子，
偌多温馨，
乡情温暖我，
夜不漫长，
冬不寒凄。
啊，梨树沟，
我长白山乡的老幼乡亲。

观天池

天池，是长白山的主要景观。没到过天池，就等于没去过长白山。

从长白县城去天池，只有几十公里，很近。小时候，我虽然住在天池下的大山里，却一次也未去天池，不知它是什么容颜。

几次回长白，总想去天池见上一面。

一次，我同女儿、女婿和外孙女，回长白探亲，终于实现了这个愿望。

那天，天气晴朗。车到景区售票处，却下起了淅淅沥沥的雨。我们一人买了件雨衣穿上。

游览车开到天池下二三里处停了下来。我们徒步往山顶爬。

这二三里高的山顶端一棵大树也没有，十分开阔。不像来路茂密林木，挡人眼目。

山，从下到上，有几道深沟。沟中有浅浅的溪流。坡上全是沙石、矮草、小小的红花黄蕾伏盖其上。上山路，大多一丈宽窄，稍平处是沙土铺地，有的路段由石板铺垫，时不时地有汩汩水波漫溢石板路间。

路上人流拥挤不堪。

雨，愈下愈大。我穿着雨衣，迈不开步。外孙女君君，十岁不到的孩子，却走得很快。她兴致极高。

风来了，雾来了，一仰脸儿雨滴就落入眼中，大家只好低着头走路。

管理处的同志说："此山风雨不定，一会儿飘雨，一会儿就晴。"可我们登上山顶时，雨更大了，竟成了"哗哗"雨柱倾泻下来。躲没处躲，任其劈头盖脸浇灌着。

脚下的天池，连个轮廓也看不见。云翻涛涌，雾雨蒙面，山林峰池全隐在白茫茫的云雾中。

好歹，我站立的地方旁边，有一块中朝界碑。我扶在它身边照了张相，算是来天池一趟。

在天池边停留了半个多小时，也不见天开云散、雨停雾消。

在这样恶劣的雨雾中，竟有卖吃食者。君君饿了，买了点解渴充饥，我们就下山了。

返回路上，我很失望。企盼多年的一个梦，就这样淹没在无边的雨雾中了。

天池，长白山的天池。我生在你怀中，喝着你的水乳，长到十多岁。离开你后，还常常挂念你。为何你不张开臂膀欢迎我，连面也不露一点！

啊，天池，长白山天池。我懂得你的心。

你深阔浩渺的池中，曾盛满着我们民族和朝鲜民族的浓浓血泪！松花江、图们江滚滚流淌着你的两行长长浊浑的眼泪；你心中澎湃的血流，呼啸着、怒吼着灌满浩浩荡荡的鸭绿江！又漫溢在辽阔大地上。

呼号奔腾，日夜轰鸣，血泪中的愤懑，吞咽着日本入侵者的惊魂，唤醒人们，不能坐以待毙。你四周的峰峦叠嶂中，深藏着多少勇士和抗日的英豪。挣扎，拼搏，为民族解放、人民幸福，同恶魔斗争。

你的泪中，闪着天光云影。昭示着人们：希望还在，光明还在，在四处闪烁。那灿丽的明天就要到来。

走回山下停车场时，天空已晴朗开来。

那里有一块巨大的宣传牌，镶着一幅超大的天池彩色照片。

在明朗的阳光下，那辽阔水面，把蓝天白云全揽在怀里，高峨壁陡雄伟的十六座青峰围护你，你那么坦然，安详地微笑着，望着蓝天深处。

我释然了。没想到在这里，你向我展亮出你慈爱舒展亲切浩瀚的面颜，使我老泪潸然。

我在它身旁照了张相，以作永久纪念。

一池潭水天地心，
阅透往古杀气深。
英雄多从战场来，
旌旗猎猎血衣沉。
怒泻三江淹入寇，
天倾豪雨洗乾坤。

长白山的深壑峡谷

　　长白山凹凸不平，沟沟谷谷浅浅深深纵横交错。找一块平地实属不易。这里的平地，也都斜坡漫缓。从头道沟到二十几道沟，还有以树木或动物等命名的沟，如梨树沟、马鹿沟、黑瞎子沟、冷沟子、干沟子等。

　　我小时候，就住过十八道沟、梨树沟。我大姨家就住过冷沟子、马鹿沟。

　　就是长白县城长白镇，也是在鸭绿江岸、后塔山之下的江北坡上建立起来的。这倒有个好处，下雨时，不管大雨小雨，水顺缓坡流下，街上不存一汪水。

　　沟谷避风挡寒。冬日风大雪猛，有四周的高山峻岭遮蔽，村屯就显得和平安宁多了。

　　而且，深沟谷底，大都有河溪川流而过，河中有欢蹦跃跳的黄花鱼等，供村人舀进锅里，煮成美肴鲜汤，以饱肚腹。

　　谷沟两岸大石砬子险处，藏珍匿宝，人参果美菜也生其间。更有各种娇花异蕊绽放于此。她们不求人赏，自开自落。似牡丹肥美的野芍药花，那么曼妙富丽，见了红尘俗客，她们会羞得满面红紫，散发出一股浓烈亲人的药香。这是她见人紧张地呼喘的气息。

　　大自然特异造化，像十五道沟水响林翠有一段石壁，竟似人工垒砌而成。层层石板，大小一致，齐整矗立。水淋树遮，煞是伟岸壮美。这真是鬼斧神工也难以完成。据传，这是巨人时代的遗存。

　　更有天池四周，那立陡的险峰怪嶂，剑劈斧凿，足踏其处，下视，沟深万丈不见底谷，如行云中，如履薄冰，腿软骨酥不敢片刻停留。

长白山的沟谷，美险崆峒，览胜探幽者，心向往之。漠漠云遮百兽影，离离草蕊灿丽红。

　　风光美，但不可贪恋。最美处，也是最险处。

　　　虎啸禽啼谷壑深，
　　　兽护虫守千岁珍。
　　　寻宝雄勇胆肥壮，
　　　古今出壑有几人。

微笑温暖的人

在长白一中时，我遇到一位个头同我差不多高、圆脸白面、短发、两只眼睛笑眯眯的女同学。

她比我高一级，那时是初二了。她不是那种妖冶漂亮，而是极亲切朴实易接近的女孩。

不知怎么，见了她后，我就想天天见到她。

正好，学校组织腰鼓队。有我，也有她。这使我偷着乐。每次排练时，她总是站在女生排的最后边，我也站在男生排的最后边。

见了面，两个人淡淡一笑，也不说话，点点头。

这就给我莫大的兴奋与鼓舞，打起腰鼓来，甩膀子，跃跳，前后左右转向敲打，都极带劲。周围人见了，啧啧赞好。

腰鼓队结束后，照了张集体相，我很珍爱。后回山东，竟找不到了。

我们只相处了一年。暑假后，我转学回了山东。

走的前两天，我去学校向老师辞别。刚到了校门口，在大操场上，碰到那个圆脸儿的女同学。

我眉开眼笑，惊喜地向她打招呼。她见我穿一身新衣服，惊奇地问："你这是……"

我忙接口说："我转学回山东找我父亲去。今天，来校找老师告别。"

"你回山东？什么时候走？""过两天就走了。""噢……"她深深地看了我一眼，目光中透着一些恋恋的惜别。

就这样，我与她见了最后一面。

此后，我每次回长白，再也没见到她。不知她后来怎么样，同谁结婚生子。她叫什么名字，姓什么，我都不知道。那时不知道问，此后更无法打听。

其实，她对我，就是一般同学关系，不冷，也不甚热。认为高我一级的她，视我弟弟一般。

只是，在人生那段岁月里，她给我那么些亲切的愉悦和依恋，也就够了。

至今想起，那段暖意，还在我心头荡漾。

人生难得共一事，欢情至今在心底。

在人生的某一段，总会遇到这样那样亲切美好的人。他们真诚无私地向你微笑，使你心胸开阔温暖，伴你度过短暂的岁月。此后又有人会友好地待你，以笑脸亲切伴你走一程，如此，一段又一段，走完你的一生。

我们不要忘记一段一段路上给你微笑温暖的人。

不友不亲同校生，
相逢点头笑无声。
偶尔交谈三两句，
声如岐山雏凤鸣。
齐耳短发芙蓉面，
温婉和悦人亲敬。
三山五岳彩云聚，
五湖四海欢潮涌。
千年偶遇人间事，
万载共娱天美情。
人生从来不遥远，
金声玉音白山清。

闯校长家

我念高小时，我小舅常受校长儿子欺负。那小子，见了我小舅就斜眼相视，有事没事，上来就捣他一拳。

我知道了，就拉着我小舅去找他家长。

那天，我气冲冲地推开他家门，他一家人正在吃午饭。

见闯进两个孩子，一家人都停住了筷子，疑惑地望着我俩。我朝校长儿子吼道："你为什么欺负我小舅，还经常打他？"

那方头小子"呼"地站起，扔下筷子，高声应道："怎么！还想打架呀？"

"你欺负人就是不行！"我也大声说。

"不行？我这就欺负欺负他，看行不行！看你能把我怎么样！"说着，他就往我身后小舅这边凑。这小子竟然满脸横肉蛮野发起凶来。

我退后一挡，双方要动起武来。

这时坐在那里听清是怎么回事的校长大呵一声："干什么？坐下，坐下！坐下……"他灰白的大脸气得发黑，板着脸呵斥他的儿子。

那小子显然不服，但又慑于其父的严厉，一边退回凳子边坐下，嘴里还咕咕叽叽地说些骂语。

我瞪视着他，嘴里也不留话根地说："当个校长的儿子，就这么嚣张这么仗势欺人，守着你爹还要欺负欺负给我看看！你爹要当个县长省长什么的，你还要耍威杀人不成……"

"好了！好了！好了！对不起，对不起！这孩子缺少管教！以后……"校长转身对他儿子峻言厉声地说："不准欺负同学！听清了吗？听清了吗？叫人找到家里来，好看吗？要叫人知道我有这么个凶恶的儿子，我还咋做这个校长啊?!"

那小子低着头，嘴里还在嘟嘟哝哝，不作回答。

他爹又说："我儿子做这些事，我都不知道，谢谢你们找来告诉了我，谢谢啦……"

校长大度，没嫌我说话难听，还这样抱歉。

那时，我小舅，母死哥亡后，被送到长白县城他叔叔家抚养。有时有事时，俺俩还会在一起商量咋办。

我见这事有了一个结果，就对校长行了礼说："谢谢您！谢谢您！耽误你们吃饭了！我们走了。"

小舅也没说话。此事就这么解决了。

那校长起身，送我们出了门。从此，他儿子再也没敢欺负小舅。

从小养成跋扈气，
欺男霸女无法纪。
养儿不教成祸根，
天下父母该惊心。

一个简单又善良的人

在长白一中念书时，班里有一位女同学，姓杜，名字想不起来了。

那时，她长得单薄些，圆脸儿，白净，安稳可亲又聪明好学。课间时，同学们打闹玩戏，她在一边含笑望着，有时乐得比闹的同学"嘿嘿"笑得还欢。她是一个喜欢别人更好的人。同学有什么特长，她都乐呵呵地欣赏。从不嫉妒，她简单又善良。

我回长白时，她在银行工作多年了。据同学们讲，她工作认真负责，与同事关系极好。

她似没有脾气，或者说脾气不大。人说：脾气大，福气小。脾气温，福根深。

像小时候一样，她对人很亲，每次见面，未语先笑，使人倍感温暖。人们在她面前从不设防。

那次回长白，我是带着我五岁的儿子去的。同学聚会，她照顾我小儿，像亲姨对外甥样，喜欢得眉开眼笑，逗他玩，哄他吃这尝那。离别二十多年，同学之间，如亲兄热妹般，蜜意绵长。

最近一次见她，她还是那样，不张扬，安稳谦逊，不像那些带着风，挟着雨，走过你身边就会霹雷闪电煽起些波浪的人。

她"润物细无声"地待人，望别人都好。她是属于"待到山花烂漫时，她在丛中笑"的人。

这种人简单善良平安有福，日月长。在她面前的人都很放心。

喜看他人功德著，

更无嫉恨位己前。

心满善念春风暖，

百花都露好容颜。

过客

长白县城到梨树沟，有一段平缓路段。

路两岸，路北是朝鲜族开辟的一畦一畦清亮亮的稻田。水流灌满田中，平缓又慢慢溢出银白水波。透明的绿色稻禾间，许多尾灰银色的草鱼，在玻璃样的水中悠闲地游动。

每走到这片疏密有间的鲜绿稻田，人就心胸一爽，脚步放慢，有流连忘去之感。

这是我从梨树沟到长白县城读高小初期，每天都经历的一道风景。

在这往西一段，就得攀山登坎了。在路南边山坡上，有几间茅屋，住着母子俩。他们是汉族，种着山坡上的地，有一头牛。

母亲个子矮些，四方脸，长年穿一身灰不灰蓝不蓝的衣裳，也不梳妆打扮，一头灰发披在肩上，整日忙里忙外。她有个特点，经常眼望远坡和天空，人称"满天撒婆婆"。

我是在上学放学的路上认识他们的。说认识，但从没说过话。他们也不知我这个过客姓甚名谁。

往梨树沟去，到这就爬坡了。有一道宽不宽窄不窄的河隔断了上坡的路。人们为了方便，隔河到山根下，安放了一些石块，让步行的人踩跳过去。车马牛就直接蹚水过河了。除了发大水，一般情况都这样过。由于河底高低不平，经常有翻车之虞。

有一年初春，河水已半开冻。清早，我经过这河时，无意中发现有几个白白的地豆（土豆）在流着冰碴的水中。我低头从冷冷的水中捞出一个，走了几步，咬了一口解解饥渴。

谁知经过一冬地窖深藏的土豆，那么脆又那么甜。虽然还有点涩，但好吃极了，像啃冻梨。

我又退回去，放下书包，满河寻觅。在石缝中，冰块间，竟拾得一大堆地豆。此时我的手也浸泡冻得麻木了。

这是一辆牛车，在过河时翻斜了，半车地豆从车上滚到河水中。他心烦，没拾净，就上路了。一般农家，这时都会拉车地豆去县城卖掉，换回春耕时用的农具等。

我望着拾得的这些又白又胖的地豆发愁了。咋拿得了，扔了又太可惜！急想中，我忙把书倒出来。装得满满一书包地豆，还剩几个就装在兜里。背上书包，把书夹在胳肢窝下，继续往县城走。

那时我大姨已搬到县城住。经过她家门口，我便进去，把地豆倒进一个木盆中。木盆几乎盛满了。

我说明了地豆的来历，大姨惊喜地笑着说："这么多呀！"

"还挺甜呢！"我大声说。说完，便匆匆往学校去了。

那时，这种事太多了。冬天爬犁翻到山下，一爬犁地豆或柴火滚满山坡，牛也瘸了，人也伤了，那些地豆柴火也顾不得了。

约三十年后，我从山东回到长白。一些亲人都拥到二姨家来看我。其中我大姨的一个女婿，竟是我念高小时来回路上见过的那个"满天撒婆婆"的儿子！

这小子可能认不出我来了，还是那么憨厚老实稳重的样子，一口一个"哥"地叫着，满脸笑容。他小时那默默无声只知干活的姿态还在我眼前晃动。

如今，他也搬进了县城，已不是当年地里忙、闲时放牛的娃子，已成了多年的汽车司机了。

这一发现，使我感慨良多。

星河灿烂，云水翻波。今夜匆匆，有几多人儿，从你身边走过。春夏秋冬，月升日落，又有何人闯进你亲弟俊妹的家门热窝，还喊你一声亲亲的"表哥"。

每天谁都会遇到许多从你身边匆忙而过的陌生人或过客。不必热情，也莫要冷漠。说不定什么时候，这个人或那个客，就会成为你的亲人中的一个。

　　熙熙攘攘身边客，
　　来来往往擦肩过。
　　有人遇困帮一把，
　　客念人间温暖多。
　　他日与友相会聚，
　　未准就有昔日客。
　　千里人缘一事牵，
　　奇遇多多天地阔。

大丈夫

在县城住时，我二姨家住路北，路南边住着一家三口。男人是个伟丈夫，一米九多的个子，四方大脸，大眼睛，口阔，鼻挺，皮肤灰白。他走起路来，常常低着头，一步一步，不紧不慢，从容沉稳，目不旁顾。

他是学校的教导主任。他妻子是一位娴淑端庄、身材高挑的女人。他们有一个满地跑的儿子。

这家人与邻居相处极好，没见过他家人与人吵过嘴，斗过架。

这位教导主任，在街上见到我，咧嘴一笑，见了平辈人就打个招呼，见了比他年长的老头和老太，就满面含笑地问声好。

他尊重人，人也敬重他。

一次，街上有人撕巴成一块，边骂带踹。围了一圈人，都在看热闹。

正巧，那位教导主任经过那里。他听了几句："都住手！——"他一声吼喊，像半空里打了响雷。

打架的人，都惊得住了手。他一手一个，分开两人，往当中一站，高过他们一个头。他声色俱厉地说："打打骂骂踹踹，成何体统！有啥了不起的矛盾冲突？说说看！"

其中一个说："他从门洞里跑出，撞了我一个趔趄，还踩了我一脚！我要他道个歉，他……"另一个人忙插嘴说："我有个急事，光顾着蹿了，没看前面有人，就……"

"看看！看看！"教导主任笑了，"这算什么了不起的事？值得你们动拳抡脚互斗吗？在一城里生活，你撞了我，我踩了你一脚，这不是很正常的事？以和为贵，老祖宗的古训，咋就都忘了呢？你有急事，碰着人，说一声对不起，很难吗？再说你，就是撞了你踩了你，他有急事，顾不得那么多，没说句抱歉的话，你就觉得欠了你多少。这样闹下去，打得头破血流。找公安，上法院，由小事变成大灾祸，就心满意足啦呀！生活中，吃点小亏，蹭疼一点，都不能忍，一点委屈都受不了，你们还算什么男子汉大丈夫！让人家围着，看猴发怒，就光彩就成英雄了……"

这两人听了，一脸通红，惭愧地低下了头。围观者都敬重地望着教导主任。

不一会儿，人都散了，街上一片宁静。

我那时还是一个孩子，一个看客，不全懂得那个教导主任的那番大道理。但对他那么一声吼喝，镇住了两个打架的，不多时就化解了两人的仇怨愤懑。我感到教导主任很了不起，看着他比这些人更高大了些。

无论啥时，一个县多几个这样的大丈夫，就能撑起一个文明美好安宁的社会，使一个县成为一个和睦良善的好地方了。

这真是：

一人知情达理，
万户和谐安宁。
强势临身要镇定，
负屈忍怒待平生。
韩信耻吞胯下辱，
时来功高帝王敬。

老账

有一位四十来岁的朝鲜族汉子，肤色较黑，椭圆形大脸，一双圆圆的大而黑亮的眼睛，粗壮结实，见谁都是笑。

他曾欠我姥娘家一点钱。姥娘去世前，曾叫我去要过。他抱歉地说："眼下实在没有，有了就还的。"

后来，在方家馆子时，我干点力所能及的活，如劈柴、上街买点东西。节假日，朝鲜族中学操场上开运动会，我就挎一篮子油炸糕去卖。

一天中午，饭店里人来人往，杂语纷纷。吃饭的，喝酒的，挤满餐厅。每天都这样。

快过午了，客人少了许多。

我正在收拾桌子，突然听到有人喊我："小孩子，你在这里呀？你还认识我吧？"

我很吃惊，谁理我这个孩子呀？我抬头一看，一位粗壮的黑汉子，笑嘻嘻地立在我身边。再看他那双圆圆黑亮的大眼睛，我想起来，是我在梨树沟住时的那位朝鲜族大叔。

我点了点头。

他从兜里掏出一沓票子，数了数，塞给我说："这是我欠你姥娘家的钱，一直想还你，梨树沟你家没人了，找不到你。今天见到你了，给你，拿好。"

这事我已忘得干干净净，这一说，我才想起。

老板惊奇地问他是怎么回事，他笑着说这事的来龙去脉。老板咧着嘴乐了。

给了我钱，他走出店门，又回头，笑嘻嘻地朝我挥了挥手，扬着黑红的脸膛走远了。

客人都惊讶地望着我。老板和几个在店里帮忙吃闲饭的老朋友感叹道："这人真不错！家里大人们都没了，孩子也忘了的老账，他不赖掉，没装忘了，这么久了，碰上还还给人家孩子，真是少见啊……"

人人啧啧赞赏。

我当然更高兴，这点老账只有一块九角五分钱。可那时五分钱就能理一次发，一角钱就能吃一顿冷面呀！放到一个孩子手里，就是一笔大款哪！

我至今还忘不了，他那双又黑又亮的诚实的大眼睛。

人死账不死，
偶遇还外孙。
实诚忠信者，
德魂美在心。
诚信天地阔，
四海多友邻。
诚信得人敬，
社会得安宁。

戏匣子与人

一九五二年，县广播站到县高小选了几个爱唱歌学生去广播站唱歌。

这几个人中有我，唱的《解放区的天》。

第二天，上学的路上，就听到广播喇叭播我们的歌声了。晚上还播了一次。连着几天都这样。

我家道南一位女同学，一天傍晚又听到这歌声，就对坐在门口听这欢快歌儿的奶奶说："奶奶，这歌儿就是他们几个同学唱的，好听吧？"

满脸沧桑的老人听了，扫了我一眼，又一撇嘴，不屑一顾地说："这是戏匣子里唱的！他那么个大人能钻进里面去唱呀？净糊弄我。"

那女同学红了脸："不信你问问他自己。"

我接口说："奶奶，那确实是我们唱的。不信你听听声音，是不是有我的声音在里面？"

奶奶又深深看了我一眼说："你们唱的？在哪里唱的？"

"在县广播站呀。"我忙说。

"县广播站在县府大院里吧？它怎么传这么远呢？你还天天去唱吗？怎么还天天播唱呢？你这会儿不是站在这里吗，你又怎么去唱的呢？还你唱的，净瞎说。"老奶奶紧跟上这几句话，把我搞得愣了。

是呀？这怎么传出来？那时我又不懂怎么录音，录在什么上，现在又怎么放出来，还有用电什么的。

我憋红了脸，啊啊呀呀回不上来，她孙女更是满面绯红。

老奶奶看了看她孙女，又望着我说："孩子，要稳稳当当，不能张狂得没了样！能办多大的事，就说多大的话。什么你唱的！是戏匣子唱

的……"她瘪瘪着嘴，嘟嘟哝哝说了许多。

山区的小县老人闭塞，我们知道的也寥寥，无法讲明声音收录与播出的全过程及原理。

我只好讪讪地走开。可头上还在播响着我们的歌声。

真是真，假是假。可让人信服，应得讲明真在何处。要去蠢识真，就得先让自己明了。否则，只能是：假作真时真亦假了。

世间未知亿亿兆，
天际知之更寥寥。
别说他人知不多，
自己了解也少少。
星海茫茫好辽阔，
登上一二称奇妙。

"曹政府"

"曹政府"，是我初中时的同学。我很欣赏他、尊重他。

他很实诚，方圆的脸盘，中等个头，说话带笑。

每到放学时，他就急忙忙往家赶。同学们讲，他家生活不富裕。他到家后，放下书包，就里里外外帮家里干活。

他是家中的希望，也是母亲的好帮手。他很孝顺，母亲一个眼神，他就知道该做什么。母亲望着他这样乖巧，心里很踏实，也十分心疼他。

我很愿意同他玩。有时在课间休息时，他站在教室门口，大声地对我喊："唱一段好的歌，咱听听！"说完又拍巴掌又吆喝，两边同学跟着起哄。

我也不怵头，就唱了一段西河大鼓。这是我从收音机里学来的。

他静静地睁大眼睛笑望着我，极认真地听，像欣赏一段精美音乐。每当我唱完，他就使劲地鼓掌欢呼："好！好！再来一个！"

他是真诚的，从不捉弄人。

他欣赏我，我更欣赏他勤奋朴实孝顺，在学校里表现很突出。

可惜我们只在一起待了一年。一九五四年暑假，我就转学回山东了。

一九八〇年后，我回了长白几次，又见了他两面。

他的腰不知怎么伤了，直不起来，弓弓着。他还是那么实诚热情，问我："你还会唱武老二西河大鼓吗？"我笑笑说："那是孩子时的兴趣，现在哼不成调了。"

我发现，成人后，他的两条胳膊格外长，上身也长大。我想，这是他从小忙着给家里干活，造成这样子的吧。岁月日深，人变苍老。

他在县银行工作，退休后生活有保障，他很满足。

人说，从小看老。孝顺勤奋的孩子，他的一生总不会错的，能平稳生活一辈子，不愁饥寒。我喜欢他。

至于他的名字，我到现在也没弄明白。"曹政府"，我以为这就是他的真名。当初我就奇怪，他家里咋会起这么个名？后来，我琢磨，是不是"曹正福"？或"曹争福"，或"曹征福"，再不就是"曹征服"——这名字似有些野心了。看他的为人，他没有那么多那么大的野心，还是"正福""争福"好些。

人谁不想有福呀！

曹公有福了！作为普通人，老了，有这么个结局，就很好了。请老兄原谅我，至今我还搞不清楚，哪两个字是真的你！

缺失人生多悲悯，
人海浑浊谁纯真。
没让他人流眼泪，
夜黑天深能安睡。
整人害人事莫做，
就是人间最好人。
好人平安悦日长，
友善人家有余荫。

童恋

　　我上高小半年多，二姨家就搬到了长白县城。我不久就认识了个说话好笑的同学。

　　他比我小些，放学后我经常去他家玩。几十年后他对我表弟说，那时，他经常泡在我家里。

　　他家在县城开了个车马店。一个大院子，院南边是一长排搭建的棚圈，拴喂着往来住客的驴马骡牛。靠街是一长排宽敞房屋，里面是来客歇息的大炕。他们家也在这排长房西边几间屋。

　　他家有父母、三个姐姐和他自己。其父是个身板平展、圆脸、面色有些红润的勤劳老人。母亲方面、白肤、和善。大姐已出嫁了，二姐、小姐姐和他在家。

　　说是找他玩，实际上是我喜欢上了他小姐姐。她是个欢蹦跳跳的活泼小姑娘，像一朵刚刚绽放的牡丹花，那么舒展，那么明艳，那么新鲜，是不藏不掩的那种美丽。她白皙的圆圆脸蛋上，一双忽闪忽闪的大眼睛，又那么明亮亲人。一天不去她家，我就闷得慌。

　　她和弟弟很少干活，他二姐则闷着头干这忙那。他二姐和我年龄差不多。

　　一九五四年暑假，我念完初一转学回山东我父亲处继续上学。

　　临走前，实在舍不得她，我几次向她表白："我走了，会给你写信的。你可给我回信呀！"那时年纪小，还不能叫恋人，但却依恋得不能自己。我就说："你称我哥，我称你妹。"她笑了，不说行，也不说不行。

　　快走了那天，我去她家，走到门口，遇见她二姐。她一把拽住我，悄

悄塞给我一个小纸包，转向就跑了。

我低头打开一看，是一张一寸的小照片，再看，是她二姐的玉照。

她二姐比她高些，细挑的身材，漫长脸儿。她同她妹妹不一样，是那种已长开又不露全貌，含蓄俏美温柔的姑娘。她不善言辞，见了人总是含羞地闪你一眼，便匆匆离去。

她这个举动，使我很愕然又激动。平时我没太注意她。没想到你全心全意投入一个人时，旁边另一个人却对你一往情深。

我的内心热乎乎的，忙把照片揣进兜里。但我又去寻她小妹缠绵难舍去了。

这种少年时期的爱慕与依恋，能走入婚姻的是极罕见的。若总在一起或许还有可能。山东长白相隔数千里，因种种自己掌握不了的因素的作用，这种幼稚娇嫩的爱的萌芽很难生长。我回山东后，曾和他们通过几次信，但小姐姐的信总让我感到凉凉的，一点热乎劲也没有。她真把我当成她哥哥了，就不了了之。

四分之一世纪过后，我重返长白，虽然也见过当年那位喜欢笑的同学，但跟他二姐、小姐姐再未晤面。她们都各自成家并有了自己的儿女，我也如此，故不好再打扰，只能问问她们的景况。

那纯洁单纯的少年之恋，只能成为一种美好而又难忘的记忆了。她毕竟给了我那时一段快乐的日子，使我有所向往与期待，怀着希望度过每一天。

我生你也生，
你老我亦老。
共住蓝天下，
遥祝大家好。

漂亮天使

　　她是一位医生，较一般女孩儿稍壮些，漫圆的脸面，一双纯净的似喜非喜、含笑明亮的眼睛，特别给人以善良亲切、温婉妩媚之色。她肤白如雪，又有贵家小妹那种庄重与慧娴、文静与美丽。

　　一九五三年，我们一起参加了长白县第一支腰鼓队。她那优美的舞姿，曼妙的姿容，赢得观众超级的欢迎与赞美。

　　我于一九五四年回山东后，再没跟她联系过。

　　一九八〇年，我返回长白。

　　那时我带着我五岁的儿子安平。一天我去给我母亲扫墓，把他留在二姨家。回来后，儿子扬起一只手，哎哎啦啦地含泪呻吟。我一看，他同几个小叔叔玩时跌倒了，碰到石头上，把一根手指的指盖，全碰掉了，殷红地渗着血珠儿。

　　我和二姨抱着我儿子去县医院包扎。

　　挂上号，我突然想起前天部分同学聚会时说：有个女同学在县医院工作。我忙问一个医务人员，她在哪个科，那人一指旁边一间屋。

　　敲开门，她真在屋内。见了我，她竟一下认出我来，欢叫着扑过来，攥着我的手。

　　我给她指了指身后的二姨说："这是我二姨。"她忙对二姨也喊了句："二姨好。"又看了看我儿子，"长得这么好。"

　　我指着儿子说："他玩时，跌倒了，把一个手指盖全碰下来了。"

　　她一手抓过孩子那只血殷殷的手，像她自己的手指碰伤了似的："哎呀，快!"她抱起我儿子，又重新给儿子挂了号，开了药。她亲自给

我儿子擦洗包扎，边忙边说："孩子，真懂事。男子汉大丈夫，忍着不哭叫……"

仔仔细细包扎后，又打了破伤风的针，洗了洗手，她一摸孩子的头说："好了，别碰着水。"

她问我，什么时候到的，住多长时间，又问了些别的。这时有人进门看病，她就说："有空来家玩玩。才见面，还没拉够呢！"

出了门，二姨说："你这个同学真漂亮，人也好。"

此后，每次回长白，我都去她家里坐坐。她见了多年未见的同学，浑身每个细胞都热涨开来，眉开眼笑，那种重逢的喜悦，无一点做作，斤斤两两都袒露在你面前。

那次，就是在她家玩时，我碰到了多年寻找但从未晤面的美丽的高小老师。

好多美事，都发生在她身旁。

如今她已退休，孩子在新加坡，生活幸福。她帮助了许多人，救死扶伤，天使护人，而且风采依然，言谈举止间透出的文雅美丽，更显亲切厚诚。心盛善念的人，永远年轻。

这种同学情，比恋人情更热烈，比同志情，更纯净。

祖德几辈成一医，
救命不敢言扶伤。
大道行里无贵贱，
医患百计又千方。
悬壶济世古今在，
医者祖荫日月长。

交通指挥

在一个交叉路口，一位四十多岁的人手握一面红旗，在指挥来往车辆。

他动作规范，指东点西，上下挥动，旗摆车停。往来车辆在他的指挥下，该转的转，该向前的向前，秩序井然。

这引起了我的关注。在一个小县城，竟有这样认真负责的交通管理人员，到大城市当管理员也毫不逊色。

走近了看，此人中等个儿，方圆脸儿，身躯平展挺拔，动作干净又明晰，面色严肃。

这不是当年我长白一中的同学吗？

当没有车辆过往时，他抬头也认出了我。他兴奋地大声说："什么时候回来的？""刚两天。做这个工作啦？""是呀。等我下了班，咱好好聊聊。"

我怕影响他执勤，谈了几句就匆匆告别了。

念书那会儿，他人小，但聪明，好学。很少见他同同学打闹，小大人一个，做事说话都按规矩来，从不出口伤人，更无调皮捣蛋之举。

现在大了，他模样也没大变，只是长高壮实了些，实是放大了身量。说话巴巴的，声音十分敞亮。

到了二姨家，我对三弟庆义说："在路口指挥交通的是我的一个同学。"

庆义说："你说的是老秦吧？那是一个一是一，二是二的人啊！"

"那才对呀！他管交通，安全责任重大，一切都按规则办，马虎不

得！叫他常提醒你们些。"我说。

秦立德干这个工作，十分得当。

从小看苗儿。老天生人，各有各的位置。该做什么，各有各的安排。

    性格即命运，
    秉性难幻化。
    人生前程远，
    根脉在自家。

小狐狸尾巴

二姨家有一条小小的狐狸尾巴。它的毛是黄茸茸的，稍尖端又似燃烧的火红色，很俊亮。

它很轻，但很软和。围在脖子上既柔抚又暖煦煦的。只是它有些短，绕缠脖子一圈，两头刚够着，系不住。要当围脖用，得在两头各缝一截小布条，这样就系住了，就可出门显摆了。

每到冬日，孩子们戴上狐尾围脖，既鲜亮又暖和舒服还潇洒。

后来，我见人戴着狐尾做的耳罩，既护耳又防冻又好看利索。冬天，头脸上，最怕冻的地方就是耳朵，有了两个耳罩护耳，怎么跳怎么蹦耳罩都掉不了。我于是把狐尾铰成两截，用针线缝两个小耳罩，戴耳朵上。很是美亮又暖和了几日。

一天，在长白街上，我见一个戴着狐皮帽子的山里人，牵着一只金黄色的小狐狸沿街叫卖。

那只小狐狸黑黄色的眼珠烁闪着惊慌无助的神色，畏缩着躲避围观的人群，它浑身哆嗦着。

回到家中，不知怎么，我心中极大地不舒服。心中闷闷的，总是闪晃着那只狐狸崽儿无助绝望的眼光。

人，都思己之痛痒冷暖。散发开去，想想这狐崽儿的命运会怎样？我想不清。

我戴的这狐尾耳罩，当初是不是也像这只狐娃一样被人割下来的？

回到家，我就把那狐尾耳罩摘下，扔到炕一边，再也没有戴过。

猎人牵狐崽，
沿街喊叫卖。
狐娃龟缩缩，
满眼尽哀哀。
脖上一根绳，
谁人给解开。
人间最苦事，
死生他人裁。

猪倌进村委

　　姑姥娘家三舅张铭臣的丈母娘，是一个朴实勤劳、性格开朗的人。她不大理妆，头发散乱着，忙东忙西，整日不闲。

　　因家境贫寒，她姑娘同我三舅结婚后，她就依附在姑姥娘家。

　　她有个儿子，中等个儿，同他妈一样的长脸儿，面皮粗黑，身体倒结实。我认识他时，他在姑姥娘家放猪，成天无一句话。

　　姑姥娘搬到县城后，开了一家车马店。她家也随迁于此。村里了解她家底细后，还安排她儿子进了村委。

　　当了村干部的小子，还是和原来一样，见人不谈不笑，眯缝着双眼，紧闭着嘴，只眼望着你。

　　他母亲倒有些变化，脸也天天洗得干净，面色也白了些，头发也梳得整齐，衣着也洁净，也不随便嘻嘻哈哈张口大乐了，待人也和气谦让了。

　　因为我那时年小，没记得他娘儿俩同我说过一句话。碰个对面，谁也不理谁，过去就算了。

　　这样一个"闷葫芦"，进村委，开会时还一言不赞，能行吗?

　　那时听大人们讲，在村委中，村长分派的各项工作，他都干得丁是丁卯是卯，干得漂亮。

　　开会时，众人都争先恐后谈自己的意见。他总是闭着嘴不说话。最后村长点他的名让他说，他涨红了脸，开了口，只三言两语，多一句也没有。众人听了，个个惊讶，你看看我，我望望他。他的几句话，都说到点子上，使问题亮堂地解决了。

　　平时一语不发，言时，一语中的。

"这小子肚子里有货！"每次开会，他总是在脑子里反复思考斟酌，听听别人的意见，再说出自己的想法，中肯，令人信服。

而且，他公私分明，从不占公家一根草一粒米。在村长眼里，他是个人才。

长白镇解放街每年搞活动时，无论是春节扮玩，还是平日开大会，他总是无声地搬桌子、安凳子，干些粗活，把自己当个劳力使。

他此后的情况，我不知道了。几次回长白省亲，都没再碰见他。他年轻时眯缝着的眼睛，紧闭的嘴，望着人的神态，偶尔还闪晃在我眼前。

此种言语不多而又踏实肯干的人，应该被人尊重。

语多虚浮句句飘，
言少思深深精道。
口吐莲花掬清芳，
多是惜言如金人。

一只眼中有玻璃花的黄老汉

我在方家馆子时，头皮上曾长过一些圈疮。因无人疼怜，虽然住在城里，也从未有人让我去县医院看看。

有个黄老汉，不知其家住何处。据说，他是老光棍，收养了两个孩子。孩子都不小了，能自理了。

有时黄老汉就来饭店陪老掌柜闲聊。忙时，他还下厨帮着炒菜烧汤。吃饭时，他就在馆子里吃饭。有时好多天不见其人。有时他突然又来了，一来又是十天半月的。

黄老汉中等个儿，圆圆平面的黄脸儿，秃顶，两只黄色的眼睛，有一只眼珠上长了一枚玻璃花。

无意间，他发现了我头上的圈疮，便问我："疼吗？"我说："不疼，就是有些痒。""这好治。"说着，他朝坐在对面闲聊的一位高个子、净面皮、正含着根尺把长的烟袋的老汉说，"把你烟袋借给我使使。"那白面老汉一怔，从嘴里拔出烟袋问："干啥？""拿来吧。做件好事，积点善德。"

说着，他接过烟袋，从烟袋锅里抠出一些烟袋油子，对我说："过来。"我走到他身边。他把烟袋油子很仔细地涂在我头上的圈疮上。那白面老汉和他人也凑过来看。等涂完，他把烟袋递给白面老汉，说："用不了几天保管就好了。"

"这么灵？"周围的人半信半疑地问。

"这叫以毒攻毒。老辈人的经验，很灵的。"黄老汉说。

过了一会儿，我觉得头有点晕，自己来到饭店后面一间歇晌的小屋躺下了。那时年纪小贪睡，一瞬工夫就睡着了。

不知过了多久，我被一阵争吵声惊醒，我听出是老掌柜的老伴——我二姥娘在吵那个姓黄的老汉："你们乱涂些烟袋油子，就能治了！烟袋油子是药吗？我看他躺倒，摸了摸他头挺热的。弄坏了孩子，咋交代呀？"

黄老汉争辩说："我看他头上长那些疮，挺可怜的。你们不管，我给他治治，怎么啦？"

"你是医生吗？你做好人，听了这些无根无据的方子，就乱涂乱抹……"

那白面老汉到小屋来，摸摸我的头，是有点发热，就喊我："快起来，这样躺着让人不放心，你没听见你姥娘在吵吗？"

我蒙着头一言不发，想多躺一会儿……

几天之后，我头上圈疮全没了，真好了！没花一分钱。

黄老汉睁着那只玻璃花的眼睛，摸着我的头说："我不是医生，可我信老辈人的经验！"我知道他是说给谁听。

人生中，有好多帮助过你的人，解决了意想不到的困苦和病痛。长大后，我每见那些人头顶像狗啃的这儿一块那儿一块的斑驳醒龊的圈疮时，就十分害怕。我十分感激黄老汉，为治好我的疮还引起一场小风波。

虽然那时我还是个孩子，还不懂得感恩报德，但我心中一直留着一只眼中有玻璃花黄面老汉的刻痕。

民间验方，不可小觑。有好方，还得遇到有善念的人。

经历多多财上门，
老人话语是黄金。
烟袋油子治圈疮，
一钱没花全去根。
满头新发脸前飘，
又能扬头看四邻。
天地人生苦难多，
慈心多悯没妈人。

吃冻梨

小时候，我常去姑姥娘家的大车店玩。

一次，一位志愿军的干部来办事，住在大车店里。

那天下午，他从外面回店里，提一袋冻梨。他见我在院子里玩，便向我招手。我过去问："干什么？"他说："小朋友，你弄盆凉水来，我们把冻梨'拔一拔'，咱们一块吃吧。"

我一看那紫黑的冻梨，个大饱满，保准很甜很好吃，就高兴地一蹦老高地跑到厨房去，找了个盆子，舀了半盆凉水，端到那志愿军的房间里，那人见了，笑嘻嘻地说："很好。"

他把几个冻梨浸在冷水里，问我："你姓什么？这店是你家开的？"我说："我姓董。这里是我姑姥娘家的店，不是我家的。"

说话间，那冻梨的内寒就"拔"了出来。梨的表面结了一层透明的薄薄冰膜，把冰膜掀掉就能吃了。

他拿了一个"拔"好的梨递给我："吃吧，孩子。"

我毫不脸红地一口气吃了三个梨。那梨凉丝丝的，那个甜哪，直甜到心。那人也吃得很欢。

吃得还剩下一个梨了，我还盯着那个梨不想走。那人抱歉地说："这个梨留到晚上，我渴了再吃吧。"我听了脸一热，跳下炕就跑了。

过了几日，大姨听店里人说我吃了客人的梨，就恨恨地数落我："你就那么馋！人家叫你吃，你就吃！不叫人笑话吗？人家还以为你是店里的孩子呢！"

我听了，也不争辩，也不说话。说老实话，那时长白城里许多商店都卖冻梨。我馋了很久，可是没钱，也没有人买来让我尝一口。这一次天外飞来美事，我就厚着脸皮，不顾羞耻和大人的责备与讨厌，张开嘴就吃。

这是我一生最丢人的一件事。让大家见笑了。

从那以后，我管住了自己的嘴。我去姑姥娘家玩，再也没进客人的房间。

孤崽难封自己口，
亲人面上丢大丑。
如今记忆当年事，
只有叹息苦恨羞。

照相馆的师傅

一九五四年暑假我回山东前，大姨和二姨两家同我和小妹一起照了相，以作留念。

那时，长白县城只一家照相馆。照相师傅是一个四十来岁、国字脸又挺宽厚和善的人。

大家站好后，师傅先看了看，突然指着我的脚说："你穿的鞋得换一换，一只鞋还露出了脚指头，照了不好看。"众人低头一看，都笑了。

换谁的呢？照相师傅忙脱掉自己的鞋叫我换上，他则趿拉着我的鞋，"咔嚓"一声，"好啦！"师傅的喊声还没落地，便从我的鞋里冲出一股浓浓汗臭味，弥漫了整个小照相馆。

众人有的捂着鼻子，有的忙朝外蹿，笑声"哗"地响了起来。

这情景我至今还记得真真的。

一九八〇年我回长白，同几个表弟一起给我母亲扫墓，也去了我姥娘家的坟前祭拜。

回来后，连着两三天，我独自骑着自行车，又去了姥娘和母亲坟园两次，一个人，坐在姥娘和母亲坟边的石头上，什么也不想，什么也不说。

坟地内透出一股股温暖的泥土气息，浸润着我的身，我感到是那么安神舒坦。

我先坐在姥娘坟边，后又去母亲那边，不觉就半天过去了。

过晌了，我骑上自行车，往县城里赶。那时梨树沟通县城的路，还是土石路，一路上坑坑洼洼，颠簸不断。我把着车的手腕都震疼了。

回到县城，下来车，我一看手腕的表，那个圆圆的小拨针，不知啥时颠路上了。

放下车，我到街上找修表店，看看有没有拨针，买个换上。

转了大半个县城，只有一家修表店。我敲门进去。店内很窄小，只见一个师傅正戴着一个似望远镜的短小筒镜盯着修一只表。

修好后，他摘下那只放大镜。我一看，竟是当年我离开长白时给我们照留念相的老师傅。

他模样轮廓没变，只是苍老了，有七十来岁了，皮肤也黑硬了，动作也迟缓了许多。

我惊奇地问："你不照相了？改行修表啦？"

他扫了我一眼，说："现在照相有些年轻人干，我就改为修表了。"

我摘下腕子上的手表，指着失掉的按钮处问："这里骑车子颠掉了。能给换个吗？"

他接过来仔细地看了看，说："这是日本进口的半自动表。咱这儿没有进口零件。可以换上国产的。"

"国产的也行啊。"我说。

按钮安好了。他递给我，我付钱。他又嘱咐我："往后，骑车走咱这些山路，得把表摘下，放在兜里。不然颠打颠打又会掉了。咱这儿以后修上水泥路或柏油路就好了。"

我点点头，心里热乎乎的。他像咱家自己的老人。

这位老者多才多艺。若只有一种本事，在这偏远县城，一个行业有好多人经营，竞争起来，生存就困难紧张。独此一家，就从容得多了。

艺不压身，多一种技艺多一条活路。

小技精深不出门，
大技富国强四邻。
科技超拔显其妙，
护佑家国安自心。
家财万贯久吃空，
不如薄技在尔身。

血浓于水

我姑姥娘儿女多，五男二女。

大女儿（我大姨）嫁给高金山，生了两个闺女，大孩子三岁就夭折了。后我大姨又病逝，抛下一个小女儿秀金。

我姑姥娘家的小姨比我大不了两三岁。她聪明文静，小长脸，面色有些红润，细腰，长条身材，待人亲切。

全家从山里搬到县城后，开了个车马店。我在长白时，小姨还未出嫁，据传已经订婚了。我见过那男人，圆脸，身体挺壮实。

我第一次回长白时，二姨领我去见姑姥娘。姑姥娘没在家，人说上我小姨家去了。

到了小姨家，小姨正在蹬缝纫机做活。

见有人来，她停下，抬头一看我，张口就说："这人我认识。"

我和二姨笑望着她，她想了又想，可又叫不出什么名来。毕竟已分别二十六年了。

姑姥娘欢声地说："这是文林哪！"

小姨一拍巴掌，脸笑成了一朵花说："是呀，文林哪，这多少年不见了……"

我一直尊重我小姨，她妈是我母亲的亲姑。

最近一次回长白，我已是满头白发了，小姨也是白发遮面。几个表弟问她："小姨，你看这个人是谁？"

她面色鲜亮，身体也挺好，每天下午，就坐门口乘凉，看人来人往。

她端详又端详，笑着摇摇头。

表弟们齐声说："这是你外甥文林哪！"

小姨惊喜地猛地站起，"噢"了一声，我忙扶住她。她笑着问："啥时候回来的？"

亲情点开，热流横溢。

次日，表弟们陪我和我儿子安平、孙子浩水去塔山观景。景区有卖水卖烧烤的，特别是卖烧烤处挤满了人。小孙子要吃烧烤。走近一看，表弟们喊："这是咱小姨闺女的摊子！"

那个小长脸儿细眉细腰的年轻女人见我们来了，忙把摊子推给旁边一个人照看，又拿了一把烤好的肉串给我们吃。她激动地笑着说："俺妈常提哥哥你小时候的事……"

她的身段、话音、笑容，完全像小姨年轻的时候。

这就是亲情！从陌生到喊哥唤妹，只一瞬间，就会把一腔滚热的挚情倒给你！尽管是第一次见面。它把在苦难中挣扎和饥饿难耐时互相支撑而又相濡以沫的亲人们的后人，一下子拉得近近的。

这是人类血缘中一串串细胞，相互交融在一起，给人鼓舞，支持，力量，温暖，一代一代亲密无间，直到永久。

血脉相连啊！

一声表哥血沸腾，
回呼小妹泪泉涌。
从未晤面两地人，
热血横泄化陌生。
先祖血脉流万古，
人间何处无亲朋。

永福

我回长白，见到的初中同学中有一位名叫杜永福。

这个老伙计，圆头圆脑，中等个儿，粗壮硬实，浓眉大眼，说话直爽。一位在县医院工作的同学说："杜永福，组织能力很强，同学聚会，他一招呼就一大帮。"

提起往事来，杜永福说："因家庭出身不好，那时考高一级学校，人家不要。我就没有再上学。"看来，他经历过偌多挫折、不顺和苦难。

爹妈给他起名"永福"，愿他一生顺顺当当，永享幸福。可事与愿违。

起初，我怎么也想不起他小时的样子，后经冥思苦索，终于想起一个小男孩儿，圆头圆脑，不多言语。同学们打闹时，他瞪着大眼睛，站在旁边静静望着，含着似笑又看不出笑来的淡淡嘲讽意味。他不出头。他说："当初你说'武老二'，'当哩个当'，我记得挺清楚。"

我第二次回长白时，临返回前一天中午，李秀成老师，还有一位老师，加上杜永福、"曹政府"等，一块小聚。提起往事，我简叙了这些年的经历。杜永福竟笑着怀疑似的说："你是在吹牛吧？"

我从兜里掏一张名片，名片上写着我的职称和职务。杜永福看了，惊讶地说："今晚上咱们组织一个大的聚会，让大部分同学都见见面。"我说："实在没时间了。晚上有一个亲属的聚会，这是必须参加的。我买了回程的票，明早就得走了，下次再聚吧。"他一再说："等你亲戚聚完后，咱同学们再聚。""那太晚了……"他就是这样真挚热诚。

再次见到杜永福时，李秀成老师已成植物人了。杜永福领我去李老师家。

老师睡在他自己家中的一张病床上，静静地，无声无语。稍立了一会儿，我见他眼皮微动了一下，似乎他听出我来看他了。

这意外的情状使我很难受。我忍住泪，走出他家门。他原先身体很壮，怎么一跤成这样子！

我和永福都默默无言。

这是夏日的一个中午。迎面走来一个圆脸光头老汉，上身穿一件白背心，下面露出一截肚皮。

杜永福抬头见了此人，忙高声招呼道："金县长，这么热的天，你上哪里去呀？""去我孩子那里看看。"县长应道，又望了我一眼，问："这位是……""啊，这是我初中时的同学，刚才去看了李老师。"永福回答。县长朝我点了点头，又问："李老师还是那样，躺着？""可不是嘛！""唉……"

走过了，我问永福："这位县长退休了？""还有两年。挺好的一个人，不贪不占，尽心为大众服务，看他样子就像个庄稼老汉，没架子……"

这样的为人才长久。永福一个平头百姓，却与其无间隔，无贵贱，那么自然。

他现在生活挺自在，有时去各地旅游，赏鉴各处风光，还到台湾看了看。

人说有人给你关上了一扇门，上天会给你打开一扇窗。有山，绕山。有水，觅舟。人只要不屈服，总会闯出一条自己生存的路。

永福，有福了。到了晚年，还有这么强壮的身体，家庭和睦，他坦荡一生，不亢不卑，受同学尊重。闲谈中没见他有一丝的愁绪。

安宁，这比一切幸事都重要！

颐指气使何威赫，
昙花开谢瞬息间。
世路长长人生短，
苦茶淡饭保平安。

我的小友桂春

　　梁桂春，是长白县城一家车马店主的小儿子，是我小时的一位挚友。他长着一副方正的面孔，说话就笑。

　　我念高小与初中时，放学后，常去他家玩。多年后，他对我表弟说："那时，他成天泡在我家里。"

　　此话不假。我那时有十二三岁，虽还不懂风情，却暗恋着他的小姐姐，故有这位小友遮掩，常去他家，渴望多多接触那美如桂花又有一双明亮黑眼睛的圆脸娇娃。她那时有十一岁吧，单纯，还有点矜持，只望着你笑，很少言说，不常跟你单独一起会话。

　　桂春之父是一个圆脸、和善、微红面颜的老者。他母亲是个胖胖的、个子稍矮些的白面妇女。他们对我很好。天长日久，他们也看出我喜欢他们的小姑娘，见我来了，有意没意地闪到一边去，让我们少年们热闹在一起。

　　他父亲听说我学习还可以，一次拿出一本书，翻开一页，上面有"乾隆"二字，指着那"乾"字说："这字念什么？"我看了说："干。""还念什么？"他又问。因那时我的历史知识极少，就摇头说："不知道。"老人笑了，说："你回去查查再说吧。"

　　我小脸热涨，心想，在未来老丈人面前丢脸了。学了历史，我才知这字还念"qián"，乾隆是个皇帝。这字，我一直不敢忘。

　　因常在他家出出进进，他家待我如同家人。一次，桂春、我和他小姐姐在一起说笑。

　　后，我回了山东，相隔数千里，此情也就无果而终。

一九八〇年，我首次回长白，在一个街口处，见桂春爹在卖水果。看来车马店不开了。他老人家，面色还是健康的浅红色，似比以前更光鲜了些，身体很壮实。他也认出了我。

我问他："桂春在家吗？"老人说："他出差去大连了。""什么时候回来？""得七八天吧。""好，他回来，我到家去看看。"

直到我要走了，去那路口问桂春爹："桂春还没回来？"老人说："事办得不顺，还没回来呢！"我说："明天我得回山东了，再次来一定去家看看。"

那时桂春的小姐姐已结婚生子，住在辽源。

在回山东的路上，汽车开出县城。在一座山顶间，有辆回长白的汽车迎面驰来。我坐的这辆车紧靠山根儿，给那辆车腾出较宽的路面。山下陡险，望一眼都目眩。那辆车也停了下来。

两车司机都认识，下车相互问候。

这时，我见坐那辆车副驾驶位上的正是桂春！我惊喜万分，忙跳下车。桂春一眼就认出了我，也匆匆下了车。我们相拥在一起。他说："啥时候来的？咱回去吧，在我家住几天再走。"我说："临江到山东的火车票已请人买好了！我等你有半个月！下次再见吧。在这半路上能遇见你，也是老天没给我留下回一趟长白的遗憾了。"

旧友相逢，分外亲热。谢谢老天的眷顾。

此后几次回长白，我都到桂春家看望看望。只是其时，他二老皆故去，他的几位姐姐也未晤面。

真情永存。童稚的爱慕已成过往，却给我留下一段朦胧少年爱的时光，使我度过了那段寂寞而明朗灿丽的少年岁月。

我感激他们，愿他们幸福安康。

　　小友他家似吾家，
　　每日必到他处耍。
　　说他是友话也真，

更喜他姐那株花。

人生小儿恋美好，

青梅竹马一片霞。

参加腰鼓队

一九五三年，我参加了长白县第一支腰鼓队。那时我考上了长白县第一中学。腰鼓队，由县一中李秀成老师指导。

为什么选我进腰鼓队，现在想来，原因种种。在高小时，每逢节假日，全校各班都围着操场坐着，看足球、摔跤等。各班都找出一个人来，引领同学们给运动员们加油。每到一个节点上，我就站起，在队伍面前，舞动双臂，按这个节奏："拍拍拍，拍拍拍，拍拍拍拍拍拍，拍拍拍，拍拍拍，拍拍拍拍拍拍……"让大家击掌欢呼。左右抖动臂膀大些快些，就鼓得急些响些，否则慢些舒缓些。这叫啦啦队，以活跃会场气氛，为跑跳的同学鼓劲。

时间长了，许多人就认得了我。有时课间休息，同学鼓掌喊我："唱一段西河大鼓大家听听。"这些是我从收音机里听来的。那时也不知羞臊，叫唱就唱，叫说就说，也不知唱的是真的西河大鼓或东河大鼓。

如此长了，人家就知道了我爱文娱。有些活动就安排我参加了。

在腰鼓队里，我年纪比较小。可能因我出头惯了，不怯场，甩得开手脚，跨得开步子，动作大方舒展些，蹦跳也自然些。沿街观看的群众指指点点说："这个孩子打得好。"我便更来劲了。

前年看电影，北京解放时，满街都是腰鼓声。

可我念完初一就转学，回了山东老家。否则很可能被不久后成立的县文工队要了去。

在腰鼓队，还留下了一张集体照。长大后，不知丢到哪里去了。

那时年纪小。大了，只视文娱是一种玩乐，混饭吃也可以，但若作为终生职业，我就不能干了。跳跳唱唱，作为业余爱好还是可以的，如曹操也横槊赋诗，唱"对酒当歌，人生几何？"

诸葛亮也抚琴，周瑜也是高手，有时也会哼几声，如过去有些逸人，人称票友，偶尔登一下台，哼唱一角，舒舒心。但他们各有自己追求的其他职业。

这是我个人追求职业的心理，对否？与别人无关。人，都有各自求业安职的自由，别人不好说。

这种爱好乐趣，也陪伴了我一生，使我的生活多了些色彩和欢悦。

昔日小戏二人转，
山调民曲泄苦情。
九人泣悲半东北，
夫妻泪淹长白城。
如今苦戏变喜乐，
腰鼓声声震长空。
英俊少年好奔放，
小县也闹大欢腾。
父老乡亲站满街，
喜似进了北京城。

人间阳光

县城的单家裁缝铺主人，认识我父母。

他们家有一位大姐姐，两个男孩。大男孩挺文静，比我年龄大些，小男孩比我小点。我有时同小弟玩。

大姐，高高的个子，四方脸儿，一双亮亮笑眯眯的眼睛，白白的皮肤，谦谦的神态。

我考上初一时，大姐已是初二的学生了，她比我高出一头。

她粉白的笑脸儿，高挑的身材，很招人喜欢。

她对人总是仰着笑脸儿。

有时碰着她从家中出来，我就像见到一轮暖暖的太阳，满心喜悦地紧走几步跟上她，感到人间是那么亮丽温暖。

大姐偶尔一侧身，也会看见我，就挥动她那白白净净的手臂招呼我。我惊喜地快快走几步，但不敢走到她跟前，只留几步距离，跟着她，似怕她的光彩把我淹没！

到了校门口，她侧身朝我点点头，走进她的教室，我也走进后边自己的教室。

这样的上学路上的相遇，使我少年苦涩的人生多了那么些敞亮、慰藉和吉祥。

这样的笑脸儿，是我人生的阳光，给我无尽的愉悦与温暖。

笑脸儿多些，世界该多美好啊。

后来，我回了山东。二十六年后又回到了长白。县城的街道多有变化，大姐的那家裁缝铺已找不见了。问我几个表弟，都摇头不知沧桑。

那每日以笑脸迎接这世界的人，现在何处？云山苍茫，绿水无语。

给人以笑脸和恩惠欢爱的人，向人间播撒温情和阳光的人，有福了！

虽未见大姐，但每天，当鲜丽灿亮的阳光温暖山河时，我想她就微笑在这灿烂明媚中。

给人间添一丝笑颜，增一点亮色吧！

日出东方霞满天，
俊树花影落仙潭。
更喜人间美娃娇，
鲜鲜红丽好容颜。
一张笑脸一灿亮，
酷似日影扑人面，
含笑暖心待世界，
欢悦人生少愁烦。
愿人都赛日影美，
老来夕阳还红半山。

老财迷

一九八〇年回长白时，在县城街上碰到一个很熟悉又极陌生的人。

这人七十来岁了，大高的个子，黄中泛黑的国字脸儿，怀中抱着三五个空瓶子和易拉罐，步态蹒跚，一步一颠挪着步子走。

我盯视着他，看了又看，这不是我小时极熟悉的一家饭馆老板吗？那时的他，又健壮又开朗，说话和气，面带笑容。现在却老态龙钟，眼不旁顾，直勾勾望着前方，碰见谁也不搭腔，看来他更不认识我了。

那时，我在方家馆子待过，跟他来往自然多些，不过那时我只有十岁左右，在饭馆里干点杂活，如劈柴、上街买东西等。他去找老板，见了我只点点头而已。

他的饭馆档次不高，经营一些山里来城里办事的平头百姓吃的大饼子、馒头、面条、稀粥蔬菜等。不像我在的饭馆，老板手艺好，常包些县长之类客人的大席。但他家买卖还是不错的，晌午，饭馆里人来人往，蒸汽翻腾，人语嘈杂，煞是热闹。

那会儿，他有四十多岁，他老婆也是个高个灰面的女人，也在忙活。几个闺女小儿也跟着端碗擦桌应答客人要酒添菜。个个脸上汗珠儿晶亮，鼻尖上腮帮上，这里抹一道锅灰，那里蹭一点面粉或菜叶。灰头土脸儿，一笑一口白牙。他们继承了父亲的黑黄肤色。瞅闲打闹时，抹得满脸成花。但他们却很和睦。有时忙得屁滚尿流，也从不喊累埋怨，依然笑语盈耳。他店里还来了个山东半大小子，在店里挑水烧火。

他这个老板，靠这家饭馆，养活那么多孩子，虽辛苦，但看起来挺满足。

他是正经人，不欺不骗，只勤勤恳恳、兢兢业业忙他的事业。

回到金铭智姨家，我向表弟表妹说："在街上，我遇到一个老人，原是开饭馆的。现在怎么弄得像傻子一样，抱着一堆破瓶子痴痴呆呆的……"

话还没说完，弟妹就插进来说："你说的那个老财迷吧？""老财迷？""他家里人都这么叫他。"

弟妹说："这个饭馆老板年纪大了，干不动了，人也有些半痴呆了，家里就希望他待在家里养老歇歇算啦。可他却闲不住，成天满街转，捡拾人家扔掉的空瓶子、易拉罐、翻垃圾堆，搞得浑身腥臊腥臊不堪。他往家拾，孩子们就往外扔。院子里，墙根下堆满了这些垃圾。家人嫌丢人，怎么说，他也不听……"

噢，现在想来，这就是勤苦一辈子的老人不可更改的习性吧。他尝过没钱的滋味和艰难，也深知"一分钱难倒英雄好汉"。

这位老人不是不喜欢享受。他勤劳惯了，虽痴呆迷傻，但在他生命深处，始终铭记着人活着就得为子孙积攒点财富。哪怕是多积一分一厘，为未来的子孙多一点点生活累积，不至于流落街头求告无门，他死也安心。趁现在还能动弹，他就想为儿孙助一点气力。故别人的嘲笑挖苦，都不会入他的心。

这正是一个家庭凝聚力的精髓所在，让你儿孙万代千秋传下去，你也可以不朽了。他们会想起他们的祖先是怎么为这个家族拼搏挣扎的。

半痴半呆街头转，

岁月已老步蹒跚。

垃圾堆中觅珍宝，

一瓶一纸都是钱。

丝缕分币压箱底，

偶遇荒歉，

好为儿孙度饥寒。

慈悲长者常戚戚，

后人谁惜这残年。

姐妹易嫁

二姨搬到长白县城。邻居家有个女人。她有二十七八岁，个儿不高，小长脸儿，腰很粗，眯缝眼儿，长鼻子，一脸横肉，成天见不到她一点笑容。但她长得胖胖的，有点福相。

我小时，喜欢玩弹弓，打家雀。一次看见邻家屋前一棵树上挤满了家雀，叽叽喳喳叫得挺欢。我悄悄走过去，掏出弹弓，安上石子，猛地发出去。石子飞出，家雀"轰"地飞得满天都是。跟着听见"哗啦"一声碎响。

我心中一紧，坏了。说时迟，那时快，紧跟着跑出个女人。我转身要跑。她三步两步抢在我前面，揪住我的耳朵，口里骂道："小兔崽子，你打碎了我的玻璃，还想溜！"

我手中的弹弓就暴露了作案的是我，赖不掉的。

她揪住我的耳朵，一路来到她屋里。我一看，窗玻璃碴子落了一地，"看咋办吧？"她恶狠狠地说。

因她声音很大，我二姨在隔壁听到了。二姨急忙跑来一看，数落了我几句，又转过脸赔笑地说了好多抱歉的话，最后说："这孩子太皮了！我们赔！这就拿玻璃给你安上。"

她这才松开了手。我耳朵似掉下来了，半天没有知觉。

二姨回去，把自家的一块窗玻璃卸下，拿过来，正好安在她家窗户上。这事算结了。

这就是那个长鼻子、长脸、胖胖的女人。从此我扔掉了弹弓，不敢玩了。

岁月如流，有波有浪。

一天夜里，我从梦中醒来，听见隔壁传来隐隐约约的哭号声。夜里的人哭，格外惊心。这哭声时断时续，时高时低。

隔了几天，又是夜里响起了哭叫。我吓得用被子蒙住了头，不想听。但声音又那么真切，清楚。接连数月，泣诉依然。

后来，我听到一些议论，说那满脸横肉的女人，治得她男人哭叫。我想一般是男人打女人，女人哭，哪有男人还叫老婆治得哭呢！

又听说，她男人原来是她妹妹的未婚夫。她那时没有订婚。姐姐没出嫁，妹妹先结婚，那证明姐姐没人要了！这对一个家庭来说，是尴尬事。

说来也巧，有一次，他来家拜访未来的岳父母，却被姐姐相中了。她又哭又闹，要妹妹让出来，她嫁过去。父母觉得，这未必不是件好事。妹妹小，再找人好找。妹妹长得清秀，圆脸儿，大眼睛喜喜地望着人，性格随和，见人都是一脸笑，家里的活都是她做。

一家人劝说妹妹退出，把未婚夫让出来。妹妹也心疼姐姐，没法，她伤心了好久，就依了父母和姐姐。她未婚夫呢，不知为啥，竟同意了与其姐结婚。可是不久，这夫妻俩出现了不和谐的问题，经常会吵闹打骂。

我第一次回长白时，在街上还碰到过横肉女人。她变老了，皮肤也粗糙僵硬了，更胖肥了许多，还是见人爱理不理的样子。她已不认识我了。碰个照面，闪一眼就过去了。据说，她同丈夫还生了好几个孩子呢。

她妹妹也早嫁人生子了吧。

山东有一出戏《姊妹易嫁》，讲的是姐姐要出嫁了，花轿已临门，姐姐知道未婚夫家道中落了，说什么也不上轿。老爹没法，只能叫妹妹顶替姐姐上轿。后来，男方很争气，考中了进士，当了官，姐姐又哭又闹，又要妹妹退出来。

婚姻中的丑事很多，嫌贫爱富，要豪宅要车，吵吵闹闹，分分合合。

哪个时代都有哪个时代的荒唐事。

贪富厌旧更喜新，
婚事起伏好熬神。
人人都说爱情美，
海枯石烂几分真。

醉神领狮

解放初，每逢春节，长白县城解放街总是舞狮子。这节目已成为长白县一道不可或缺的亮丽景观。

领狮人姓张，是位四十多岁，灰白脸面，嘴巴有些尖削的中年汉子。

他平时话不多，临近春节时，总是躲在一处，喝得烂醉。

他的朋友们劝他："别喝了，耽误事啊！""别喝了，喝多了咋领狮啊？……"他闪一眼劝他的人，也不回话，又一盅一盅往嗓子灌，直到眼眵封了眼，往后一躺，打开了呼噜。

人称他是醉神。

舞狮队准备好了，还不见领狮的张师傅。急得黑脸村长团团转，派人四处去找。等找到他时，县里镇里领导都快到了。

春节过后，村里决定，今后不再叫老张领狮子了。死了张屠户，还真得吃不屠毛的猪啦！大伙也都烦了他，同意了村长的提议。

这年春节又到了。村里热热闹闹，备狮练舞，请了同老张年纪相仿的人领狮子。

锣鼓炸响，全村欢腾。

该上街了，人们都拥到村委门口，喜笑颜开，孩子们在大人腰间蹿来蹿去。新领狮人手擎花球，狮子队伍动了起来。锣鼓声，唢呐声，一齐奏响。

黑脸村长，穿了一身新衣裳。他左看右看，狮子舞的劲头，走的步态，翻的跟头，蹦跳的姿态，都不是那个味。动作松松垮垮，狮子之间配合也不紧凑。

村长黑着脸大喝一声："重来一遍！"锣鼓又响起，狮子又动了起来。众人看看，还是摇头。不是这个踩了那个的脚，就是那个撞了别个的屁股。

"不行！再来一遍！"又一遍，还不行。"再来一遍！——你领狮子的怎么搞的？这么松松垮垮的！这是舞狮子吗？这是耍狗熊！县长镇长，怎么看？"村长一通斥责，人们"轰"地笑成一片。

领狮人满头大汗，再举花球，不行，又举花球，还是不协调。

这时，村长又黑面紫红，大发光火。四周看看，不见要找的人，便高声裂嗓地喊道："快！快！快！去找老张来！去找老张来！去找老张来呀！……"

有人说："这工夫了，上哪去找啊！他不知醉到哪里去了呢……"

村长发火道："翻遍全村家家户户的炕洞子，也要把他给我掏出来！不然咱村可就出大丑了啊……"

村委的一些汉子听了，急扑街巷家户，像鬼子进村样乱敲门窗："老张在吗？""老张来这里了吗？""老张！""老张！……""老张……"

最后总算找到了那位被废黜的领狮人——老张。

他醉醺醺地正睡着呢！众人像见到了天神般喊道："老张！""张大叔！""张大爷爷！""老张哥！……"

老张醉得一塌糊涂，嘴角上流着哈喇子。

村长也跑来了，他上去给了老张一巴掌！把他扇醒。

他半睁醉眼，吃惊地问："谁？谁？谁打打我？谁打打我？"

"我的好张哥呀，快起来吧！快起来吧！快起来救火吧！快起来救火吧……"村长呼喊，吓得他身子一哆嗦。他想爬起来，挣扎着往上一起，半路上又躺摔在炕上。"快起来救火呀！救火呀！"村长尖声又大叫了几声。

老张全醒了！他起身，四下里望了望，神色紧张地问："哪里起火啦？哪里着火啦！哪里……"

众人都笑了，村长说："叫你去救场啊！唱戏的没了主角，救戏如救火！请你去领狮子闹春节呀！"

老张愣了愣，才明白。他看了看黑脸膛泛紫的村长，又看了看众人，说："你们不是又请了高明了吗？咋又叫俺去呢？"说着，抬手抹了一把嘴上的哈喇子，又仰身躺倒睡去。

村长又一把拉起他，说："新县长还等你领狮呢！你看在县长面子上还不快起来呀！"

"县长，省长，来了，我也，不领了，不领了……"老张绊绊磕磕地说。

"我错了！我错了！我错了不行吗？我这个村长不识人、不尊重人，错怪了你！请你帮帮忙，帮帮忙，我的老哥哥，帮帮忙吧……"村长几乎给他跪下了。他还是不动。

村长叫几个小伙子，硬拖强拽地把老张架到现场。他口里还嘟哝着："要换人，何，何，何必这样……"

村长也不理他。众人松开手，老张摇摇晃晃没站住，前后一仰一俯，突然面对众多乡亲，双手抱拳说："乡亲们，这，这，这不，不是我不干。是他，他们当，当官的，不让我，不让干了……可，这节骨眼上，才，才又，又叫我上，叫我又领狮子，玩，这完全，不是我，我拿把，不想干……看，看在大伙的，面子上，今天，村长又，又亲自，请我……"

村长顾不得他说话这么多，这么难听，更不知他后边还会讲出啥伤人的话来。忙把领狮的花球塞到他手里，高声大喊："狮子队，都站好了！听张师傅指挥！请张师傅领狮舞起来呀！"

严厉的村长一声令下，锣鼓、鞭炮、唢呐随即响了起来，震得半条街都颤晃开了，人们耳鸣心跳，又欢呼乐叫起来。

再看半醉半醒的老张一怔愣，突然身子又晃了晃，低头看了看手中耍狮子的大花球，脸上白光闪出一道红彩，手一举，狮子队伍动了起来。他的花球上上下下、左左右右地挥着，狮子们便跳跃翻滚蹿腾。瞬间，队伍动作灵活又齐整，他又一翻身，又一转两转三转，狮子跟着，形成了一支如活狮般翻滚撒欢亢奋的鲜活场景，看得群众一片喝彩声，掌声也跟着起来了。

黑红脸膛的村长张开大嘴乐欢了，又点头又竖大拇指："这老张，手中似攥着一个魔球！看他那神态那动作，把整个狮队都领带活了，不像先前那般松散笨拙懈里咣当，演员也大胆放松，像喝足了酒样舒展，跳得也高，翻滚得也滑畅，动作也漂亮……"

老张此时，像换了个人似的，挥球身段舒活灵动，看起来又年轻了许多。看似半醉半醒，眯着眼，白面放彩，嘴角张合有致，像个真的驯兽师，驾驭着狮群。

狮子队伍，相逗，翻滚，腾空，张牙舞爪，一会儿又摇头摆尾温驯可人，点到哪儿舞到哪儿，杂而不乱，闹而不繁，又爬又蹦，花样不断。

围观的民众和领导笑颜大开，啧啧声喧嚣半空。家家大门四开，欢乐的氛围像欢腾的河水在街上奔涌。

最后，在全县评比大会上，县长特别提到解放街的舞狮节目，说："舞出了解放后人们的欢乐、希望、灵动和豪迈之气。"后来，一面大锦旗挂在了村公所的墙上。

此后，黑面村长悟出了一个道理：对某些有一定特技特长的人物，不要求全责备。不要因其有某些缺点，就弃之不用。老张不偷不抢又不贪不占，他就爱喝点酒。

人呀，都有不足之处，关键时，遇事要能担得起。这才是根本。

人尽其才怎么讲，
用长避短人都忙。
因短废长太愚傻，
百长尽展天地广。

小妹秋姐

小妹四个月零八天时，我母亲就病逝了。母亲对她而言只是个影子。她是由我姥娘和大姨养大的，小名叫秋姐。

稍大一些，小妹回到了山东，回到了父亲身边，开始念书。我爹还念旧情，就给她起了大名：董金念——把董家和金家联起来。

小妹在念高中时，我已大学毕业了。那是家里最困难的一段时期，父亲也受到了很大的打击。有一次谈起家中的问题，我说："咱沉住气，这些事明天会解决的。"小妹眼中闪着悲凉的光，凄凄地说："明天？咱家还有明天吗？"我听了这话，半天没有出声。我知道，这事大山一样压着她。

后来，家中的问题解决了，小妹沉重的包袱也就卸下了。

毕业后，她做了小学教师，并与从重庆大学毕业的杨枚中结了婚。

现在小妹已退休多年，晚年和儿子一家生活在一起。

生活中，总会有意想不到的事落到你头上。你得忍耐，不要绝望。只要你心存善念，总有灿丽的明天温暖你。

大雾漫江云遮山，
江流峰峦都不见。
雾锁云盖能几时，
日出青山更苍然。

敢闯天下的金洪真

　　洪真弟，是我小舅金铭俊的长子，他还有一个妹妹和一个弟弟。

　　一九八〇年，我回长白时，才知道有他们。那时洪真弟才十来岁，很有主见，不随便同人开玩笑。我带去的儿子安平才五岁，洪真领他玩，我很放心。

　　第二次回长白时，我小舅已病逝了。那时洪真弟在街上租了一个临街房，开了一家羊肉馆。他已结了婚，娶了一个朝鲜族姑娘，生了一个女儿。

　　一天清晨，我叫清顺弟领我去洪真弟店里看看。洪真正在店里冲刷地面，室内清清爽爽，无一点膻气与腥味，各处干干净净，顾客很放心买他的羊肉吃。

　　不一会儿，洪真的妻子收拾完家务，也来店里了。她也姓金，是一个勤劳善良挺秀美的姑娘。她的汉语很好，交谈起来很方便。大家见面，很兴奋。

　　我第三次回长白时，没见着洪真弟。他去日本打工已好几年了。家里只有他妻子在照顾女儿念书。

　　一个女人，守着这个家，很是不容易。据说她身体也不太好，可她却供她女儿考上了延边大学。毕业后，她女儿又考上了公务员。我去时孩子已上班了。这孩子很争气。

　　不久，又听说洪真上新加坡打工去了。

　　到外国谋生很辛苦。可洪真弟持之以恒，坚持下来，以保家庭的温饱。女儿结婚时，洪真弟回来了。与妻女团聚，别是一种滋味荡漾心头。

洪真弟有福了！他应该很好地感谢他的妻子。她以她的耐心默默又苦苦地维护这个家，有眼光，把女儿培养成这么好的孩子，使他能放心打拼。无论一个丈夫走多远，家中有这么一个女人守住你的儿女，呵护他们成长成人，成为一个对社会有用的人，这是非常重要的。

我们应该感恩这个人。她护住了你的根儿。这根儿又不断发芽长枝开花结果，一代一代光鲜下去。

我后来回长白，都没见到洪真弟，我知道他远离家乡为家庭谋富裕的艰辛！

好多年没见洪真弟了，不知现在他的情况如何。后又听说，他来山东了。我们通过电话。

当世人都把你忘记时，只有我们的根芽儿女们会永远追忆着你，祭拜着你，使我们永不寂寞。

一步迈出家万里，
寻活觅财好苦辛。
身子一条抛门去，
生死险恶由命运。
老来返乡见儿孙，
别忘了，秋水望穿，
凄苦护根那守家人。

秀梅妹

秀梅妹，是我小舅金铭俊的女儿。

这是一个善良朴实的姑娘。我每次回长白，她都哥长哥短地问候我，使我感到兄弟姊妹间的关怀与温暖。

虽然远隔千里，至少十几年才能见上一面，但一见，就像从未离开过一样自然。她的长相，似我姥娘——她奶奶的模样，尤使我深感亲切。

秀梅婚后生了个儿子，一家人生活得平静和睦而安详。可是我再次回长白时，这个妹妹竟因心脏病而离世了。那时，她也就刚三十岁左右，撇下一个五六岁的孩子。

望着这个白净秀气的娃子，我不禁潸然泪下。我的母亲，也是二十八岁不到就病逝的。

如今，秀梅的孩子，也愿意跟他外祖母生活。同我小时痛失生母时何等相似。但他还小，还不明白失去亲母的巨大哀痛。

人，没有了最温暖的疼爱、最深入肺腑的关怀，是最不幸的。

他拉着我的手，蹦跳欢笑着，乐呵着，这更使我揪心悲悯。

当然，他不会像我小时遭遇的那样，生活在风雨飘摇之中了。他还有父亲在身边。

愿这个同我一样小小年纪就失去慈母的孩子，能安宁地度过他的一生。

离世小妹寿不长，
懵懂小儿没了娘。

欢悦蹦跳笑声亮，
不知其母再不归。
不懂无娘多凄凉，
见娃如我儿时同。
心泪暗滴淹肺肠。

洪波弟

洪波是我小舅金铭俊的二子，现在做刷墙工作。平时他言语不多。

我小舅病逝后，洪真作为哥哥对洪波要求很严。他自己也老老实实做人做事。

没有大本事，学着给人修饰刷墙，还是认认真真，尽心往好里做。由于他干得仔细，人家也愿意叫他做。

如今他已结婚，生了儿子。我小舅母跟他一块过。

他儿子已上学了，我对他说："你要很好地教育他，一定要供他上大学。这个年代，不上大学，将来找工作很难。"

洪波说："那要看他自己了，他能考上就念，考不上也没法。谁不想儿女将来过得好啊。"

"那，你得好好引导他呀，不要贪玩，好好学习念书啊。"我说。

"我现在也挺着急，正往这方面努力着。"他说。

洪波是一个平常人家的主人。他没念很多书，对世道和人生没有太大希求，只求温饱平安，自己这一辈子也就满足了。他对后辈儿孙也还有些期待与奢望，也时时焦急睡不着觉。

但儿孙们的命运，归根到底，还是掌握在他们自己手中。当然，长辈们引导培养也极重要。

但愿他的儿孙们，能有所作为，换一种境界生活。

人已睡，月色昏，
星河还跃动多少心。

明灭闪烁都没歇，
全是人间未眠人。
苦思柴米儿孙事，
可怜焦虑至夜深深。

长白山的馈赠

那时的长白山区，森林茂密，花果丰美。猛兽蹿跃其间，野禽飞鸣山巅。人烟稀少，属蛮荒之地。

小时候，偌大的长白县，不足两万人居住。这个村到那个村，相距十几里、几十里，也有三户五户的小屯，散布在深林草莽间，常年不见人来往。

那时山东过来的人说，在俺山东三里五里就是一个村，张眼望就是好几个村落。长白人听了，似听童话一般。

那时，狍子、野猪、鹿、熊、狼、松鼠、野鸡等各种野兽飞禽，常常光顾村落。遍野的红花绿草，还有山芹菜、野韭菜、山菠菜、黄花菜、车古骨菜、山野小苹果、野葡萄、地枣（野草莓）、狗奶子、大脖梗子、托罗盘儿、山梨子等山野菜果，还有千娇百媚的各色野花，如野芍药、山里红散布其间。

城里人养花栽果，盆养瓶插以赏心悦目。山里人，只要往窗外一望，万绿千红，扑面而来，想看啥就看啥。出门上山，吊吊挂挂的野果碰头打脸，自招人来吃它，人都不理。花开了，又落了，落了，又开了，没人欣赏。山果熟了，落了，落了，又熟了，烂了，也没人品尝。

世界太寂寞了。

每年秋天，狍子成群地围着屯落鸣叫，村野人称"狍子卖肉"，自卖自，可屯里人不买它的账，任凭它喊叫。那时，村里很少有以猎为生的人。我小时候，狍子还这样在村头欢叫。

我爱吃狗奶子。它是丛棵树堆结的小果，形若狗的奶子，不熟时，发

豆绿色，熟了发紫色。它酸甜还带点苦味。我回山东后常常想起它。每次回长白，我都去市场买点吃。吃了，就够了。可过后还想。它就有这种魅力。

遍山漫野的山里红花很鲜很美。山里人并不把它单纯看成是花，而是在饥渴时当作菜饭食用。我小时候，常成捆成抱地把山里红撅回来，撕几朵鲜红娇嫩的花苞往嘴里塞，把那清新又温软的花蕊吞进口中，当成鲜果美菜生吃。

长大些后，我也欣赏它的娇艳，感谢它染红绿野，使遍山漫野绚烂灿丽的山林更显妩媚；也感谢它的清纯爽口的花汁充饥饱腹，既养目，又甜心。

还有松蘑，那时山里人根本不吃它。夏雨一过，松林下一片新蘑顶盖而出，黄嫩似花片，圆圆铺地。几天之后，又全烂在地下……

长白山的馈赠何止这些！

大自然的恩赐，无穷无尽。

白山无私更无情，
山珍美果藏林丛。
兽嚼人吃从不管，
年年坠落年年生。

俊俏女老板庆霞小妹

吉庆霞是二姨最小的孩子，我首次回长白时，她才十岁左右。

我这小妹聪明俊美，大方又开朗。她待人真诚，人缘极好。

我第二次回长白时，她已是一家饭店的老板了。小妹夫长得挺秀气，周正，还有点腼腆。看来，做主的还是小妹庆霞了。

庆霞和气热情，说话也甜。街上人走过她的饭店，离得还有一段距离，她就先向人打招呼。满面笑容，像飞过一片红霞，光彩迎人而来，由不得人们都喜笑颜开同她交往。

那次我们去十五道沟一个景点玩。我们一行十几个人，乘游览车，过了一个风光丽美又心悦欢畅明朗的玩乐日。

我回山东后，一天突然接到庆霞妹的电话，她张口就问："哥，安平出差了没？"

我听了一愣，说："没有啊！刚才才去上班了呀。有啥事？"

庆霞说："咱小舅母差点上当了！"

我吃了一惊，忙问："怎么啦？"

庆霞说："昨天咱舅母接了个电话，问他是谁，那人不说自己是谁，说：'你猜猜我是谁？'咱舅母说：'我哪里知道你是谁？'那人说：'你再猜猜看，一猜就准。'咱舅母想了半天，别处没有亲戚，就想到了山东你的儿子。说：'你是安平吗？'那人紧跟上说：'我是呀。'又说，'我带着车上长春出发，被盗了。住店吃饭都没了钱啦！车加油也没钱啦！你快给我寄五千块钱来，我回去就还你。'舅母一听，犯了愁，上哪儿去弄五千块钱！今天早晨，那人又来电话催。舅母说：'我哪有那么多钱呀。'那人

说：'没有五千，三千也行，一千也行。'咱小舅母这不就来找我，看如何汇些钱给他。我一听舅母这样说，就估计是个骗局。"

我忙急地问："钱汇出了没？"

"没有！这不，我打电话给你核实一下，这下就都明白了！"庆霞说。

"那好，那好！亏得你，阻止了这场骗局，若寄走钱，上哪去找回啊"！我说。

老人没经验，差点上了当。

庆霞妹已成熟，已能眼观六路，耳听八方，识音辨事，使那些狗窃鼠盗诈骗之徒歹意成空。

小妹真好。你不光容颜俊美，心灵也敞亮，处事周全。

静如秋月，
美如春花。
白山女儿，
聪慧俊雅。

朴实庆梅妹

庆梅是我二姨的大女儿。按顺序来说，她是老五，上面四个哥，下面一个小妹。

庆梅妹，是我与二姨家联系的纽带。每次二姨那边有什么消息，她就电话通知我。我向二姨、二姨父问候等，也是她给我传达。

我回长白时，路途中，走到哪里了，就打电话对她说。从松江河下火车后，乘上去长白的出租车，就告诉她我几点到长白。于是她就告诉兄弟姊妹们，到时去车站接我。

庆梅是个热情、聪明又朴实的好姑娘。她在一家工厂工作，直到退休。她与工友们相处很好，从不挑肥拣瘦，争名夺利，深得同事们的尊重。

庆梅结婚后，夫妻二人相处极好。她丈夫是很老实本分的青年，在县教研室工作。他们有一个女儿，大学毕业在黑龙江省一所中学教书。

一次庆梅回家神色不佳，问她，她说和丈夫闹了点小矛盾。夫妻间这是正常的。可几个哥哥们视妹如宝，就找到妹夫训斥他。

庆梅丈夫是一介书生，他也有他的尊严，过后我几个弟弟也检讨了一番。

此后，庆梅夫妻和好如初，再也没闹过纠纷。

庆梅极善良，对亲人们关心备至。她孝敬父母，热爱尊重哥哥妹妹，对我这个远离数千里的表哥的愁烦苦乐也十分挂牵。

前些年，我再次去丹东寻找我大舅的女儿润姐。到了丹东，去了大孤山公安分局户籍科，又到了几个敬老院等处查了又问，皆无线索。

庆梅得知后，打电话给我说："哥，你尽了心也尽力了，实在找不到也没有办法。只要人还在，总有一天会再见面的。不要太伤心了。"她还给陪我去寻亲的大女儿打电话说："你要好好地照顾你父亲。他已是七十六七的人了，去那么远找人，折腾得也够呛的。劝劝他。快点回去，让他平安回家吧……"

她是怕我被这事击垮，慰藉再三，心心念念。血脉相通，兄妹情深哪！

朴实善良，
敬老尊长。
和睦乡里，
日月绵长。

大孝子

吉庆国是吉家最小的男爷们儿。他身材细条而结实，自小就有股蛮力，也就是定力，不怕苦累。

我第一次回长白时，那时他也就二十岁刚出头。他抱着我五岁的儿子安平登塔山。我看着都累，说："放下，让他自己走上去。"庆国弟说："不用，我抱他上去，没问题。"

庆国在县工商所工作，认真，清廉，尊重领导。他自己多次说："国家的规定就是高压线，谁冲破它，谁就完蛋。"他安分守己，团结同志。

二姨父病逝后，二姨也老了。最后几年腿脚不灵便，连说话也说不太清楚，弟妹们都有各自的事做，怎么照顾老人，成了全家的大问题。大部分人同意送敬老院。

四弟庆国私下曾问过："妈，你想上敬老院吗？"二姨摇摇头。

在讨论二姨去不去敬老院时，有的儿女说："妈，你还是上敬老院好，我们各家都有自己的事，没办法照顾你。""我们也是这个意见。"其他人都附和。

二姨的心不情愿，但又不愿驳儿女们的意见。她两只眼睛只盯着小儿子庆国，不说话。

庆国明白母亲的心意，为满足老人最后也是最大的希望，他对哥哥妹妹说："不用送了，我照顾咱妈。有什么事，我招呼大家来商量解决，你们放心就是了。妈，你看咋样？"

二姨一脸的紧张，松弛下来……

单位人知道了，很是敬佩庆国的决定，都很体谅他，赞叹他的孝心。

从此，庆国弟一心一意当起了二姨的保姆。他女儿已成家，家中常

常只有他和二姨。哥哥妹妹们也常来家看看，都很放心。

每天清晨，天刚蒙蒙亮，太阳还没冒红，一辆轮椅车便被推出家门，在长白镇的街道上走走停停。轮椅上，坐着一位腿脚不灵便的八十多岁白发苍苍的老婆婆，后边推她的是半秃顶的老儿子。黄昏时候，还出来一次，直到日落西山早星闪烁才回家。

这几乎成了长白县城里的一道风景。

长了，街上人都知道了，见了都打招呼，走过去，又回头望望，看一眼推轮椅的秃顶人，低声说："这真是个孝子啊……"

就这样，春夏秋冬，阴晴雾蒙，年年月月如此，天天如此。二姨心情敞亮，不寂寞孤单，又呼吸着新鲜的空气，活得愉快欢悦。直到二〇一九年八月十六日，活了九十一岁的二姨才安详地闭上了眼睛。

庆国弟功德无量。

作为一个普通人，庆国无半点不情愿，而是实心诚意侍候老人。从来没丢一张死板面孔给老人看，而是成天乐呵呵地扬一张笑脸儿，给老母讲一些新闻趣事，让老人开心、踏实、无忧无虑地度完她的天年。

庆国，你父母有恩于我。然而，我在几千里之外，尽不上一点心意，你和你几个哥哥妹妹的孝心孝行，也纾解了我的一份担忧与牵挂。我感激你们！敬佩你们！我的好弟弟妹妹们！

轻推轮椅串街巷，
椅中老母好安详。
迎早送晚夕阳暖，
秃顶老儿笑声亮。
生养恩重长白山，
彩虹飞空说过往：
婴娃闹吵上街欢，
儿坐摇车推是娘。
从来岁月轮回转，
孝薄云天日月长。

一个豪爽的人

　　吉庆义是我二姨的三儿子，他是一个豪爽又真诚的人。他无心机，不拘小节。

　　我回长白时，无论到哪里，都是他开车。看长相，他酷似他爹——我二姨父。圆而稍长的脸儿，身板竖条，一双善良的眼睛。干什么，叫他他就走，不计较累难长远。

　　我回长白，每到一个地方，都会照张相，留作纪念。有张相片洗出后，我看着笑了。庆义弟在照片中竟坦然地露着半截肚皮。那时是夏天，他把背心卷在肚脐以上了。

　　我第二次回长白时，由于周围松林都长高了，原来坟边的一块大石也糟烂成泥了。我怎么找，也认不准母亲的坟了。最后还是把年迈的大姨二姨拉到山中，才认准哪座坟是我母亲的坟！

　　我好一顿大哭。

　　母亲坟后有一丛榛棵结满榛果。这是我姨认我母坟的唯一佐证。

　　榛棵虽细柔低矮，但它有根，常年不绝，岁岁长青。它在母坟身旁守护，使我认出母亲坟茔所在。

　　我感谢它的恩德，它的存活。

　　原先我只认母坟边的一块岩石，认为它坚硬长久，可它无根，终于在长白山的风雨剥蚀中糟烂成粉泥了。

　　于是，为了此后易认母亲这一抔土，我决定在母亲坟前立一块石碑。

　　三弟庆义听说后，说："这事我来办。我知道哪里做这件事！"

　　我回到山东不久，庆义来电话说："碑已立好，是一位老石匠做的，很好，放心吧。"

放下电话，隔了半个来月，庆义弟又来电话，说："前天晚上，我做了一个梦。一头牛在山间吃草时，把碑给撞倒了。第二天，我忙去山上看了看，碑好好的，还立在那里……"

可见，三弟庆义对别人嘱咐的事，何等用心在意，昼思夜梦，不能有半点闪失。此种人，靠得住。

我姨父给他起名为"义"，确实符合他。他仗义为人，在朋友中间，大得赏誉。

义通天下。友多者，自己也欢悦快乐。

义能感天泣鬼神，
死生打拼共荣身。
刘关张事已过去，
何处再觅义兄人。

一个聪明沉默的人

庆利弟是我二姨的二儿子。他稳重聪明，办事认真，沉默寡言，很有二姨父的处事风格。

一九五四年我回山东时，还没有庆利弟。一九八〇年我首次回长白时，他已工作并成家了，在县就业办负责。弟妹也是一个憨厚淑静的好女人。

二弟办事很有主见，对家里事，也能想办法，处理得大伙满意。

我再次回长白时，弟妹们来车站接我。我看遍来的人，没见二弟，便问："庆利呢？"这时从人群后站出一个人来，笑着说："哥，我在这里呢。"

庆利属于那种不抢头、不张扬、"她在丛中笑"的一类人物，我很喜欢。

这次回来，我带来了儿子董安平和小孙子董浩水。我出生在江对岸朝鲜的惠山镇，那时我父在那边绸布店干店员，所以想过江看看，那"德升东"绸布店还在不在，我家住的那间屋还在不在。

我嘱咐庆利，联系一下旅行社，买票去趟朝鲜。

第二天去拿票时，旅游部门人员把二弟叫过去，说了几句什么。二弟过来说："你儿子安平现在是正科，在县里就是局长级别。按现今规定暂时不能出界，要去只有你和浩水两人。你看怎么样？"

只和小孙子过江，我怕应付不过来。

二弟见状，说："今天，我领你们去趟十五道沟吧。那儿风光特别地好！散散心，玩玩，比去朝鲜要好得多，有看头。"

我只能听他安排了。

逛了一天，这里地貌环境特别鲜亮清美。那湍急的水流，那壁崖的齐整，令人惊异豪叹！完全打消了未去朝鲜寻找童年的一点记忆的不快。

由此，我想起一九八〇年首次回长白，去给先母祭扫坟墓时，发现带来的香烛和纸币不见了。二弟跑去梨树沟门市上，又买了些回来，解了这燃眉之急。

庆利弟就是这样，在最需要的节点上，他挺身而出，助你释忧解困，使你心安意洽。

二弟这种人，看似最平凡不过的人，但他们善于动脑。如有机会，放他到一个更大的格局中去，随眼界开阔与能力的增长，加上他的智慧，他会活得更精彩。

红尘斑驳尔心定，
得失从容人钦敬。
遇事拿起放得下，
天蓝云白鸟声声。
身处喜怒世俗内，
心在高山流水中。

新时代放排工

吉庆顺，是我二姨的大儿子，他比我小十来岁。

那时，我住他家，二姨嘱咐："你玩时，要带着弟弟一块玩。"

可我，只贪自个痛快，不顾弟弟。有时，我在前面大步走，他在身后"呜呜"地哭，哭得鼻涕眼泪流一嘴巴。

我首次回长白时，他已是林场壮硕的放排工了，由于成年累月在无遮无盖的江面上穿行，皮肤暴晒得黑亮发紫。那时虽有汽车往外运木头，但有些木头，还会编成木排，从鸭绿江放到临江或安东。他外形跟姨父差不多，挺拔。他很少讲话，只静静地望着你。你问一句，他回一句完事，但他眼神和身躯里透着一股冲风劈浪、勇毅镇定的豪爽之气，让人感到温暖又踏实。

一排排长长原木编成的木排，遮蔽半个江面，在鸭绿江上冲荡漂浮。

多大水浪，多险高崖飞湍！放排人，双脚紧扣木排踏处，铁爪样深牢，从几十米高的泼天滔浪中跃飞而下，眨眼间，又落入深渊，不见了踪影。

就在人们慌急惊乱中，木排在江下面，又亮钻而出，像箭似的蹿跃向前。

放排工，一身水流，像驾驶去天际的木槎仙舵，威严又无旁顾地驶上云端。

此种险恶之处每次必过。年年月月，导引木排，劈波斩浪，又绕过偌多暗礁漩涡，直抵临江。

这种浪险水漫的生活，已成庆顺弟工作的常态，他已完全不是当年跟在我腚后头，哭鼻子的小弟弟啦。

我问他："放排时，遇着洪水暴涨，你不害怕？"

他笑笑说："有啥怕的！只要顺水漂流，避开石岩……"庆顺厚道，风浪已把他炼成一个铁铸般的汉子了。

若是我，连站在排上都站不稳，别说遇到顶风冒雨、江流泛溢、崖壁怪吼的险恶时刻了。

"你就不想换一种风险小一点的工作？"我问他。

"什么工作没有险？"庆顺笑着说，"一个小沟的水，若一头栽倒在里边，也会呛死人的。干啥不是一辈子。"

庆顺说得很平淡，很真实。那时姨父还在林场负一定的责任。

可那时的人都不挑肥拣瘦，拈轻避重，安排在哪儿工作，就一直干下去。直到退休，我庆顺弟还是个放排工。

他在江流上挥洒自如的形象，若放在影视巨片中，那冲波劈浪从狂暴的风雨中握掌排杆，英勇豪迈地呼吼着，导引江排飞流出险的光彩一幕，也是人们永远难忘的。

人，一辈子有别人达不到的瞬间辉煌，也就很够了。

世上，人要"真真"地活，真不容易。要活出光彩更难。

在百姓身上，也会时时闪烁出亮点和光彩，可是人们往往都忽视了这平凡人物的高光时刻。

披雨顶风两鬓霜，
波溅日曝脸颊红。
鸭绿江上放排人，
险里夺食活大命。
跋涉路途难离水，
人生谁不在浪中。

故乡来客

小弟是我大姨和金山姨父的小儿子。

他长相极似我金山姨父，小长脸儿，俊气，聪明。大姨特喜欢他。

一天，一电话打到家里。我问："你贵姓？"对方说："我姓高，从东北长白来的。"

听了这话，我很激动。这些年来，长白很少有人来我这里。我问："你在哪个地方？我去接你。"他说了。我便匆匆赶往车站。

一见高家小弟，我喜出望外。

把小弟接回家，家里人都很兴奋。我问他："你是怎么找到这儿的？"小弟从兜里掏出一张我去东北时，给金山姨父留下的名片。

我问候了大姨、大姨父们好，还问："你来山东，家里人知道吧？"小弟羞涩地一笑，含糊地轻声说了句："知道。"

没谈了多少话，他开门见山就说："哥，你能在山东给我找个工作做吗？"我问："你能做什么？"小弟说："到海上打鱼。若能找上个打鱼的活干，挺好。"

瞅小弟上厕所的空，我要通了长白的电话，接电话的是秀兰妹。她说："小弟没说他去山东，更没讲去海上打鱼的事！你劝他快回来。这几天俺妈找不见他，急得够呛。他是自己去的还是有个女的？"

我说："就他自己。""可能还有个女的，她没敢去你那里吧？"

我听了，有些蹊跷，就对小弟说："找工作打鱼得家里同意，你先回去，商量好了，咱再说。"

小弟在我家住下了。他听了去海上打鱼的风险，也打消了闯海谋生的

念头，就返回长白了。

后来，我回长白时，听说在其他人的帮助下，小弟也承包了一些山林，还办了一个卖长白玉的商店，而且讲起来头头是道，兴味盎然。我放心了。

我祝福弟妹们！踏踏实实，埋头苦干，勇往直前。

小弟聪明更俊气，
欲曾闯海开新宇。
有这辽阔心气在，
何愁人生那口食。

依靠自己

锁子，是我大姨和高金山大姨父的第二个儿子。他上面有一个姐姐秀兰，一个哥哥洪财。

锁子弟很实诚，见了我，只是笑，喊一声："哥，啥时来的？"别无他话了。

他的长相，兼大姨大姨父二人的特点，宽圆脸，体格健壮，很安静，很勤奋。

锁子很独立，不依赖他人。他也承包一些山林野地，比洪财少得多，但经营得还可以。

平时，他与哥弟姐们接触不多，只闷着头干自己的活，做自己的事。

不给别人添麻烦，有难处自己扛，这是他的处事根本。

当然，他也想把日子过好些，但他却脚踏实地，没有不切实际的野心。

他常说："我这个人就是这样，普通老百姓一个。凡事靠自己。"

他生活得慢条斯理，也踏实，满足，安详。

这是一个典型的平常人生活。

这种独立的品格，我很看重。

这类人在长白山中很多。他们像长白山，独立于蓝天之下的大东北，没有喜马拉雅山的高峻，没有泰山、华山、武当山、黄山等的奇险空灵，没有殿阁庙宇钟声佛号吟唱，只有一座大峰头、一池浩渺碧水，可这关东的山，这座长白山，养育了逃难求生的芸芸苍生！

不求壮丽而壮丽，不求巍峨而巍峨！长白山的这种品格，铸就了它

的子民的独立自主生存之道。一年无霜期只有百来日，其余二百来日，大都为风霜雨雪肆虐，甚至大雪盖山，故称长白山！在这蛮荒苦寒之地生活，要的是不求人。不求人，人自强！他们在前不着村后不着屯之处生存，能靠什么人？不自己站起，就会被大雪封门憋死！

　　锁子弟就是有点这种品行，自己挣扎，闯出一条生存之路。

　　我为锁子弟自豪。

　　蜂歌蝶舞，兽欢蚁忙。
　　等食盼财，啼饥号寒，
　　人为灵长，知耻知理，
　　辛勤肚饱，万事皆旺。
　　人生自立，山高水长。

起步早的人

　　洪财是高金山大姨父和金铭礼大姨的大儿子。他中等个头，圆脸儿，平展的胸脯，稍微有点胖，站在人堆里，看去并没什么特殊的异貌。

　　那是肉类奇缺的年代。他和他一个同事，受林场派遣，来山东联系屠宰场，弄点肉，改善职工生活。

　　表弟来了，我特高兴。小时候我在长白，受到大姨父和大姨很多关爱照顾。

　　我领表弟回到矿务局我父亲那里。父亲见了，很是意外与兴奋。他竟还认识同表弟同来的同事的父亲。

　　表弟的同事很佩服表弟，大赞他能干，有眼光，有魄力，敢干敢闯。当时他已成了万元户了。

　　其实，那时，我对万元户还有些看法。离开单位，单干了？就没多问。

　　我第二次回长白时，洪财弟已承包了大片山林，除了植树，还养林蛙等。我真为他高兴。

　　我再次回长白时，洪财弟已包了两万多亩山林，除了植树造林、养殖，还栽种人参。

　　他招用了很多人，建了几个分场，请了些有经验的人帮他管理。在他参场干活的还有些从山东去的老乡。

　　那天，他亲自开车，拉着我和我儿子安平，还有我小孙子浩水，去他的林场看看。

　　那是晴天，万里天空一片海蓝，出了县城，车就钻进了清新雾湿的山谷。

我们经过数百道水湾沟畔，又旋攀上百十盘绿岭翠岗，到达高耸入云碧苍苍的峰端。

这山的最顶处是一片坦平林地，参场就辟在这里，挺拔茂密的绿松壮柏在四周环绕。

白色塑料膜下的人参已三四年了。旁边又辟开一块空场，地头上的树根还冒着灰白色的残烟。男女工人们正在平整新参地，扩大参园。

放目远眺，青峰套着青峰，翠谷连着翠谷。那白纱似的云雾飘浮高山深谷中，如海浪汹涌。红日虽已升起，山林还湿漉漉的，凉爽中散发着美花俊叶的清气。

参园边是一排简易的平房，是工人们的临时住所。见洪财来了，工人们都笑脸招呼。洪财说："大伙歇会吧。"

下山后，我们又到他其他几个地方看了看。有的林场还养着几只黑黄色小牛般大小嚎叫狂突的巨犬，见生人来了"汪汪汪"吼喊，撞得笼子哗啦啦乱响，很吓人。

回来路上，经过一座水电站。洪财说："他们要我把这电站包下来，我还没想好哩。"

现在看来，他年收入数万元已不是虚话。据说，他已是长白县纳税大户了。

当年，他爷爷给他父亲起名高金山。高金山兢兢业业干了一辈子林场会计，别说是金山，连门边一棵树也是公家的。姨父给表弟起了名字，高洪财。这名字里暗含着老辈人多少的期望和等待呀！洪财没辜负老辈人的奢望，倒真的发"洪财"了。

当然，时代变了，政策也变了，再就是洪财起步早，像他同事说的，有眼光，有魄力，敢闯敢干，敢为天下先。更重要的，聪明，奋斗，肯用心力。

他靠自己的头脑和双手变贫山成绿林，辟蛮荒栽参宝，创偌大家业，令人折服。

看来，人只凭体力致富很难，得用智慧、心力，摸准时代脉搏，应时而起，财源才能广进。

洪财曾对我说："现在我的心脏不太好，已搭了好几个支架了。"

我听了十分吃惊。他用心太过，操心费力太多，真难为他了。他是用生命打拼，耗神劳心太重。

从一个极普通的林场工人，白手起家，奋斗到这个份上，得用多少心力，承担多大压力呀！

"该休息了吧？"我说。

他还犹豫，说撑几年再说。

人的心理就这样，好了还想再好，但以后又会怎样发展？谁都难说。

但眼下，我还是为表弟高兴的。

事成都在目光中，
一步迈出万人惊。
功业都从险中来，
千帆过海一路风。
别羡他人富有余，
劳神耗损半条命。
世事轮回何时安，
财裕人家难欣宁。

处事周全的秀兰妹

高秀兰是大姨和金山姨父再婚后生的第一个孩子。这也是亲上加亲，以使原来各生的儿女们不受委屈。

秀兰自小长得酷似金山姨父，聪明，秀气，俊美，待人和气，处事周全。

我从长白离开时，秀兰还在大姨的怀里抱着。

那时日子比较清苦，大姨曾对我说："秀兰小时，我背着她，去林场野林里挖野菜摘山果。有时累了，就把她放在路边。这里一天不见个人。你姨父在林场干会计，挣的工资不多。我不拾点挖点那野菜什么的，生活就挺紧巴。现在想想，那时也太大胆了，太不顾后果了。那时野兽很多，若被狼叼了去，或被人抱走了，咋办哪！现在想想还有些后怕呢！"

那是生活窘迫时的无奈之举，为生存，能活得那么安全嘛！

我回长白时，秀兰已长成大姑娘了，也结了婚，有了自己的孩子。她丈夫是一个极安稳聪明又能干的人，在县里一个部门工作。女儿是电视台的女主播。

人，就该如此。生于忧患，长于艰难。履惊践险的人，才能逐步成长为一个眼界开阔，性格坚强，成熟，能团结人，理解人，为人们所热爱与尊重的人。

秀兰老母病逝后，老母要埋在何处，成为当时极棘手的问题。那时金山姨父早去世了。据说，金山姨父曾对我大姨说："我先走了，你死后要和我埋在一起。"

那时，两个老人，有三帮孩子。按说，按金山姨父临终的安排最适当。当然这也存有遗憾，那是没有办法的事。最后三帮孩子中的大哥说："把咱妈安排在我的亡妻坟处，使她们婆媳俩相互关照些。"

秀兰心里有想法，但面对其时景况，怕讲出后争执起来，就从大局着想，使老人能平静地入土为安。

秀兰家中，我见墙上挂着一张照片，她穿着朝鲜族妇女的红绿衣装，煞是好看。

每次我要离开长白时，头天晚上，秀兰妹和她丈夫都到我二姨处，依依惜别之情溢满心头。第二天清早又赶到车站，弟妹们都来送行。一次她还登上大客说："大哥，等有空，我和孩子们去山东看你。"我说："好啊……"汽车已发动了，她才急忙下车，挥手而别。

情真依依，
别绪怅怅。
兄妹念深，
万里无疆。

诚实秀金妹

　　高秀金，是我姑姥娘的大闺女和高金山大姨父的女儿。她还有个姐姐，很小时就夭折了。

　　秀金自小失去母爱，所以懂事很早。她长得挺敦实，处事谨慎，能顾全大局。不管什么事，她不出头，不抢先。

　　我大姨父高金山病老后，按她的想法，能跟她死去的母亲埋在一起最好了。但她看看兄弟姐妹们，就没出声，任凭兄弟们处理。

　　一次我回长白，要去看一家亲戚。因小时候我曾数次住他们家，他们待我也很好。可是我小舅与他家曾发生一段纠葛，所以我的表弟表妹们很少与其往来。

　　因他家搬了个新地方。我就问他家现住什么地方，弟妹听了，都不回答。

　　秀金看看我，又看看弟妹们，犹犹豫豫地说："我知道他们家。"

　　我就叫她领我去。

　　到了那家的楼门洞口，秀金刚想迈腿进去，忙又抽回脚来说："哎哟，哥哥，我只能送你到这儿了。我若进去，他们得说我嫌我了。按说老辈的恩怨，咱们做子女的不应掺和，可是……"

　　我见她那为难样子，忙说："好，我进去坐一会儿，你先回家吧。"

　　她转身，摆了摆手，走远了。

　　秀金的丈夫很实在，孩子们也很好。两口子守着这个普通的家，守着自己的孩子，不惹事，和善谦让对人。日子过得平平静静，很幸福。

世道纷争何其多，
争财夺利尽琢磨。
穿暖吃饱无他望，
本分人家自安康。

勤劳懂事的大群弟

大群，是我大姨金铭礼与早年病逝的赵家大姨父的儿子。他们还有个女儿菊子。

我第一次回长白时，各个弟妹都来过了，就是不见大群。大姨说："大群有事，过两天就来。"

大群小时候，很可爱，圆圆的脸儿，白胖胖的，酷似我死去的赵家大姨父。

那天，他来了，他已长成大人了，高高的个子，模样跟小时候还差不多。二十六年没见他了，他已三十来岁了，并成了家，我好高兴。

我第二次回长白时，大群弟已承包了几个水塘，养蛙。他很独立，不依赖父母，令人尊重。

我去给我母亲上坟时，他也陪了去。因树林杂木都长高了，荒草遮漫，坟边的岩头也糟烂了，我认不准哪是母亲的坟了。

大群弟在林中横穿竖寻帮我找，还是大姨、二姨来才找准了。

我回山东时，大群还送了些大粒的松子。拿回后，我找了个爆米花的师傅，倒进膛内，烧烘了多时，"嗵"地一声爆响，喷出一片烟气，近前一看，只爆开了几粒松子，绝大部分还是囫囵着。辜负了大群弟一片心意。

第三次回长白时，他妻子病逝了。

后来，我大姨老死时，埋在哪里，成了大问题。我知道这事难处理，就给秀兰打电话，嘱咐她："凡事要谦让，你是金山姨父和我大姨两人重新组合家庭生的第一个孩子，这边，你是老大，一定考虑不要同其他兄妹争。"

一家人，大姨那边带来两个赵家孩子，金山姨父那边带来一个孩子，大姨和大姨父结婚又生了四个孩子。这三帮孩子为两个老人，归哪处去，都有各自的意见，也都有些道理。

　　最后还是大群提议，让大姨同她死去的儿媳埋在一处："这样婆媳一起，相互照应些。"

　　这样，其他弟妹都不再说什么。高金山大姨父单独埋在一处，也没有同他前妻归在一起。

　　如此，秀兰那边上坟时，就得去两处，大群那边也是两处，秀金这边也是两处。

　　生活就是这么纷繁复杂，意料不到的事时有发生。老人魂归何处，都得斟酌，妥当些。

　　愿死者宁静安详。

　　包山水塘又养珍，
　　肥蛙欢鸣道古今。
　　千载蛙事无人问，
　　青山今有牧蛙人。

耳朵上有拴马桩的弟弟

张庆林弟是我二姥娘的三闺女和我姑姥娘的二儿子婚后生的一个孩子。

庆林小时候很可爱，白嫩微胖。他耳朵里长了个拴马桩。按老人们讲法，这是福相，长大了可以车马成群。

我离开长白时，他很小，还分不清我这个哥哥是谁。

时隔二十六年，我首次回长白，在返回路过八道沟时，住在旅舍里。

我乘坐的是三舅的三子往临江送木材的汽车。住下后，不长时间，走进一个青年来。他看到我，便喊我："文林哥，你好。"

我很愕然，问："你是？"那人一笑说："我是庆林哪！小时候，你光逗我玩。有一次我哭了，你却跑了……"

那时的一个娃娃，如今冒出了个壮实又亲切的男子汉。我惊喜地攥住他的手，连连说："庆林！庆林！你还记得我？""记得！记得！"庆林也极兴奋地说。

庆林长大了，模样酷似我二舅。圆圆的脸儿，笑起来一脸憨厚态。他父亲在我没离开长白时就病逝了。他现在子承父业，也给林场开汽车。他已结婚，也有了自己的孩子。他母亲——我三姨在丈夫死后，又嫁了一个护林队的排长。如今他们家搬到了新房子。我二姥娘在方家馆子老掌柜病亡后，随我三姨也住在这里。

"哥，明天咱到我家住一天，见见我妈和我姥娘。"庆林说。

此事，我没想到。可能是我走前二姨父、二姨他们安排的。这使我旅程中又多了份惊喜。

第二天清早，庆林开车，去了他家。亲人相会格外喜悦。二十六年未见，总有说不完的事，掏不尽的话。那位以前干护林队、现在干食堂的三姨父也回来了。

我在三姨家住了一宿，第二天我乘庆林的车去八道沟。三姨看着我们上车，还不离开。这一别，千山万水又不知何许年能再见。

到了八道沟，又换上三舅三子的汽车，去临江。开车前庆林说："哥，啥时再回来？"我说："说不准。"庆林说："待一块多好！日日见面，夜夜枕眠！这样叫人牵肠挂肚，多难舍啊……"

我听了，热泪盈眶，说不出话来。我在方家馆子住时，晚上就是上他家睡觉，三姨待我很好。

亲人别离，实为生计所迫。难舍又如何，不分又何能！挤在一起，相濡以沫，又何见广天阔地万境繁华！

相忘于江湖，蹈海踏浪，才能迎一个更新的丽日明天。这亦是人生的无奈和光彩呀。

> 小时要月娘说好，
> 明找长梯摘给你。
> 大了谁还宠娇儿，
> 冻冷吃穿全靠己。
> 跑车勤谨能饱暖，
> 拴马桩上无马匹。

三舅的三子

姑姥娘家三舅的老三，我至今弄不清，他叫啥名字。

这小子挺豪爽，长得像三舅，圆脸儿，身体结实。他也在林场开汽车，往临江运木材。

我首次回长白，返回时，就坐他的车到临江，后又坐火车回山东的。

从长白，还未出城，在一栋房屋前停车，说："哥，下车，看看我自己的窝。"

进到室内，他妻子迎了出来。她中等个儿，也是圆脸儿，挺聪明端庄的女孩子。她中专毕业，在县里一个部门工作。

炕上，崭新的炕琴，桌子、衣被等整整齐齐，屋内十分敞亮。

路上，他说："那年你二姨父给你和你妹妹寄去的松木箱子，就是我运到临江，又送到火车上运去山东的。你若是在这儿多好，咱的亲戚大大小小有百多口子人呢！一家给你点，就够你用的……"

这话里，浸透着浓浓的亲情，使我泪波盈目。

车翻过几座大山后，到了飞机岭，往立陡山下一望，目眩神怯，步步小心，万无大意。过了飞机岭，在一个稍平坦的地方停了下来。三弟下车，小跑着到前面路边一辆停着的汽车旁。

那个司机正在修车。三弟问了问情况，看看问题不大，快修好了。两人又说又笑了好一阵，三弟才向他挥了挥手，回来开车，又走开了。

我问三弟："你认识那个司机？""不认识。"三弟说。我好奇怪，忙问："不认识，你怎么还下车，问他车出了啥毛病，像挺关心的样子？"

三弟笑笑说："这是我们长白山区司机的一种约定。在路上遇见谁的车坏了，不管认识不认识，都必须下车帮忙修。他的车只是一点小毛病，快修好了。咱就不必等他了。"

呀！这真是绝好的风气！同行相助，亲如兄弟。

车到八道沟已黑了天。我们停下，住进旅店。刚进屋，从外面闯进一个人来，是二舅的儿子张庆林。

亲人相聚，分外热诚。

一路上，浓浓的亲情包裹着我，使我感到无限温暖。

车到临江后，三弟直接把我送到火车站，说："好了，以后再来，事先来个信儿，我好来这车站接你。"

三弟去木场卸木头去了。望着他车的背影，我眼中噙着泪水。

多好的兄弟呀！当初我离开长白时，三弟还很小，对我还没有印象，现在见面似从未离开过。

亲情永远。陌生人千万里，血缘亲情咫尺间。

今日开车初见面，
兄弟亲如识多年。
模样酷似我三舅，
血脉溶溶怀中暖。
长白临江一路送，
行稳避险又盘旋。
司机相遇必答问，
前路弯处尽行缓。
相互不识却关心，
此风情暖长白山。
返乡路途好崎险，
车行温馨天路宽。

云姐妹，你在哪儿呀

　　我表妹云姐（润姐）出生在长白县梨树沟。她奶奶是我的外祖母，她父母是我亲大舅和舅母。

　　在她奶奶和父母病逝后，她就由其外祖父母接去抚养。小时，我在她奶奶家生活了好几年，所以同亲兄妹一样密切，我大她六七岁。

　　她外祖父叫白玉山，那时有六十来岁，在长白县城开了家点心铺。他和老伴都很慈祥和善，说话都是笑呵呵的。

　　因表妹父母都离世，外祖父母在长白已无牵挂，住了一段时间，就决定带着外孙女回安东老家。那时表妹才四岁左右，还没念书，也没起大名。所以至今我只能还喊她小名——云姐或润姐。

　　他们走时，我还在城里方家馆子住着。

　　云姐妹妹走之前，我去看过她几次。当时我戴一顶蓝色布帽子，妹妹也戴一顶蓝布帽。我俩便换了戴。她外祖母见了很高兴，还笑着问我："你妹妹的帽子，你戴着合适吗？不合适就换过来。"妹妹望着我笑。我说："很合适，好舒服，你呢？"妹妹说："很好，不用换过来啦。"

　　临走那清晨，街上很冷清。太阳还有半边没升起来，墙面上红一块亮一块的。

　　我跑去送他们。

　　拉他们搬家的牛车已走出胡同口。云姐妹妹和她外祖父母三人坐在车上，赶车人在地下走，车后边放着一个大箱子。这就是他们的全部家当。

　　见我来了，妹妹向我招了招手，又转脸朝二位老人说："俺哥来了！"

她外祖父母见了，忙叫赶车人停住了车。

我紧跑了几步，站在车旁对妹妹和老人说了几句话。她外祖母说："长大了，别忘了你妹妹呀。"我点了点头。妹妹说："我等哥哥来看我……"

牛车又启动了。我跟着小跑了一段，她外祖母喊道："别送了，快回吧，快回吧！快回吧——！"

我停住了奔跑的脚步。

坦荡荡的长白大街上那么空旷，街道两面回响着牛车"吱呕"的回声，朝霞像血一样抹在大街两旁寂寞的墙壁上，显得格外鲜红。

我还是立在路边，望着"吱扭吱扭"的踽踽独行的牛车走远了，看不见影了，才转身回了饭馆。

那时，我一个才十岁的孩子，不知道留下他们的具体地址。之后才听说，他们去了老人的老家——安东大孤山。这信息还不知真切否。

这一别，只留下一个孩子望着远远走去的一辆牛车的孤影。不知其路途中，会有多少艰难曲折和坎坷。

世事变迁，亲情永存。

"哥哥，我等着你来看我。"想起云姐妹妹临走时这句期待切盼的话语，我心里就极不安和难过。

为生存挣扎奋斗牵扯忙活了多年，我一时还顾不及寻亲觅妹的急迫。总觉得还年轻、还有时间。

第一次去找寻妹妹，已是一九七七年夏天了。

一九七七年，我接受了一个编写任务，为搜集素材，我去了丹东，在采访的空隙中，我去了大孤山。

到了大孤山，我直奔派出所。一位同志听说我找人，问了问情况，他说："这后边山顶上有一家叫白玉山的，你去看看。"

我急忙上到山的高处，几个村民指着一户人家说："那就是白玉山家。"

我敲门，出来一个年轻人。我问："这是白玉山家吗？"

"是，你找他有什么事？"

我说："我想找他问一件事。"

"我就是白玉山。"那青年说。

"你就是白玉山？"我愣住了，忙说，"不对，我找的是一位老人白玉山。"

我下了山，迎面过来一位圆头圆脸的老汉，我忙喊住他："大爷，这附近有姓白的人家吗？"

那老人看了看我，问："你找谁？"

我说："我原在长白住，来大孤山找个人。"

那老汉又看看我说："听你口音不像是长白县人呀。"

我忙说："我小时在长白县住过，后来回了山东，口音有些变了。"

他听了，说："这一家就姓白。"他又喊："老白家的，你家来了亲戚啦……"说着，从院子里走出来踮着个小脚儿的满头银发的老大娘。她边走边问："谁呀？"

"就是这一位。"老汉说完就走了。

我站在院子门口，张口就问："您老在长白县城住过没有？"

"长白县？"她仰起脸儿疑惑地一摇头，"俺没在那里待过。"

"那，您家大爷叫白玉山吗？"我又问。

"不是……"她答。

我一听，也没进屋，便退了出来。

就这样我问了多家姓白的，也没问出个老人叫白玉山的。

看看天已黄昏，我又急奔派出所。还是那位同志在那儿。我说："今天，没找到。我的时间紧，得赶回去。麻烦你给打听一下，找到这个人，告诉我一声，好吧？"那人答应了。

看看天快日落，我抹了把头上的汗，也顾不得饥饱，赶去车站，登上最后一班汽车回丹东。

车快开了，望着车窗外那些三十来岁卖水的妇女，我想，这里边是否有我妹妹呢？可车动起来，没法再问。

回来后，我曾给大孤山派出所那位同志去过一封信，更详细地介绍了一些情况。但，没收到他的回音。

一九八〇年，我头一次回长白时，同亲戚们谈起云姐时，金铭智姨家几个弟妹说："有时看电视，出来个漂亮女演员，我妈说：'这个人很可能就是云姐。'因小时云姐长得挺好看。"

有的弟妹也有另一种看法，说，云姐大了，自己就应该回长白认祖归宗。家里多少人都惦念她呀。

听了这些议论，我好难受。她离开长白时才四岁左右。长大了，她是否还记得她的出生地？或是记不太清凄苦岁月的苍茫往事，又或许她跟外祖父母去后……

她是要我去找她的。

没有消息，在这种情况下，就是好消息。

最近一次回长白时，我姑姥娘的三舅母还提到："云姐现在，不知怎样啦？"

我记住了这句话。长白县的亲人们还很想念她的。他们遥寄无限的念情，关怀她的生存与命运。

于是，大前年，在我七十八岁时，我的女儿陪同我，又去了丹东大孤山。

大孤山已发生了巨大变化，昔日低矮的民房，如今矗立起高楼大厦，街市宽了，热闹了，人也多了。找一个人也太难了。

我先去了一些敬老院，找了些老人开座谈会，看看有知道这个情况的没有。又到了大孤山公安分局户籍科，查了查有没有同云姐年龄和经历相近的。

当时公安人员很尽心，找到了几个姓金的七十岁左右的人。但深入了解下去，皆无同样命运经历者。往好里想，她也许早离开大孤山，工作与生活在其他地方了。

听完如此结果，我又泪洒大孤山。

因没找到云姐妹妹，虽离长白城较近了，我也没有回生身之地。自己觉得无法向一直惦念她的亲人们交代。

"哥哥，我等着你来看我。"这是云姐四岁左右，同我分别时的心声。

我来了，可云姐，你在哪里呀？

你真像你的名字一样，云飘云游叫人无法找到你的踪迹吗？云姐！

思念凄苦，此责在哥。

无可奈何之际，我想起《庄子》中的一句感慨无奈的话语："相濡以沫，不如相忘于江湖。"只要人还活着，血脉就会长流。见没见到面，又有何大遗憾呀！

你也许还隐约记得，有个哥哥在一个凄寂清晨，送过你。那浓血般的红光抹在大街两边的墙壁上，流淌着，那么鲜亮……

寻亲不见亲，
凄惶失我魂。
青壮为活累，
老闲去哪寻。
梦迷大孤山，
夜夜魂不归。

俗念

　　方宝田，是长白县城方家馆子老掌柜的儿子。因我二姨生母的丈夫死后改嫁到了方家馆子，所以我得喊他舅舅。

　　我姥娘去世后，我被分给了二姨抚养。因二姨父不在家，生活极艰难。在二姨家待了一段时间，二姨就送我到方家馆子她生母这里。

　　那时，方宝田比我大点，他在上高小。他个子比我高些，白圆脸，也不胖，不太爱说话。

　　有一次老掌柜安排方宝田，星期六借休息的空去要份账，叫我陪他去。

　　那欠账人是开车马小店的，离长白近二百里。店开在山半腰路旁，小屯在山下。

　　那时，欠账的矮人一头。尽管是两个孩子，人家还是用大馒头热菜稀饭招待。

　　在那店里待了一天，要没要回账，我不清楚。我只是跟着，他说走就走，说住就住下，我也不说一句话。他跟那人谈讨账的事，我随着吃饭，享了几顿口福。

　　我离开长白后，老掌柜何时去世的，我都不知道。宝田舅只给我留下那点记忆。

　　记得我念大学时，宝田舅已中专毕业。他学兽医，分到吉林珲春工作了。

　　我们通过几次信，那时年轻，天真浪漫。一次我在信中写道："你能给我一支北国鸟的羽毛吗？"

　　宝田舅真的在信封中夹了一支又黑又紫带着花点的羽毛。

我退休后，那时我老伴还在。一天宝田舅突然打来电话，说他去河北廊坊他女儿家，如有闲，就去山东一趟。但终也没成行。

就在几个月前，宝田舅打电话说他要去蓬莱阁旅游，顺便来我这里看看。

我说："好啊！"又问他，"今年多大岁数了？"他说："八十一岁了。"声音还那么高亮。

我听了打了一怔，忙问他："你现在还走得动吗？""不大能走动了。"他说。

我有些担心。人说："七十不留宿，八十不留饭，九十不留坐。"我说："走不大动了，怎么还想去蓬莱呢？"宝田舅说："孩子们都想去看看。"我说："他们去自己去。现在天气太热了，山东天天都在三十度左右，又坐飞机又坐汽车、火车的，你受得了吗？""都买了票了呀！"他说。"那，你看着办吧，注意沿途不要折腾得太厉害，有个闪失，就了不得……""那你来趟珲春看看吧？"宝田舅突然说。"我的腿脚也不太灵便了，怕是去不了啊……"我遗憾地说。

人生苦短。年纪大了，当初一起的人，都想见见面，以了俗念。但偌大年纪，稍一不慎，后悔莫及。

如今通讯这么方便，通通电话，报报平安，不比挣扎劳动自己不灵便的身子，步履蹒跚搀扶着见一面强啊！

俗念，俗念，折磨人哪！相忘于江湖，谁能做到？

人老念旧思绪深，
得意失落涌满心。
人生不能从头来，
高乐悔恨都得认。
能活到老已不错，
世上多少早亡人。

一位欣赏我的老师

这位老师不教我，他是教中学二年级的老师。他个子较高，长得粗壮挺拔，稍长些的脸儿，一双明亮又闪烁着一丝威严的眼睛。猛一看挺严厉的一个人，但熟悉了就感到他和蔼可亲。

不记得是啥时候，他开始注意我了。很可能是我参加腰鼓队表演时，能放松自如，甩开腿脚和膀子，使腰鼓在我胸前响得宏亮又潇洒吧。

他不是音乐老师，但他负责全校的文娱活动。一次他把我叫到他办公室说："放学后你来找我，我教你说山东快书。"老师的话就是命令，我当然要听，也十分愿意学。

学了十来天，老师对我说："晚上你穿整齐点，县里开全县干部会，晚上休息娱乐，给他们演些节目。县里安排咱们学校出几个节目，有你的山东快书。"

我极兴奋，小脸涨得发烫。这是一九五三年的事。

该我出场了，我问老师："那个说山东快书的钢板呢？"老师一愣，"啊呀！——"他上下摸遍了兜，掏了多遍，头上冒出汗来，"晚饭时，我还拿到桌边放着，以防忘掉。可，——真忘在桌上了！咋办？"他问自己，又眼望着我。

最后老师冷静下来，"拿个说快板的呱嗒板上场吧。"他转身找来了一个呱嗒板，递给我，"上吧！临到你啦！"

我接过就上了场。

台下黑鸦鸦一片人，见我拿着呱嗒板上了场，都认为我是要说"莲花落"。可我一开口，说的竟是："闲言碎语咱不讲，讲一讲好汉武二郎！

那武松，当年上过少林寺，功夫练到八年上……"说下去，这呱嗒板咋打也总觉得不和谐，于是我干脆说一段就用嘴打铜板的节奏念："当哩个当，当哩个当，当哩个当的个当的个当……"接着又说下去。

台下人见我那稚嫩神态，又学武松那雄壮样，竟"啪啪啪"地鼓起掌！我闪眼，见老师在后台急得直打转，听见这掌声又冷静了不少。到了一个节骨眼上，他摆手叫我打住。我便在一个关歇处收了场，给台下鞠了个大躬。台下又一阵热烈的掌声。

这场演出我终生难忘。老师激动地拦住我说："好！好！好！总算没出大问题，还逗得全场人欢雀跃！哈哈哈……"

一九五四暑假我转学回了山东。二十六年后我又回到长白，再也没见到那个欣赏我的老师，连他的名字也记不清了。但他诚心诚意欣赏培养我，却永铭我心。

老师当然希望我以后做这一行业务。但我却没有想过。我虽今生没做这个行当，但这也成了我脱不开的业余爱好。使我生活多彩，快乐更多。

作为师者，像这位恩师，发现学生的兴趣与爱好，就去浇灌，促其成长发展。兴趣爱好牢固，就很可能成为其一生事业。对语数外等学科的兴趣爱好，亦应如此对待。

这样，就给你的学生弟子多留一条吃饭的路。

噢，我师慈悲！
世间大剧场，
人人都登台。
我也舞一回，
笑声响起来。
是乐是悯叹，
苍天口不开。
可怜人间事，
谁不争光彩。

长白山的春天

一觉醒来，整个长白大地，高处低处，都似潮水般涌出一片新绿。

一丛丛树梢尖，一层层山峦深处，呈现似有若无、朦朦胧胧、浅浅淡淡的绿色，转瞬，实实在在抽出青枝嫩叶，绿光闪闪。就是在石缝崖畔，都会显出几枝绿芽，几株稚蕊，摇晃着亮出生命的欣喜和微笑。

这季节，万物齐刷刷抬起头来，争先恐后为长白山增光添彩，给人间一片欣欣向荣的气象。

这就是长白山的春天。她气势磅礴，那蓬勃抽芽拔节的炸响，那一片厚绿茂盛，似一夜间就把大地抬高一层，也开阔了许多。她淹没了一切困苦和绝望。那桃红梨白，更给这满绿的天地增无限的妩媚和妖娆。

这大自然生命的焕发与弥漫，任何力量也阻挡不住她的脚步。那种艳美，那种千紫万红，又唤醒多少粉蝶蜜蜂追逐和猛兽善禽的舞蹈呀。

春天是警醒，春天是萌发！长白山的春天是怒放！

这是沉睡了一个苦寒严冬的长白山，初展她健康俊美的春颜靓面。

万物萌动春潮开，
山河青绿花铺彩。
又是人生好时节，
驾日月双轮奔未来。

夜短情深

八道沟，是长白县通临江的一个重要乡镇。

一九五四年暑假，我和小妹乘一辆军车去临江，再搭乘火车回山东。

车到八道沟便停住了。因河水暴涨，过不了河。

同路的还有一辆越野吉普车，载着一位师长。

这师长有五十来岁，胳膊特长，个子也高，脸也宽阔。一双亮亮的大眼睛望着滚滚的河水。他下车蹲在河边，用手试了试，观察半天，自语说："看来这水，明天才能落下。"这时，他转脸对身边一位军人说："你发一封电报，因河水阻隔，我明天傍晚，才能赶到军部。"

有了这一天的空闲，满车的人都到旅店住下。

吃罢晚饭，我对小妹说："你别乱跑，我出去看看。"

出了店门，我四下里望了望，小吃店、零售商品铺，沿街皆是。

我转了个来回，很快又回到店门口。

我迈步刚想进旅社，突然听到有人高叫我的名字。我回头一看，是我在长白一中的一个同班同学。

这个同学是个放大型的少年。头脸、身子都比一般同学大一圈或长一块，眼大，口阔，鹰钩鼻子，其人很厚道。

我很惊喜地问他："你怎么在这里？""我就在这里住啊。你怎么来到这里了？"他问。我说要回山东，乘车到这遇到涨水过不去河了等情况。

他说："咱班还有个同学在这里呢！你这一走，不知还能不能再见到。咱去见见他吧？"我说："好啊。"他又问我："你吃了饭没？"我说："吃了？你呢？""我也吃了。"他回答。

我进到旅社，把小妹安置好，就同他去那位同学家。

他领我到村后一条宽河边，说："他家就在河对岸，咱划船过去。"说着，他把河边一棵大柳树拴着的一个小筏子解了下来，"平日都是这么过河的。"

我俩上了小船，他划，我坐在一边。

这时天已黑了，天边小星已闪出金色的亮光。

船一划动，便听到哗哗的水声，瞬间，寂然无声的水草岸边，响起一片蛙声。跟着河中跳起一尾尾欢腾的小鱼，在朦胧的夜色下闪着银光，拍打着水面，"啪啪"声相连。我惊喜地叫道："这真是蛙鸣鱼跃好景观哪！是诗人们的天堂啊。"

同学笑了笑，说："这里人看听惯了，也觉不出啥诗情画意，只感到噪吵而已。"

真是，久处锦鳞跃飞中，蛙鸣十里亦枉然。

说笑中，一条小鱼蹦跳着飞落在我的脚背上。我一把握住，又放回了水中。

到那个同学家时，这位同学刚吃了饭。

这位同学长得细条，小长脸儿，还有点俊气，也聪明。见了我颇惊喜。

我们三人谈了很久，快到晚十点了，我坚持回旅社，小妹还在等我呢。

他们才一块划船送我到旅社。在旅社又谈了一两个小时，半夜他们才恋恋不舍地回去了。

实际上，在长白一中，我们只相处了一年，竟然似一起生活了多少年的亲兄弟一样难舍难分。

那时同学之间，无功利之思，更无贫富之别，单纯洁净。

这一别，竟成永诀。我几次回长白，都没见到这两位同学。现在连他们的名字叫什么也想不起来了。但八道沟那夜半相叙相谈的笑语欢声，在我心头荡漾回响到如今。

人生，别忽略了同学情呀！

他乡偶遇喜又惊，
似亲似弟如梦中。
从此地北又天南，
一年同学记一生。

从长白回山东

　　一九五四年暑假，我一个十多岁的孩子，领着我六七岁的小妹，乘军车到临江，又乘火车往山东来。

　　车到沈阳，我们下车，去寻找我伯父家。那时伯父已从部队转业到地方，先是在实业厅当厅长，后又调省医药总公司当党委书记。

　　我们倒了几次车。车上有的说在这边，有的又说在那边。坐了半天我们也没找到医药总公司在哪。

　　中午回到火车站，我又买了去山东淄博的火车票。在候车厅的一角，我卸下背上的小包袱，买了半块西瓜给妹妹吃。妹妹还想吃别的，我说："咱省着点花钱，到了山东若找不到咱爹，咱还得回长白来。花完了，没钱了，买不上票就回不来了，那咋办？"小妹很懂事，点点头无语了。

　　这时过来一位穿白大褂的大姨。她见一个半大小子，带着一个六七岁的小姑娘，没有大人领着，很是惊奇，就问："你们上哪去啊？"我说："去山东。""干啥去？""去找俺爹。""噢……"大姨很亲切，说："你们吃饭了没？""吃了。""好。"大姨说，"你们不要乱跑，等车来了，我喊你们上车，千万别误了车。"说完，她摸了下我的头，又去忙她的去了。

　　我心里好温暖。

　　车来了，那穿白大褂的大姨过来，把我和小妹送上车，嘱咐我路上照顾好妹妹，就下车了。

　　望着这位从不认识的大姨的背影，我感到这世界真美好。

　　在火车上，我还见到了许多趣事。

　　快到山东了，车上来了两个大学生。一上车就旁若无人地夸夸其谈，

毫不掩饰那得意样子。我听了，心想：等我上了大学，比你们知道的还多呢。

下了火车，我背上小包袱，拉着小妹的手，往淄博矿务局走。

问路时，因声音不是当地口音，引起了路边人的关注。有人问："你这是往哪去？"我拿出爹爹给我们的信，指着说："我上矿务局的寨里煤矿找我爹。"那个"寨"里，我那时念成了"赛"里。那人说："这里是寨里煤矿，不是赛里煤矿。"我还是坚持说赛里煤矿，还说："先上矿务局。"有人说："这个大院里就是矿务局。"

进到矿务局，我找到教育处。这是我爹在信中告诉我的，叫教育处给寨里煤矿教育科打电话，我爹在那里当科长。

教育处人很热情。一个细高个子的人，当时就打了电话，并叫我们到屋里坐。我们不进屋，只在教育处门前石阶上，坐着等。

二十六年后，我回长白省亲时，我大姨告诉我："你二姨送你们走后，很后悔。每每想起你们来，常常掉眼泪。她当时是生你爹的气，这一走那么多年不管不问，她是和你爹赌气，才送走你的。"

我和小妹坐在教育处门前等了一个半小时。一个细高个子的男人走进教育处，一会儿那人和教育处的人都出来了，还是打电话的教育处的人笑着对我们说："这是你爹，来接你们了。看看还认识吧？"

我望了一下这个三十五六岁、圆脸白净、身体挺拔的人，他早已不是我幼儿时记忆中的爹爹了。我揽过妹妹，她惊奇地睁大了眼睛，怯生生地望着眼前这个最亲的又陌生的人，又看看我。我张了几次嘴，从口中低低地喊了声："爹……"这一声多年没有喊过而又极生涩的呼叫，结束了我们父子、父女多年的长白别离！

爹爹十五岁跟爷爷闯关东，我十五岁带小妹从关外回了山东。这又是怎样的人生之旅的轮回啊！

爹爹抱起小妹，向教育处的同志道了声："谢谢。"转身对我说，"走吧，咱们回家。"说完这话，我见爹爹的眼角边涌出一串晶莹的泪花花……

尝尽尘世苦辣咸，
孤凄童娃成少年。
今日父子终相认，
从此，
不惧风雨潇潇寒。